dtv

»Petting statt Pershing« war das Motto der 80er, statt zu twittern heftete man sich Buttons an. Damals trug man Clogs und Schulterpolster, nähte Bordüren an die Jeans, versuchte sich an der Farah-Fawcett-Lockenmähne und anderen modischen Auswüchsen. Für eine Frau ziemlich groß geraten, hatte Helene Mierscheid ernsthafte Bedenken, ob sie wohl jemals einen Mann finden würde – in ihrer Heimat, dem Odenwald, wohl eher nicht. Politisch war man gegen den Krieg und für »ein bisschen Frieden«, trug aber gerne Militärparkas – und solcher Widersprüche gab es mehr. Vom ersten Cluburlaub mit Neckermann und dem Elend der Zahnspange bis zum Ende eines Feindbildes (Franz Josef Strauß stirbt): Helene Mierscheids Erinnerungen an ihre Jugend in der Provinz sind eine Zeitreise von hohem Unterhaltungswert.

Helene Mierscheid, alias Barbara Friedl-Stocks, arbeitete nach dem Studium zehn Jahre lang als Assistentin von Bundestagsabgeordneten, bevor sie sich dem Kabarett zuwandte. Als »Lebensberaterin Helene Mierscheid« tourt sie durch Deutschland. Darüber hinaus verfasst sie als Ghostwriterin Bühnen- und Buchtexte für verschiedene Comedians und Kabarettisten und schreibt Kinderbücher.

HELENE MIERSCHEID

VOKUHILA

Als scheiße aussehen Mode war

Deutscher Taschenbuch Verlag

Ausführliche Informationen über unsere Autoren und Bücher finden Sie auf unserer Webseite www.dtv.de

MIX
Papier aus verantwortungsvollen Quellen
FSC® C013736
FSC
www.fsc.org

Auch als E-Book erhältlich

Originalausgabe

Dieses Werk wurde vermittelt durch die Literaturagentur Wortunion (www.wortunion.de).

Umschlagkonzept: Balk & Brumshagen
Umschlaggestaltung: Wildes Blut, Atelier für Gestaltung, Stephanie Weischer unter Verwendung von Fotos von gettyimages
Gesetzt aus der Adobe Garamond Pro 11/13˙
Satz: Greiner & Reichel, Köln
Druck und Bindung: Druckerei Kösel, Krugzell
Gedruckt auf säurefreiem, chlorfrei gebleichtem Papier
Printed in Germany · ISBN 978-3-423-34832-4

Inhalt

Für Andrea – die Beste
Für Sandra – meine Wahlschwester
Für Ulrike – für immer
Für meine Familie
Und natürlich ist das Buch auch
dem armen Viecherl gewidmet.

Prolog

In den 80er-Jahren hatten wir sehr viel Sex. Das lag vor allem daran, dass unsere Klamotten so hässlich waren, dass wir sie gar nicht schnell genug ausziehen konnten. Wir sind zwischen 1955 und 1965 geboren. Wir haben die Mondlandung live erlebt, vor dem Schwarzweißfernseher der Nachbarn. Als ich 1963 geboren wurde, ging bald darauf das ZDF auf Sendung und John F. Kennedy wurde erschossen. Was für ein Anfang – der Beginn der drögen Volksmusik für alle und das Ende einer großen Hoffnung.

Die 60er-Jahre waren politisch, die 70er bekifft. Dafür herrschte bei uns Bombenstimmung. Dennoch waren wir die Generation »uncool« und lebten den Widerspruch. Wir trugen Militärparkas und waren gleichzeitig gegen den Krieg. Wir liebten die großen, alten Schlitten, fuhren aber Golf. Wir waren gegen Helmut Kohl, aber auch gegen Helmut Schmidt. Helmut Kohl nannten wir »Birne« – für ihn waren wir Fallobst. Das verband ihn mit Helmut Schmidt, der nannte uns den »Druck der Straße«. Wir waren für Willy Brandt, aber gegen die SPD.

Wir wollten ein bisschen Frieden. Dabei hätten wir es gerne gehabt, dass NATO und Warschauer Pakt so freundlich gewesen wären, ihre Atomsprengköpfe nicht auf unsere Häupter zu richten. Taten sie aber. Was blieb da noch anderes übrig, als aus diesem Leben das Beste zu machen? Kurz, wie es wahrscheinlich sein würde?

Ihr nennt es Hedonismus, ich nenne es Verzweiflung. Wir hatten die langweiligsten Partys aller Zeiten. Wir haben darüber diskutiert, wie man sich am besten nach einem Atomschlag umbringt. Dann sind wir miteinander ins Bett gegangen und wussten noch nicht, dass sich das als die effektivste Art herausstellen sollte. Wir hatten das Waldsterben und wir hatten Tschernobyl. Wir hatten Maggie Thatcher und Ronald Reagan.

Und nun zu mir: Man sagt, es gibt vier Diskriminierungsstufen: weiblich, katholisch, Arbeiterkind und vom Land. Jetzt kennen Sie mich – Helene Mierscheid. Da, wo ich herkomme, waren wir nicht die »Generation Golf«, wir waren höchstens die »Generation Minigolf«! Ich hatte drei Schwestern, eine tüttelige Oma, eine resignierte Mutter und einen schweigsamen Vater. Meine größte Angst war, dass ich sterben könnte, bevor ich einen Mann kennengelernt hätte. Ich wuchs im Odenwald auf – da war das schwierig. Ich war ungewöhnlich groß und die Männer ungewöhnlich klein. Für die war Minigolf richtiges Golf.

Ich musste also weg.

Landeier auf großer Fahrt

Wer die 80er verstehen will, muss mit den 70ern anfangen. Wir beginnen im Jahr 1979. Eine große westdeutsche Versandhausfirma, die es heutzutage nicht mehr gibt, brachte ihren ersten Katalog »Club 28«-Reisen heraus. Das waren Reisen nur für Jugendliche und junge Erwachsene. »Trau keinem über 30« war für die kein Streit-, sondern gar kein Thema, weil sie ohnehin niemanden über 30 mitgenommen hätten. Das Antidiskriminierungsgesetz gab es noch nicht. Meine ältere Schwester Gabi und ich hatten mit der Altersschranke auch kein Problem – sie war knapp 18 und ich 16. Reiseziel war Djerba, Tunesien.

Die 70er und frühen 80er waren RAF-Zeit. Überall in der Bundesrepublik und West-Berlin standen Polizei- und Militärpatrouillen herum. Überall hingen Fahndungsplakate.

Meine Schwester Gabi machte damals eine Friseurlehre und ich war Oberschülerin und arbeitete nebenbei als Freie für die Lokalzeitung – beide verdienten wir also sehr mühsam unser Geld. Friseure bekamen fast nichts während der Ausbildung und mussten daher praktisch von den Trinkgeldern leben, und für die meisten änderte sich das auch nach der Lehre nicht wesentlich. Ich schrieb zwar für die Zeitung, bekam pro veröffentlichter Zeile aber nur 10 Pfennig und niemals Trinkgeld. Leider wollte mich noch nicht einmal jemand bestechen, dafür war die ›Odenwälder Zeitung‹ einfach zu unbedeutend. Damit wir uns die Reise überhaupt leisten konnten, halfen unsere Eltern finanziell etwas aus – die Aussicht, uns beide für vierzehn Tage von der Backe zu haben, muss ihnen wohl unwiderstehlich vorgekommen sein.

Mitte Juli ging es los. Unsere älteste Schwester Anne saß am Steuer ihres ersten Autos, eines Ford 12 M, der aussah wie eine braune Badewanne für die ganze Familie. Neben ihr saß ihr erster Freund und heutiger Ehemann, der so klein und dünn war, dass er in unserer Familie nie besonders auffiel und es so bis heute geschafft hat zu überleben. Unsere Jüngste, Heidi, war erst neun, durfte der Vollständigkeit halber aber auch mit – denn es ging schließlich zum ersten Mal zum Flughafen nach Frankfurt am Main. Da war dann auch schon das Schild: »Airbase«. Nun hatten wir alle – bis auf Heidi – Englisch in der Schule und waren stolz auf unsere Sprachkenntnisse: Air-base = Flug-hafen. Klarer Fall. Wir fuhren die Ausfahrt runter. Am größten Flughafen Deutschlands war erstaunlich wenig los. Die vielen Uniformierten mit Maschinengewehren irritierten uns nicht weiter – das war zu dieser Zeit Alltagsbild in der Bundesrepublik.

Sie gestikulierten außerdem wie verrückt – vielleicht waren sie gerade wieder einem der RAF-Terroristen auf der Spur? Ungerührt fuhren wir weiter. Der Flughafen war wirklich nicht so groß, wie wir gedacht hatten. Plötzlich fuhr vor uns eine riesige Metallkralle aus dem Boden. Meine Schwester stieg in die Eisen und der Ford kam schlitternd knapp vor der Kralle zum Stehen. In Windeseile waren wir von schwerstbewaffneten Soldaten umstellt. Sechs Maschinenpistolen waren auf uns gerichtet. Wir schauten nur verdattert aus der Wäsche – mein künftiger Schwager hob die Hände, was in meiner Familie seinen Ruf als Feigling ein für allemal zementierte.

»Where do you think you are going?«, herrschte uns einer an – es war der mit der größten Knarre und von daher wohl der Chef.

»Tunesia«, antwortete ich, weil man im Angesicht von geladenen Maschinenpistolen nicht lügen sollte.

»Tunesien« war damals keine gute Ansage, weil dort angeblich Terroristen ausgebildet wurden. Flugs wurden die Maschinenpistolen durchgeladen. Wir schluckten. Dann mussten wir alle aussteigen und die Koffer wurden durchsucht. Zu meiner grenzenlosen Peinlichkeit kam dabei mein Lieblingskuscheltier ans Tageslicht. Die GIs betrachteten es misstrauisch. Ein Sprengstoffhund schnupperte daran, um dann vergnügt mit dem Schwanz zu wedeln – anscheinend gefiel ihm das Kuscheltier auch ganz gut.

Entgegen ihrer sonstigen Gewohnheit waren meine älteren Schwestern stumm wie Fische, mein Schwager hatte sich ergeben und meine jüngere Schwester drohte sich gleich vor Angst zu übergeben – also ergriff ich kurzerhand das Wort und erklärte den bedrohlichen Herren, dass wir mit Neckermann-Reisen, genauer mit Club 28, nach Djerba wollten. Die Soldaten hatten natürlich noch nie von Neckermann-Reisen gehört oder vom Club 28 – was bescheuerte Landeier waren, erkannten sie nach einer Weile aber schon.

Die Maschinenpistolen senkten sich.

»You want to go to the airport not the military airbase, you idiots.«

Unser Englisch war wohl doch nicht so gut, wie wir gedacht hatten.

Mein Vorschlag, auf das Schild an der Autobahn nicht nur »Airbase«, sondern »Military Airbase« zu schreiben, kam inmitten des kalten Krieges *und* der RAF-Zeit nicht sehr gut an. Die Maschinengewehre hoben sich wieder.

»Mach jetzt keinen Scheiß«, zischte mein Schwager in spe durch zusammengebissene Zähne.

Der Flug nach Djerba dauerte nicht wie angekündigt drei, sondern bereits vier Stunden. Ich war in dieses kleinste und älteste aller Flugzeuge eigentlich auch nur eingestiegen, weil ich der Meinung war, dass es ohnehin nie abheben würde. Tunis Air ist bis heute berüchtigt. Wenn Sie Tunesien buchen und das Reisebüro sagt, dass noch nicht feststeht, mit welcher Linie Sie fliegen werden, dann ist es garantiert Tunis Air. Die Betreiber müssen tiefreligiöse Leute sein. Die Maschinen sehen nämlich nicht so aus, als ob sie ohne Gottes Hilfe fliegen könnten. Es war unser erster Flug. Dennoch erkannten auch wir den Unterschied zwischen den vertrauenerweckend chromblitzenden Jets der internationalen Airlines und der schmutzigen kleinen Blechbüchse von Tunis Air. Auch der Kapitän sah mit seinem Viertagebart sehr gefährlich aus. Die Stewardessen waren dagegen bildschön, servierten aber mit sardonischem Lächeln ein Hühnergericht, das verdächtig ungar aussah.

Nun war es schon späte Nacht und wir kreisten immer noch über Tunis. Tunis sieht bei Nacht aus wie ein großer Stern. Nach einer Stunde kannten wir den großen Stern allerdings schon ziemlich gut. Um uns die Zeit zu vertreiben, durften wir alle einmal das Cockpit besuchen. Viele Schalter, viele Hebel – sehr beeindruckend. Der Pilot unterhielt sich auf Französisch mit dem Tower. Er klang ungehalten.

Meine Schwester, die in der Schule kein Französisch gehabt hatte, fragte mich, was er sagte.

»Er sagt: Wir haben keinen Sprit mehr und werden jetzt Djerba anfliegen, verdammte Scheiße«, übersetzte ich wörtlich.

Meine Schwester hatte einen Komplex, weil sie »nur« einen Hauptschulabschluss hatte. Sie boxte mich in die Seite.

»Ach Quatsch – du und dein Französisch.«

Dann wurden wir von den bildschönen Stewardessen auf unsere Plätze gescheucht, alle schnallten sich an, und wir landeten bald darauf auf Djerba.

Auf Djerba wurden wir von unglaublicher Hitze und einem sehr blöden Reiseleiter in Empfang genommen. Wir hatten ein wunderschönes Zimmer in einer idyllischen Bungalow-Hotelanlage. Das Hotel »Medina« war keine Bettenburg. Drei große Schaben sagten auch Hallo, bevor sie in unserem Bad verschwanden – wahrscheinlich wollten sie bei der Hitze duschen. Wir packten die Koffer aus. Das heißt, ich packte meinen Koffer aus, während meine Schwester fieberhaft nach ihrem Kofferschlüssel fahndete.

Nichts. Nachdem wir alles durchsucht hatten, gab es nur noch eine Lösung: die Rezeption. Ich ging also hin und fragte mit Hilfe meines Wörterbuchs nach einem Dietrich. Der Mann hinter der Theke war erst ungläubig, dann erstaunt und dann sehr erheitert. Er lachte wie verrückt und schüttelte den Kopf. Das lag bestimmt am Ramadan. Wenn man bei der Hitze den ganzen Tag nichts essen und trinken durfte, wurde man bestimmt ein bisschen malle in der Birne. Ich fürchte heute, dass er dasselbe von mir dachte.

Unverrichteter Dinge kam ich zurück. Wir zogen uns aus. Es war ja schon sehr spät. Dann hörten wir etwas klirren und sahen unter das Bett: Und da lag der Schlüssel, genau neben zwei weiteren Schaben, die gerade Liebe machten. Er war wohl aus der Brusttasche des T-Shirts meiner Schwester gefallen – Gabi hatte ihn da hineingetan, um ihn im Hotel gleich bei der Hand zu haben. Wir beschlossen, das Privatleben der Schaben zu respektieren, und gingen schlafen.

Doch wir konnten nicht einschlafen, es war einfach alles zu aufregend gewesen. Meine Schwester schubste mich in die Seite.

»Helene, lass uns zum Strand gehen.«

Da wir abends geflogen waren, hatten wir das Wasser noch nicht richtig gesehen, sondern mehr erahnt. Wir standen auf, zogen unsere Badeanzüge an und ab ging es. Die Anlage war groß und nur schwach beleuchtet, und so dauerte es eine ganze Weile, bis wir das Rauschen des Meeres deutlicher hörten. Da war es! Großartig, dunkel und mysteriös! Hinein ins Vergnügen. Und kreisch! Wieder heraus! Wir waren in eine große Seetangkolonie gesprungen. Seetang im Dunkeln fühlt sich an wie ein Angriff von Außerirdischen.

Also zurück. Da alle Bungalows identisch aussahen, lernten wir auch gleich unsere Nachbarn kennen, die wir durch unser lautes Herumgeschleiche aus dem Schlaf schreckten. Unsere Schaben begrüßten uns freundlich von der Zimmerdecke aus. Wir zogen die Laken bis über die Ohren.

Am nächsten Tag gegen Mittag brachen wir zu einem Spaziergang auf. Es war furchtbar heiß und wir hatten weder Wasser noch Hüte dabei. Unser Reiseleiter hatte verschlafen, deshalb der späte Aufbruch. Nach zwei Stunden Marsch durch die sengende Hitze wurde mir immer elender zumute. Über uns kreisten schon die Geier. Schließlich hatte ich nur noch einen schwachen Tunnelblick. Die Geier kamen näher. Da – das Dorf! Es gab ein Café mit Ventilator! Der Himmel auf Erden! Zwei große Flaschen stilles Wasser und wir wurden wieder Menschen. Die Geier zogen enttäuscht ab.

Ich brauchte einen Hut, das stand fest. Als Sonnenschutz und damit ich etwas zum Wedeln hatte, falls die Geier zurückkehrten. Wir fanden im Dorf ein Hutgeschäft. Allerdings habe ich einen sehr großen Kopf, von dem meine Schwestern gerne behaupten, dass er für die Größe relativ wenig Inhalt hätte. Dafür sind Schwestern auf der Welt: damit wir nicht eitel werden. Keiner der Hüte wollte richtig passen – bis auf den, den der Besitzer selbst trug. Kurzerhand angelte ich ihn von seinem Kopf und setzte ihn mir auf, womit ich wahrscheinlich gegen alle Regeln der guten tunesischen Sitten verstoßen habe; aber er passte, immerhin. Wir verließen das Dorf rasch, bevor sich mein Frevel herumsprechen konnte.

Zurück ging es am Meer entlang, was so schön war, dass wir nicht merkten, wie meine Schwester sich einen so schlimmen Sonnenbrand auf den Schultern holte, dass sie den Rest des Urlaubs tief verschleiert am Strand verbringen musste und mehrfach für eine Einheimische gehalten wurde.

Am nächsten Tag fuhren wir mit Ami-Jeeps in die Steinwüste. Diesmal begleitete uns ein ortskundiger Fahrer. Doch dann hatten wir mitten in der Wüste eine Reifenpanne und kein Flickzeug dabei. Das bei mittlerweile 40 Grad im Schatten, und zwar ganz ohne Schatten. Die anderen waren längst weitergefahren. Um uns herum nur Steinwüste, so weit das Auge blickte. Schließlich beschloss unser Fahrer: Auch ein platter Reifen ist ein guter Reifen. Selbstverständlich hielt auch er den Ramadan ein. Und fuhr uns dennoch stoisch durch die glühende Schotterwüste.

Ich wollte ihn etwas fragen und tippte an seine Schulter. Da bemerkte ich, dass er tief und fest schlief und gerade dabei war, uns in einen beeindruckenden Abgrund zu chauffieren. Der Beifahrer schlief ebenfalls und verpasste so den eigenen Nahtod. Meine Schwester und ich begannen wie am Spieß zu schreien, der Fahrer riss das Steuer rum und der platte Reifen rettete uns schließlich das Leben.

Wir beschlossen, unsere zukünftigen Aktivitäten ohne den bekloppten Reiseleiter zu gestalten. Adieu Club 28 – willkommen Mohammed und Ali. Mohammed und Ali waren Kellner in unserem Hotel und halfen uns gerne bei der Freizeitplanung. Wir gingen jeden Abend mit ihnen aus und lernten so alle Clubs der Insel kennen. Hinzu kamen noch ein paar Kumpels der beiden, sodass wir jeden Abend mit einer ganzen Horde gut aussehender Typen unterwegs waren.

Im ersten Club tauchte ein Schlangenbeschwörer auf. Er legte mir kommentarlos eine große Schlange um den Hals. Alle Frauen begannen hysterisch zu kreischen – nur ich nicht. Aber nur, weil ich vor Schreck keinen Ton herausbrachte. Am nächsten Morgen stellten uns Mohammed und Ali Mohammeds Schwager vor. Der vermietete Pferde und Kamele an Touristen, was ziemlich lustig aussah, denn Kamele sind sehr viel größer, als man gemeinhin denkt. Manchmal gingen sie sehr gesittet, aber manchmal rasten sie auch mit ihren hilflosen, blassen Reitern vorbei, gefolgt von einem schreienden Führer.

Da wir kein Geld hatten, erlaubte Mohammeds Schwager uns, kostenlos auf einem Pferd zu reiten, das zum Abkühlen ins Wasser gebracht wurde. Nun bin ich – vorsichtig ausgedrückt – nicht allzu sportlich veranlagt. Also setzte sich Mohammed verkehrt herum aufs Pferd: Er zog und Ali schob, bis ich schließlich ein Bein über dem Pferderücken hatte. Alle am Strand freuten sich über den Erfolg. Dann verlor ich das Gleichgewicht, klammerte mich instinktiv an Mohammed und wir beide glitten vom Pferderücken. Na gut: In Wahrheit knallten wir mit Karacho ins Wasser. Das Publikum am Strand war international. Slapstick funktioniert über alle Sprach- und Kulturgrenzen hinweg.

Am Abend: anderer Club, derselbe Schlangenbeschwörer. Wieder bekam ich die Schlange um den Hals – inzwischen hatten wir darin eine gewisse Routine, die Schlange und ich. Nächster Abend: ein ganz anderer Club am anderen Ende der Insel. Wer kam herein? Unser Schlangenbeschwörer. Die Schlange wedelte schon vor Freude mit dem Schwanz, als sie mich wiedererkannte. Ich fing an sie zu mögen, was gut war, da wir den Schlangenbeschwörer jeden Abend trafen. Egal wo wir hingingen. Ich nannte die Schlange schließlich Renate.

Inzwischen hatten sich auch Pärchen gebildet. Mohammed war hinter meiner Schwester her und Ali hinter mir. Ali war größer und sah besser aus. Ha! Die beiden sorgten im Hotel bei Tisch dafür, dass wir stets die größten Portionen erhielten. Die kamen unseren hungrigen Mägen entgegen, die beiden schmucken Jungs unseren noch unerprobten Hormonen. Tunesier können sehr romantisch sein. Aber natürlich konnte das auf Dauer nicht gut gehen.

Am letzten Tag erwischte mich Montezumas Rache. Es begann beim Abendessen, das uns Mohammed und Ali gewohnt glutäugig servierten. Ali zwinkerte verführerisch. Unser letzter gemeinsamer Abend stand bevor und wir hatten uns schon verabredet. Zuerst Disco mit Renate, die ja unweigerlich mit ihrem Beschwörer auftauchen würde, und dann wollten wir beide den tunesischen Nachthimmel in den Dünen beobachten.

Mir war plötzlich ganz eigenartig ums Herz. Während meine Schwester mit gutem Appetit aß, brachte ich keinen Bissen runter. Sie fand Mohammed nicht so toll wie ich Ali – vielleicht lag es ja daran. Das Herz wurde mir richtig schwer und rutschte in die Hose – im wahrsten Sinne des Wortes –, und ich musste plötzlich sofort in unseren Bungalow. Sofort! Ich sprang auf und schnappte mir den Schlüssel.

»Ich muss mal!« Ich war damals zwar schlank, aber schon sehr groß, und die Tische standen eng. Verzweifelt kämpfte ich mich durch den Raum, während die Hosenbeine meiner Shorts versuchten, meine Flucht zu vereiteln, indem sie sich im Vorbeihuschen in Stuhllehnen verhedderten. Mit Müh und Not erreichte ich schließlich den Notausgang und rannte wie eine Irre zum Bungalow – begleitet von den Sirenen der Alarmanlage, die das gesamte Hotel Medina über mein Problem informierten. Ich stürmte mit so viel Schwung in unser Zimmer, dass unsere Schaben sich zu Tode erschraken und von der Decke fielen. Es war ein gnädiger Tod, denn spätestens die Gerüche, die wenige Minuten später aus dem Badezimmer drangen, hätten sie umgebracht.

Die Nacht war schrecklich. Ali blieb ungeküsst. Ich stelle mir vor, wie er mit Renate um den Hals traurig in den Dünen saß, während ich auf der Toilette flehentlich alle Gebete aufsagte, die ich je gelernt hatte.

Beim Rückflug am nächsten Morgen hatte ich den Mittelplatz und musste deshalb dauernd über einen unbekannten Mann steigen. Meine Schwester genoss den Ausblick auf die Schweizer Alpen, während der unbekannte Mann die häufige Aussicht auf mein Hinterteil genoss, nicht wissend, dass darin der Tod lauerte.

Zwei Wochen später sah ich aus wie ein gut gebräuntes Skelett. Der Herzschmerz um Ali wurde von übelsten Bauchkrämpfen untermalt. Unser Hausarzt war ratlos und probierte alles an mir aus, was die Pharmaindustrie hergab. Am Ende wollte er mich schon ins Tropeninstitut nach Hamburg überstellen, bis schließlich die Erlösung von meiner schusseligen Oma kam, in Form einer simplen Kohletablette. Ab da ging es aufwärts. Kohletabletten sind toll. Sie sind aus echter medizinischer Kohle. Man kann sie nehmen und gleichzeitig mit ihnen seinen letzten Willen auf Toilettenpapier schreiben.

Als ich vom arabischen Frühling las, dachte ich nach langer Zeit wieder an Ali. Denke ich an Ali, denke ich an Jasminduft und unvergessliche Abende in den Dünen von Djerba. Und an Durchfall.

Kommunikation in Zeiten des sprechenden Knochens

Wer erinnert sich noch an die Serie ›Catweazle‹? Da kommt ein Druide in das England der Jetztzeit – also in seinem Fall der 70er-Jahre – und versucht, mit den technischen Errungenschaften klarzukommen. Das Telefon beeindruckt ihn besonders und er nennt es den »sprechenden Knochen«. Ihm zur Seite steht die Kröte Kühlwalda. Es war eine großartige Serie und wir sprachen alle über den Elektriktick von Catweazle. Gerne auch am Telefon.

Bevor wir ein eigenes Telefon hatten, empfingen wir wichtige Anrufe über unsere Nachbarin Frau Wolf. Frau Wolf war die verwitwete Gattin eines Apothekers. Wir hatten alle furchtbar großen Respekt vor ihr. Wenn sie uns in ihrer Wohnung empfing, benahmen wir uns immer wie die Engel. Da der Architekt das Haus nach ihren Wünschen gestaltet hatte, war ihre Wohnung eineinhalb Mal so groß wie die meiner Eltern im Parterre.

Ihre gute Stube war ganz düster und voller schwerer, alter Möbel. An der Decke hing ein Kronleuchter und im Hintergrund tickte eine Wanduhr majestätisch. Mein Vater hatte einen schweren Job in der Fabrik, der seine Gesundheit stark angriff, und fuhr deshalb häufiger zur Kur. Ich war damals noch Grundschülerin. Wir hatten mit ihm eine Zeit verabredet, zu der wir alle zu Frau Wolf gingen, die uns ihr Telefon großzügig zur Verfügung stellte – natürlich nur für ankommende Gespräche. Umgekehrt kostete es ja Geld, und so weit ging die Freundschaft dann auch wieder nicht. Ich bekam als Erste den Hörer und hörte meinem Vater aufmerksam zu. Er stellte mir eine Reihe von Fragen, die ich alle mit Nicken beantwortete.

Damit griff ich einer wichtigen technischen Entwicklung in geradezu prophetischer Weise vor: dem Bildschirmtelefon. Mein Vater aber hielt mich einfach für verstockt und wurde ungeduldig, da ihn das Telefonat jede Menge Geld kostete. Er rief von einer Telefonzelle aus an.

So etwas gab es natürlich auch in Wald-Michelbach, aber die war mit Graffiti beschmiert und roch immer nach Zigarettenrauch und Pipi. Da es keine Unterkünfte für Obdachlose gab, war die Telefonzelle der Treffpunkt für alle, die sozial ausgegrenzt waren oder Dreck am Stecken hatten. Telefonzellen waren Abenteuerland. Man konnte durch einen geschickten Schlag auf den Automaten das Geld zurückbekommen – immerhin 20 Pfennige. Es gab auch Telefonbücher, die immer nach unten hingen und zerfleddert waren, weil manche die Seiten spontan für Notizen verwendeten oder einfach so rausgerissen hatten. Wenn man eine bestimmte Nummer wissen wollte, suchte man also oft vergebens. Das war unser Google. »Google« heißt ja direkt übersetzt »glotzen« und das taten wir oft: Wir glotzten ziemlich dumm aus der Wäsche.

Dafür hatte der Hörer eine Patina aus dem Ohrenschmalz vieler Menschen, die nicht aus dem Odenwald stammten. Das war die einzige Form genetischen Austauschs, die es gab. Sonst heiratete man von Hof zu Hof. Der erste Sohn war der Erbe, der zweite wurde dummgeprügelt, damit er als Knecht arbeitete. Gab es Töchter, kamen die Nachbarjungs ins Spiel. Da galten Doktorspiele als Verlobungszeit. Das Ohrenschmalz der auswärtigen Gäste stärkte jedenfalls unser Immunsystem. Wir hatten keine Allergien.

Auch per Post wurde uns die Kommunikation nicht leichtgemacht. Bei der Deutschen Bundespost standen die Kunden immer in langen Reihen vor dem Schalter, hinter dem sich der Beamte keine Mühe gab zu verschleiern, dass er eine Lebensstellung hatte und deshalb alle Zeit der Welt.

Immerhin das ist bis heute annähernd gleich geblieben, mit dem Unterschied, dass der Beamte uns früher missbilligend durch eine schusssichere Scheibe anblinzelte, während die Mitarbeiter der Post heute lächeln und sie keine Scheibe von den Kunden trennt. Deswegen lächeln sie – aus Angst.

Ich lächelte auch, während ich meinem Vater am Telefon zunickte und er immer ungehaltener wurde. Nun ja, ich nickte heftiger, mein Vater brauste auf und ich begann zu weinen.

Das war mein erstes Telefonat.

Noch heute telefoniere ich ungern und erledige alles lieber per Mail.

Dass mein Vater zuerst mit mir sprechen wollte, war ohnehin überraschend. Ich hatte ihn vor seinem Aufbruch in die Kur unsterblich blamiert.

Mein Vater war begeisterter Philatelist. Bevor jetzt diejenigen, die sich im Fremdwörterdschungel fremd fühlen, fragen, warum er deshalb nicht vor Gericht gestellt wurde: Das ist nichts sexuell Fragwürdiges, sondern die Wissenschaft des Briefmarkensammelns. Das war die große Leidenschaft meines Vaters. Er sammelte Deutschlandmarken ab 1945. Bevor er meine Mutter kennenlernte, verblüffte er manche Dorfschönheit, die er einlud, seine Briefmarkensammlung zu bewundern, indem er ihr dann wirklich ein Album mit den neuesten Marken in die Hand drückte. Er konnte die verschiedenen Marken und Serien ausschweifend erklären, weshalb die Schönheit später großen Ärger mit ihren Eltern bekam, ohne dass überhaupt irgendetwas passiert war.

Nun war ich in diesen Dingen ganz die Tochter meines Vaters und interessierte mich als Einzige für die Briefmarken. Meine Schwestern tollten lieber draußen herum und bestiegen Bäume. Ich war ein Stubenhockerkind und konnte sonntags meinem Vater stundenlang dabei zuschauen, wie er die Briefmarken einsortierte.

So viel Begeisterung musste belohnt werden. Mein Vater machte Sammelbestellungen für die Vereinsmitglieder und trug die Marken abends aus. Und ich durfte mit. Das war ein großes Privileg und meine Schwestern waren sehr neidisch. Das machte es noch besser.

Wir wanderten also wie die Zeugen Jehovas von Tür zu Tür. Briefmarken wechselten den Besitzer und das Geld auch. Das fand ich aufregend. Geld faszinierte mich nämlich ebenso. Ich hatte keines. Was uns fehlt, hat immer einen besonderen Zauber. Da unsere Eltern der Auffassung waren, dass alle ihre Kinder gleich behandelt werden sollten, wurden wir gleich schlecht behandelt – jedenfalls in puncto Taschengeld. Wir bekamen keines. So steckten wir jede Mark, die uns geschenkt wurde, in die Spardose und hüteten diese wie einen Schatz.

Schließlich klingelte mein Vater an einem schmucken Einfamilienhaus, einem dieser Häuser, in die ich mich als Kind immer hineingewünscht habe. Die Familie hieß Hempel. Das kam mir irgendwie bekannt vor.

Wir wurden freundlich begrüßt, eingelassen und ins Wohnzimmer geführt. Da fiel mir ein, woher ich den Namen kannte. Also legte ich mich schnurstracks auf den Teppich und schaute unter das Sofa. Alle Erwachsenen, also die Hempels und mein Vater, standen betreten um mich herum.

»Was machst du da, Lenchen?«, fragte mein Vater besorgt.

»Ich schaue, wie es bei Hempels unter dem Sofa ausschaut«, erwiderte ich freundlich.

Als ich hochblickte, waren alle knallrot im Gesicht und der Blick meines Vaters sagte mir, dass meine Karriere als Philatelistin beendet war.

Das war sie tatsächlich, und als ich später unseren ersten Lada in den Garten der Neuapostolischen Kirche in Weinheim an der Bergstraße fuhr, wurde der Schaden mit dem Verkauf meiner Sammlung getilgt. Ich bestand unter Tränen auf dieser Lösung und mein Vater erkannte, dass er mir damals Unrecht getan hatte. Bis heute werde ich traurig, wenn ich schöne Briefmarken sehe, und benetze sie nicht mit Spucke, sondern mit Tränen.

Aber was Hempels angeht – nun, mein Vater schaute fortan nicht mehr bei ihnen vorbei, aber so viel kann ich berichten: Hempels hatten zu dieser Zeit zwei kleine Kinder, und die hatten dafür gesorgt, dass es bei Hempels unter dem Sofa so aussah, wie man es sich vorstellt.

Als wir unser erstes Telefon bekamen, war das spektakulär. Leider war das Kabel nicht lang genug. Es reichte vom Flur gerade mal bis zu einer kleinen Einbuchtung in der Wand über dem Sofa, sodass man beim Telefonieren auf dem Sofa knien musste. Meine Mutter fand das ganz gut so, weil sie glaubte, dass wir uns dann kurz fassen würden. Da hatte sie sich getäuscht – wir fassten uns nicht kurz, bekamen aber Haltungsschäden, die in kostspieligen Therapien behandelt werden mussten.

Telefonieren war teuer und fand zwangsläufig unter der Aufsicht der Eltern, meiner Schwestern oder der schusseligen Oma statt. Und die zog sich zwar schon mal ihren Pullover falsch herum an, sodass ihr Kragen mit dem weißen Textilschildchen aussah wie bei einem Diakon, aber sie wusste erstaunlicherweise immer detailgetreu den Eltern zu berichten, was wir mit wem besprochen hatten.

Anrufbeantworter gab es damals noch nicht. Ich frage mich heute, wie wir uns überhaupt verabredet haben. Antwort: haben wir ja nicht. Wir waren alle Singles. Mir hat ein Verehrer einmal sogar ein Telegramm geschickt, um ein Rendezvous abzusagen.

Auf dem hohen Ross oder Hochmut kommt vor dem Knall

Im Odenwald ist man gerne unter sich. Allerdings wird diese Ruhe manchmal gestört, denn: Das Landleben ist nicht für jeden unattraktiv. Ganz im Gegenteil. Viele Städter kommen in ihren Ferien in den Odenwald – manche sogar über viele Jahre! Es ist eines der ungelösten Rätsel des Tourismus, warum Menschen während der wertvollsten Wochen des Jahres ihr angenehmes Umfeld mit perfekter Infrastruktur in der Stadt zurücklassen, um auf dem Land zwischen Güllewiesen und Baumfällern Urlaub zu machen, misstrauisch beäugt von der überkritischen Dorfbevölkerung.

Ich war selbst einmal dabei, als ein Ehepaar von unserem Bürgermeister dafür ausgezeichnet wurde, dass es fünfundzwanzig Jahre lang in Wald-Michelbach Urlaub gemacht hat – in immer derselben ungemütlichen Pension.

Dabei sahen die beiden ganz normal aus.

Es gab in Wald-Michelbach außer einem Café und einer Eisdiele noch ein Kino und einen Minigolfplatz, beide wurden von einer Familie betrieben, die im Ruf stand, eigenartig zu sein. Kein Wunder – die Familie betrieb ja auch ein Kino und einen Minigolfplatz. Einen fragwürdigen Ruf kann man sich auf dem Land schon damit einhandeln, wenn man sein Auto nicht vor jedem Tanken durch die Waschstraße schiebt (er) und am Samstag seinen Mülleimer nicht shampooniert (sie).

Der einschlägige Ruf der Familie rührte auch daher, dass sie Sexfilme zeigte oder das, was man in den späten 70er- und frühen 80er-Jahren in Deutschland unter knisternder Erotik verstand. Das waren zum einen die sogenannten Almdudler-Softpornos wie ›Liebesgrüße aus der Lederhose‹ oder auch ›Schulmädchenreport‹, ›Hausfrauenreport‹ und solche Sachen.

Es wurden aber auch Märchenfilme vorgeführt, worunter meine sieben Jahre jüngere Schwester Heidi sehr zu leiden hatte. Sie musste immer mit. Sie hatte eine Alibifunktion, weil wir älteren Schwestern dem offiziellen Märchenfilmalter längst entwachsen waren. Dabei mochte sie Märchenfilme gar nicht – aber wir. Kein Wunder, dass das Kind sehr verschlossen war. Sie sagte ohnehin nicht gerne etwas, und wenn sie einmal etwas sagte, war es uns egal.

In ihrer Jugend hatten auch unsere Eltern dieses Kino besucht. Mein Vater hatte unsere Mutter zum ersten Date in den Kriegsfilm ›Die Brücke am Kwai‹ ausgeführt. Er war von dem Film derart fasziniert, dass er gar nicht bemerkte, dass unsere Mutter die ganze Zeit auf dem Klo verbrachte. Es regnete, als die beiden wieder herauskamen. Mein Vater bot galant an, den Schirm zu halten. Das tat er dann auch – über sich. Meine Mutter wurde pudelnass. Sie hat aber diese Zeichen nicht verstanden und unseren Vater trotzdem geheiratet. Man weiß eben nie, ob man im Odenwald noch einen anderen Partner findet.

Mein Vater war das Gegenteil eines Helikoptervaters. Er glaubte an die Abhärtung der Jugend.

Ich war elf Jahre alt, als ich mit ihm im Kino ›Die Nacht der reitenden Leichen‹ sah. Das war furchtbar gruselig und ich habe mir bis heute eine gewisse Schreckhaftigkeit bewahrt. Jugendschutz beachtete man damals so wenig wie die Anschnallpflicht im Auto.

Auch daheim durften wir Horror gucken. ›Wiegenlied für eine Leiche‹ mit der sagenhaften Bette Davis hatte bei meiner Schwester Gabi einen derart durchschlagenden Erfolg, dass sie über Jahre nur bei Licht schlafen konnte. Leider teilten wir ein Doppelbett und ich konnte nur im Dunklen schlafen – trotz der ehrlich erworbenen Schreckhaftigkeit. Der Kompromiss waren Tücher, die wir über den Lampenschirm hängten.

Es war damals nicht so üblich, sich über das Seelenheil seiner Kinder Gedanken zu machen. Massenarbeitslosigkeit war noch unbekannt, fast überall wurden Sonderschichten gefahren, und wir Kinder waren ja auch so entsetzlich viele.

Mein Vater hat mich öfter zum Tabakladen geschickt, um Zigaretten zu holen. Dem Laden war eine Leihbücherei angegliedert, die so schön muffig roch und von der ich nichts ausleihen durfte, weil die Bücher nur für Erwachsene waren. Ich habe stattdessen die Schulbibliothek ausgelesen und mir nach der Lektüre aller Hanni- und Nanni-Bücher geschworen, unbedingt ins Internat zu gehen.

Daraus wurde aber nichts, da ich eine ganz passable Schülerin war. Es gab bei uns das »Internat Rosen«, in dem sehr dumme Kinder aus sehr reichem Elternhaus durch das Abitur geprügelt wurden. Doch selbst wenn ich absichtlich schlechtere Noten geschrieben hätte, hätte mich das nicht ins Internat, sondern auf die Hauptschule geführt, die schon damals eher ein Auffanglager für vorkriminelle Jugendliche war.

Mein Traum von einem Leben als höhere Tochter erhielt einmal neue Nahrung, als eine Nachbarin von gegenüber mich mit ins Theater nahm, weil ihr Mann sich nicht wohlfühlte. Der nächste Kulturtempel war die Stadthalle in Weinheim, in der immer mal wieder Tourneetheater gastierten. Dahin ging man dann nur im Abonnement. Es war wie eine neue Welt für mich. Echte Schauspieler auf einer Bühne – ich war ganz begeistert.

Es blieb aber bei dem einmaligen Ausflug, weil meine Eltern nicht gerne sahen, dass ein Kind bevorzugt wurde. Diese pseudosozialistische Gleichmacherei war natürlich nur ein Vorwand – meine Eltern hatten weder die Absicht noch das Geld, meine Höhere-Tochter-Ambition zu fördern. Das Argument »Entweder alle oder keine« lief immer auf »keine« hinaus, weil für alle das Geld nicht reichte und wir niemals alle vier gleichzeitig dasselbe wollten. Das lag natürlich auch daran, dass meine älteste Schwester elf Jahre älter war als meine jüngere – wie hätten sie da dasselbe wollen können?

Wir hatten Verwandtschaft in Darmstadt. Darmstadt ist so schön wie sein Name, aber die Verwandten waren ein sehr nettes älteres Paar mit einer behinderten Tochter, um die sie sich rührend kümmerten. Das taten sie in einer wunderschönen Stadtwohnung. Ich war einmal mit meinen Eltern zu Besuch und staunte. Ein großes Wohnzimmer mit einem Klavier, hohe Decken, Stuck. Schwere alte Möbel. Es roch ein bisschen nach Essen und ein bisschen nach Bohnerwachs. Fast leere, große Räume. Da war er geboren, mein Traum von der höheren Tochter.

Ich war etwa vier Jahre alt, als die Darmstädter zu einem Gegenbesuch kamen. Und ich war süß: klein, blondlockig, mit großen blauen Augen. Gut, manche Kollegen behaupten, dass ich mir bis heute eine gewisse Blauäugigkeit bewahrt hätte.

Nun ja, ich sah also aus wie eine sprechende Käthe-Kruse-Puppe. Oder vielmehr wie eine heulende. Als kleines Kind habe ich täglich tränenreich bedauert, in meiner Familie zu leben. Ich fand alle furchtbar. Da ich zu Hause und nicht im Krankenhaus geboren war, blieb eine Verwechslung leider ausgeschlossen.

Nun kamen also die wunderbaren, freundlichen, gebildeten Darmstädter zu Besuch und fanden die blonde Heulboje ganz süß. Dann geschah das Wunder, auf das ich gewartet hatte! Sie fragten mich, ob ich mit ihnen mitkommen wollte, und der Tränenstrom versiegte augenblicklich.

»Ehrlich?«

»Ja klar.«

Vierjährige haben keinen Humor.

Ich stapfte also fröhlich davon und kam fünf Minuten später mit zwei großen Taschen voller Kleidung und meiner Lieblingspuppe Annette unter dem Arm reisefertig zurück.

»Gehen wir jetzt?«

Die ganze Familie saß eng gedrängt um die Kaffeetafel herum. Wir waren ja viele, Vater, Mutter, Oma, meine Schwestern und der dreiköpfige Besuch aus Darmstadt.

Und da stand ich – reisefertig.

Meine Eltern bekamen rote Köpfe.

»Helene würde nicht wirklich mitgehen«, murmelte meine Mutter in ihren Käsekuchen.

»Doch!«

Die Verwandten senkten betreten den Blick. Meine Schwestern schüttelten empört die Köpfe. Oma nutzte den peinlichen Moment, um den vorsichtshalber weggesperrten Hund zu befreien, und alles endete in einem Chaos aus Hundebissen und wütender Schreierei. Und ich heulte wieder.

Ich hatte wirklich als Kind diesen Traum einer Höheren-Tochter-Ausbildung: Reitunterricht, Klavierunterricht, Ballettunterricht. Halt das ganze Programm. Dazu fehlten ein paar Dinge: Ballettschule, Klavier und Pferd.

Natürlich gab es bei uns auf dem Land einen Reit- und Fahrverein, um den rankten sich allerdings üble Gerüchte, die vorzugsweise erotischer Natur waren. Alle, die irgendwie anders waren, wurden in Wald-Michelbach kritisch beäugt. Das ist bis heute so geblieben.

Auf einem Pferd durch den Ort reiten – die Asphaltstraße rauf und wieder runter –, das hatte etwas zutiefst Feudalistisches. Vom Pferderücken schauten die Reiter zwangsläufig auf uns herunter. Arrogant waren sie natürlich auch.

Pferde sind schreckhaft. Wenn man heimlich hinter dem offenen Küchenfenster zwei Topfdeckel aus Metall wild gegeneinander haut, gehen die schon einmal durch. Das sah dann ganz lustig aus. Und gar nicht mehr arrogant.

Die Ablehnung gegen die Reiter einte die obere und die untere Goethestraße. Ansonsten waren wir sozial getrennt. Wir in der unteren Hälfte waren kinderreiche Arbeiterfamilien, die im sozialen Wohnungsbau wohnten. Die anderen waren Beamte oder Selbstständige und lebten im oberen Teil der Straße in Ein- oder Zweifamilienhäusern. Sie hatten nur ein Kind oder maximal zwei und der Umgang mit uns war ihnen grundsätzlich verboten (wobei wir eindeutig das interessantere Leben hatten). Uns wiederum wurde eingebläut, dass die Kinder in der oberen Straße sich für etwas Besseres hielten.

Ich bin heute natürlich der Ansicht, dass wir eine Art Stellvertreterkrieg für unsere Eltern führten.

Wir hatten nichts miteinander zu schaffen, außer bei Schnee, wo wir uns in lange Schlittenschlangen integrierten, was wir »Anhänger« nannten. Ansonsten trafen wir uns einmal im Jahr auf einer wilden Wiese, in deren Zentrum ein vom Blitz gespaltener Apfelbaum lag, der trotzdem weiter kleine Äpfel trug. Wir nannten ihn den »gebiegten Baum«. Dieser Ausdruck war an beiden Enden der Straße gebräuchlich, was beweist, dass soziale Unterschiede die Sprache nicht beeinflussen müssen.

Unter dem »gebiegten Baum« veranstalteten wir im Sommer unseren jährlichen Kampf. Es gab Sparringsregeln. Jeder hatte seinen festen Partner. Wer unten lag, wurde höflich gefragt, ob er aufgibt. Wenn nicht, wurde noch ein bisschen weiter gehauen. Wer blutete, war sofort raus.

Ich hatte als Einzige keinen Sparringspartner, weil ich im Kampf nichts taugte. Ich war zu schief und zu schlaff und übernahm stattdessen die Propaganda.

Ich will es mal so sagen: Die von oben hatten keine Schnitte.

Nur einmal kam der Krieg außer der Reihe zurück, als meine älteste Schwester Anne Hans-Jürgen (obere Goethestraße) mit einer Gartenhacke verfolgte, um ihn zu töten. Das gab Gesprächsstoff – auch weil Hans-Jürgen normalerweise nicht so schnell rennen konnte wie an diesem Tag.

Seine Mutter stand nachmittags an unserer Wohnungstür und stellte meine Mutter zur Rede. Das war ungewöhnlich, denn auch die Erwachsenen besuchten sich sonst nicht gegenseitig.

Anne wurde gerufen und befragt.

»Er hat mich Brillenschlange genannt«, erklärte sie unter Schluchzen.

»Warum?«, fragte Hans-Jürgens Mutter inquisitorisch.

»Weil ich ihn einen Sitzenbleiber geheißen habe.«

Die Mütter sahen sich an.

»Na ja, die Annemarie trägt ja auch eine Brille«, meinte seine Mutter versöhnlich.

»Und Hansjürgen ist ja auch sitzengeblieben«, erwiderte meine Mutter freundlich.

Um ein Haar wären die beiden Mütter aufeinander losgegangen, wenn mein erschöpfter Vater nicht eingegriffen hätte. Wie gut, dass er an diesem Tag »nur« eine Schicht gearbeitet hatte. Wir Kinder fanden das ein bisschen schade, weil wir aus eigener bitterer Erfahrung wussten, dass unsere Mutter eine gute »Handschrift« hatte.

Aufklärung für die Massen

Wir hatten früher einen besonderen Spielplatz. Im Haus meiner Eltern gab es eine Garage, die nicht benutzt wurde, weil sie am Hang lag und nur ein Trampelpfad hinführte. Das Haus war einfach falsch herum gebaut worden. Der Architekt, der das Haus Anfang der 60er-Jahre entworfen hatte, war dem Alkohol sehr zugeneigt. Sein Meisterstück war ein Haus ohne Treppenhaus – so gesehen hatten wir noch Glück gehabt.

Gerne spielten wir auch Räuber und Gendarm. Zum Gendarm wurde man zwangsverpflichtet – das war eine gute und frühe Vorbereitung auf den Wehrdienst. Die Aufteilung übernahmen meine älteste Schwester Anne und ihre beste Freundin Iris. Ich war meistens Gendarm, besonders dann, wenn ich meine Schwester geärgert hatte.

Falls Sie das Spiel nicht kennen – es läuft darauf hinaus, dass die Räuber sich verstecken und die Gendarmen sie suchen müssen. Ich habe nicht ein einziges Mal einen Räuber gefunden, geschweige denn gefangen. Wenn die nicht irgendwann hungrig oder durstig geworden wären, würden sie immer noch im Gebüsch sitzen.

Manche von uns Gendarmen gingen später wirklich zur Polizei – ich hielt das für eine hysterische Reaktion, bis meine Räuber-Schwester einem meiner ehemaligen Gendarm-Spielkameraden bei einer Verkehrskontrolle in die Arme lief beziehungsweise fuhr. Die späte Rache hat sie etliche Hundert Euro gekostet. Als sie ihn dann noch fragte, ob er nicht bis zehn zählen und sie dann suchen wollte, wurde es richtig ungemütlich.

Wir spielten in unserem Garten viele interessante Spiele und je älter wir wurden, umso interessanter wurden sie. Meine älteste Schwester und ihre Freundin probierten in der Garage ihre ersten Zigaretten. Da die Küche meiner Mutter direkt darüber lag, blieb das nicht unbemerkt. Als Anne etwas blass um die Nase vom Experiment zurückkam, fand unsere Mutter lauter Aufgaben für sie, sodass sie sich nicht ausruhen konnte und immer grüner im Gesicht wurde. Der pädagogische Erfolg dieser Strafmaßnahme hielt sich in Grenzen. Anne hat später trotzdem ein paar Jahre lang geraucht, aber unsere Mutter behielt immerhin eine lustige Anekdote, die sie bei Familienfesten gerne erzählte.

Einmal traf ich mich mit einem Nachbarsjungen in der Garage, und wir zeigten uns gegenseitig, was es so zu zeigen gab. Danach war ich noch verwirrter, weil alles völlig untauglich aussah. Außerdem erzählte der Nachbarsjunge überall herum, dass er weiß, was in meiner Lederhose ist. So lernte ich, dass man den Versprechungen der Männer nicht glauben darf. Sein Schwur zur Diskretion reichte gerade einmal, bis er zu Hause war. Vor ein paar Jahren traf ich ihn bei einer Familienfeier und ich muss gestehen, dass mein Verhältnis zu ihm immer noch gestört ist. Ich hoffe aber für ihn und seine Frau, dass sich seine Dinge seither entwickelt haben.

Ansonsten wurden wir damals so aufgeklärt, wie sich das gehört – von der ›Bravo‹. Die ›Bravo‹ war ein Segen. Bis ich das erste Heft in der Hand hielt, war ich zum Beispiel fest davon überzeugt, dass Kinder durch Anpinkeln gemacht werden. Damals war ich sieben Jahre alt. Das hätte mich unweigerlich im Erwachsenenalter in eine Szene bugsiert, die interessant, aber nicht besonders alltagstauglich gewesen wäre. So ist das, wenn man nur auf Gerüchte hört. Unser Nachbarsjunge Wilfried hatte mir das so glaubhaft erzählt, dass ich meinen Eltern lange nicht in die Augen sehen konnte.

Da ich nur Schwestern hatte, war meine Idee von männlicher Sexualität ohnehin recht hypothetisch. Kein Wunder, dass unser Vater eher schweigsamer Natur war, schließlich hatte er stets das Schicksal des Hundes vor Augen. Natürlich standen uns für Forschungszwecke außer den Nachbarjungs eine Reihe von Cousins zur Verfügung. Das war schon was für die erste Recherche, aber allzu viel zu sehen gab es da noch nicht. Von Penisneid konnte auch keine Rede sein, der setzte bei mir ausschließlich dann ein, wenn ich dringend musste und der Latz meiner kurzen Lederhose nicht rechtzeitig aufging. Sie musste ja fast ganz ausgezogen werden, um das Geschäft zu verrichten. Das war umständlich, und je panischer man wurde, desto verzwickter wurde die ganze Chose. Bis ich schließlich feststellte, dass der eigentlich störende Bestandteil nicht die Lederhose, sondern der darunter befindliche Schlüpfer war. Meine Schwestern und ich entwickelten im Laufe unserer Lederhosenjahre eine Methode, die heute noch von älteren Männern beim Münchner Oktoberfest praktiziert wird: am Bein entlang pinkeln. Profis benutzen dazu beim Bierfest sogar einen Pinkelstock! Das geht in acht von zehn Fällen gut. Es setzt aber voraus, dass man keinen Schlüpfer trägt. Und dass man zielen kann. Da sind Mädchen eindeutig im Nachteil. So oder so aber handelt man sich Ärger ein. Wenn man keinen Schlüpfer anhat, gibt es Ärger mit der Mutter, die automatisch unterstellt, dass man ihn verloren hat. Das wäre noch kein Argument, aber im Praxistest stellte ich schnell fest, dass die Lederhose im direkten Kontakt zur Haut sehr unangenehm sein kann. Wir waren dann nicht nur oben, sondern auch unten herum bescheuert.

Richtig aufgeklärt wurde ich erst Jahre später von meiner ältesten Schwester. Als sie ihren ersten Freund hatte, der inzwischen ihr Ehemann ist, hat sie uns alles in derartig haarsträubenden Einzelheiten erzählt, dass mein Schwager keinesfalls davon erfahren darf. Gott sei Dank neigt er nicht zum Bücherlesen, sonst würde er jetzt vor Scham tot umfallen, wenn er erfahren würde, dass wir über seine technischen Details so genau Bescheid wussten … Ich will es einmal so formulieren: Wäre sein bestes Stück zur Fahndung ausgeschrieben worden, wir hätten das Phantombild dazu liefern können, ohne es jemals live gesehen zu haben.

Damit waren die Grundlagen gelegt – für die Feinheiten war dann die ›Bravo‹ zuständig. Aber die war auch sehr umstritten. Ein paar Ausgaben haben es später sogar auf den Index geschafft. Der Ton änderte sich mit den Jahren und den Moden. Am Anfang der ›Bravo‹, in den späten 50er-Jahren, war es schon unerhört mutig, dass Wörter wie »Penis« und »Scheide« in Druckform erschienen. In den späten 70ern wurden dann schwerere Geschütze aufgefahren. Schließlich ist es bei den Aufklärungsmedien wie bei Olympia: Der Skandal von heute ist die Langeweile von morgen, und auch hier gilt das Prinzip: schneller, höher, weiter!

Ich erinnere mich immer wieder gerne an die Briefe an Dr. Sommer, dem zertifizierten Seelenklempner der ›Bravo‹, der eine eigene Kolumne hatte. Lena aus Karlsruhe schrieb: »Ich bin 15 und noch Jungfrau – bin ich normal?« Dr. Sommer antwortete: »Ja, liebe Lena, aber wenn du keine alte Jungfer werden willst …«

So war das zu unserer Zeit. Wer mit 15 noch Jungfrau war, galt als ziemlich uncool. Besonders liebten wir ja die Foto-Lovestorys, die immer unglaublich romantisch waren und in denen die weniger Schöne den tollen Typen bekam, weil sie einfach der bessere Mensch war und nach ein bisschen Kosmetik und Diät ihren guten Charakter endlich auch zeigen konnte.

Jeden Donnerstag erschien das neue Heft und wir stürzten uns darauf wie die Verhungernden auf das Butterbrot. Der Starschnitt war der Hammer! Die ›Bravo‹ schaffte es, die Stars in ihre Einzelteile zu zerlegen. Das machte sie so geschickt, dass man ganz viele Ausgaben kaufen musste, um einen Star zusammenzubekommen. Dabei gab es kein größeres Unglück, als eine Ausgabe zu verpassen und am Ende einen Star zu haben, der weder Hand noch Fuß hatte. Wenn das Poster schließlich fertig war, wurden alle Freundinnen eingeladen, um es zu besichtigen. Leider waren die kompletten Stars entweder doch nicht in voller Körpergröße abgebildet oder sie waren alle furchtbar klein. So passten sie zumindest gut in den Odenwald.

Meine älteste Schwester Anne war ein glühender Fan der Osmond Brothers – die kennt heutzutage kein Mensch mehr. Sie waren in den 70er-Jahren die Konkurrenz der Jackson Five, aus denen Michael Jackson hervorging. Ob man für die einen oder die anderen schwärmte, war am Ende gleich. Der Effekt war derselbe: reiner Horror! Anne hatte als Einzige ein eigenes Zimmer. Da wir Platz brauchten, hatten meine Eltern ein Eineinhalb-Zimmer-Appartement im ersten Stock dazugemietet. Während meine ältere Schwester Gabi und ich niemals Privatsphäre hatten, da wir uns das Durchgangszimmer teilen mussten, hatte meine älteste Schwester den Jackpot: die Kochnische, von deren Wänden die gruseligen Osmond Brothers leuchteten. Von oben bis unten war dieses kleine Kabuff mit Postern der Osmond Brothers übersät, die mit ihrem strahlenden Mormonen-Lächeln und blendend weißen Zähnen auf einen herabgrienten. Wenn ich in dem Zimmer schlief, bekam ich Albträume, weil die weißen Flecken in der Nacht leuchteten wie unheimliche Augen, die mir beim Schlafen zusahen.

Das änderte sich mit den Jahren.

Bald verehrten wir alle drei stumm die Plakate der Osmond Brothers oder David Cassidys, die naturgemäß auf unsere Teenager-Liebesschwüre nur mit ihrer Musik antworten konnten. Meine älteste Schwester beschallte mit ›The Plan‹ das ganze Haus und ich überlegte, Mormonin zu werden, um Merrill Osmond heiraten zu können.

Also das war so: Anne schwärmte für Donny, Gabi für Alan und ich für Merrill. Das musste so sein, weil wir uns sonst in die Haare gekommen wären. Im wahrsten Sinne des Wortes. Im ersten Stock liefen die Osmond Brothers in Dauerschleife, sodass auch unsere Oma, die gleichfalls dort oben residierte, damit klarkommen musste. Im Nachhinein bin ich mir sicher, dass wir schuld waren an ihrer zunehmenden Schusseligkeit. Das permanente Gejaule der Osmond Brothers hat ihren Geist mürbe gemacht.

Jedenfalls war die ›Bravo‹ damals unsere Bibel. Und was in der ›Bravo‹ stand, das war Gesetz. In den späten 70er-Jahren erreichte die ›Bravo‹ eine Auflage von fast zwei Millionen Exemplaren in der Woche. Im letzten Jahr waren es nur noch 190 000. Erschreckend, denn jetzt wissen die Eltern nicht mehr, wo der Feind wohnt. Wenn unsere Eltern verhindern wollten, dass wir etwas erfuhren, was wir nicht wissen sollten, mussten sie uns nur ein wöchentliches Heftchen wegnehmen, heute müssten sie dafür schon das gesamte Internet lahmlegen und alle Smartphones kassieren. Wer klärt die Jugendlichen denn heute auf? Bushido?

Ene, mene, muh und nass bist du

In Wald-Michelbach lagen die Gebäude der verschiedenen Schulformen direkt nebeneinander, was zu einem klassischen Klassenkonflikt führte. Die Gymnasiasten galten als arrogante Schnösel und die Haupt- und Realschüler als hirnlose Prolls. Dazwischen gab es eine kleine Kneipe, die von einem neutralen Griechen betrieben wurde und in der alle miteinander Alkohol tranken, sobald sie 18 waren.

Wer es schaffte, bis zur Volljährigkeit in der Realschule zu bleiben, hatte mit dieser Schulform einige Erfahrung, weil er/sie mindestens zwei Ehrenrunden eingelegt hatte. Das waren natürlich die interessanten Charaktere. In meiner Klasse gab es Michael, der war schon so erwachsen, dass er bei einem Elternabend für einen Lehrer gehalten wurde. Es dauerte eine ganze Weile, bis der Irrtum aufflog. Bis dahin hatte er einigen geschockten Eltern schlimme Dinge über ihre strebsamen Kinder erzählt.

Wir Jüngeren versuchten, uns an die 18-Jährigen ranzuwanzen, damit wir auch einen Schluck Bier abbekamen, der uns dann komplett aus den Schuhen riss. Also mich nicht, weil ich damals optisch nicht die Voraussetzungen besaß, mich erfolgreich an die Großen ranzuschmeißen.

In der Realschule wurden wir zum Gehorsam gedrillt. In den Pausen mussten alle Schüler auf dem Hof sein, egal wie das Wetter war. Die Eingänge wurden von ausgewählten Schülern kontrolliert und im Ernstfall blockiert. Bei starkem Regen gab es ein regelrechtes Gerangel an den Türen. Manchmal halfen die Lehrer, sie gegen die nasse Schülerschar zu verteidigen. Da ich schon sehr groß war, durfte ich Türdienst machen, wie es so schön hieß. Es wäre prima, wenn ich an dieser Stelle von heroischen und solidarischen, vielleicht sogar revolutionären Aktionen berichten könnte, aber – ich gestehe – ich fand es toll, meinen Mitschülern, die sich oft über mich lustig machten, die Tür vor der nassen Nase zuzuhalten.

In mir keimte schon damals der Verdacht, dass man uns aufgrund unserer schieren Menge für verzichtbar hielt. Die regelmäßigen Duschen auf dem Schulhof waren eine Art natürlicher Auslese. Außerdem entstand in uns ein tiefes und manchmal triefendes Verständnis für Hierarchien.

So wurden wir zu braven Befehlsempfängern erzogen – und das klappte auch ganz gut. Unser buntes und leicht kriminell angehauchtes Lehrerkollegium tat alles, um uns dabei dennoch neue Perspektiven zu eröffnen. Wir hatten damals einen Gemeinschaftskundelehrer, der uns erklärte, dass Hitler nur deshalb Diktator geworden sei, weil ihn die Kunstakademie in Wien nicht angenommen hatte. Also war die Kunstakademie in Wien schuld am Zweiten Weltkrieg. Außerdem sei die Apartheid in Südafrika eine sehr gute Idee, weil »Neger« dümmer seien als Weiße. Das war für unseren Lehrer eine klare biologische Tatsache. Sein Lieblingsspruch war »Wasch mir den Pelz, aber mach mich nicht nass«. Den Spruch verstanden wir nicht, weil wir regelmäßig auf dem Schulhof nass wurden. Im Odenwald regnet es ziemlich oft.

Ja, ich wurde auch nass, denn das perfide System der Realschule verlangte, dass der Türdienst getauscht wurde. So wurden wir darauf vorbereitet, dass es auch sozialen Abstieg geben konnte. Natürlich wurden wir von den anderen Schülern an die nassesten Stellen gedrückt, sobald wir die Seiten gewechselt hatten.

Einmal fiel mir nach der nassen Pause auf meinem Weg durch den Gang auf, dass es nach Hundescheiße stank. Das war ja unerhört. Da hatte doch glatt jemand einen Hund mit in das Schulgebäude gebracht. Ein unvorstellbares Vergehen, zumal ja nicht einmal die Schüler in das Gebäude durften – jedenfalls nicht außerhalb der Schulstunden.

Wer konnte dieses Tier nur hereingeschmuggelt haben? Der Geruch blieb. Er blieb auch, nachdem ich mich an meinen Platz gesetzt hatte. Erst als meine Tischnachbarn zu beiden Seiten von mir abrückten, sah ich nach unten. Und da hing der Beweis an meinem Stiefel. Natürlich bekam ich einen Eintrag ins Klassenbuch.

Die ganze Abrichterei der Realschule machte aus mir einen übernervösen Menschen, was meinen Klassenlehrer, Herrn Dörsam, einmal fast das Leben kostete.

Er war auch ein nervöser Mensch. Wenn wir ihm auf die Nerven gingen, was regelmäßig der Fall war, warf er seinen Schlüsselbund wutentbrannt quer durch das Klassenzimmer. Das wiederum kostete einen Schüler fast ein Auge – aber die Philosophie der Schule lautete: »Schwund ist immer.«

Wir machten natürlich auch Klassenfahrten und eine führte uns nach Büsum an die Nordsee. Das war ein schönes Ziel, allerdings war die Jugendherberge eigenartig. Die Zimmertüren hatten nur außen einen Griff und innen lediglich einen Knauf. Die Duschräume waren voll verglast, sodass wir erst lange das heiße Wasser laufen lassen mussten, bis die Scheiben beschlugen und wir einigermaßen privat duschen konnten. Das Ganze erklärte sich aus der Vergangenheit des Hauses. Es war zuvor eine Nervenheilanstalt gewesen. Wir passten also hervorragend dahin.

Diese Nachricht hatte auf einige meiner Mitschülerinnen eine etwas destabilisierende Wirkung – es kam zu hysterischen Szenen. Psychopharmaka gab es damals nur in der geschlossenen Psychiatrie. In den späten 70ern behandelte man akute Gemütszustände mit Alkohol. Seitdem in Wald-Michelbach eine Kaufhalle eröffnet hatte, konnte man kleine Schnäpschen kaufen, ohne dass es besonders auffiel. Also kam schon während der Fahrt der Weinbrand in die Cola. Das hatte die Stimmung ordentlich aufgeheizt.

Es half auch nicht, dass Herr Dörsam beim Abendessen Schauergeschichten über den Klabautermann erzählte und den ›Schimmelreiter‹ vorlas. Wir hatten alle bereits Jahre zuvor den ›Exorzisten‹ gesehen, in dem Linda Blair sich den Kopf nach hinten dreht und Erbsensuppe ausspuckt. Mich machte bereits das Wehen eines weißen Vorhanges im Film fertig. Hätte es damals auf dem Land schon Psychotherapie gegeben, wir wären alle Kandidaten gewesen. Auf dem Schulhof wurde vor lauter Furcht über den Exorzisten nur geraunt.

In der Nacht machte sich in der Büsumer Jugendherberge jemand an unserer Zimmertür zu schaffen. Ich war sofort wach. Die drei Klassenkameradinnen, mit denen ich das Zimmer teilte, schliefen fest. Es lag also an mir, unser junges Leben gegen den Klabautermann zu verteidigen oder wer oder was auch immer vor der Tür lauerte. Linda Blair?

Ich nahm die Colaflasche, sie war schön schwer, und stellte mich mit ihr hinter die Tür. Diese öffnete sich langsam einen kleinen Spaltbreit. Ich schwang die Flasche. Der Lichtkegel einer Taschenlampe wanderte über die vier Betten und verharrte einen Moment über meinem leeren. Daran hatte ich nicht gedacht. Ich hätte etwas unter die Decke stopfen müssen.

Meine Hände schlossen sich fest um die Colaflasche. Meine Arme zitterten von der ungewohnten Anspannung und weil ich keine gute Sportlerin war. Ein Kopf erschien und ich holte tief Luft … da verschwand der Kopf wieder und die Tür schloss sich leise.

In dieser Nacht machte ich kein Auge zu. Beim Frühstück eröffnete mir Herr Dörsam, wie enttäuscht er von mir sei, weil ich nachts unerlaubt das Zimmer verlassen hätte, und verpasste mir einen Eintrag ins Klassenbuch. Ich wollte ihm ja gerne erzählen, dass ich ihn fast erschlagen hätte, zog dann aber den Eintrag ins Klassenbuch vor.

Dabei hatte ich Herrn Dörsam einiges zu verdanken. Anfangs wurde ich in der Realschule nämlich fröhlich gemobbt, weil alle etwas gegen die Angeber vom Gymnasium gegenüber hatten. (Ja, genau, die fünfte und sechste Klasse hatte ich dort besucht, allerdings nicht gerade mit Erfolg.)

Mit meiner baumlangen schiefen Figur, den zotteligen Haaren und schiefen Zähnen ging ich keinesfalls als Angeberin durch, als Sonderfall aber schon. Vom aschblonden Scheitel bis zu meinen zu kurzen Hosen am X-Bein war ich eine einzige Absage an das Schönheitsideal der späten 70er-Jahre.

Natürlich war ich verhaltensauffällig, was aber nicht weiter auffiel. Meiner Familie blieb grundsätzlich alles verborgen, weil jeder mit etwas anderem als den anderen beschäftigt war. So schützten wir uns wahrscheinlich davor, uns gegenseitig umzubringen.

Nur mein Klassenlehrer Herr Dörsam bemerkte es und versuchte, seine schützende Hand über mich zu halten, was mir natürlich als Petzerei ausgelegt wurde. Ich hätte aber nie gepetzt – auch Underdogs haben Ehrgefühl. Ich verbrachte vor meinem Türdienst viele Pausen auf der Toilette. Die Graffiti konnte ich auswendig aufsagen.

Ja, diese Zeit war nicht vergnügungssteuerpflichtig und es ist gut, dass Mobbing heute ein gesellschaftliches Thema ist.

Aber dann entdeckte Herr Dörsam mein Talent zum Schreiben (was Sie inzwischen hoffentlich auch entdeckt haben, liebe Leser, sonst erlaube ich Ihnen jetzt ganz ausdrücklich, dieses Buch aus der Hand zu legen und beim Buchhändler Ihr Geld zurückzuverlangen. Gehen Sie bitte zum Buchhändler und nicht zum Bestelldienst. Lassen Sie sich vom Buchhandel beraten – dann wäre es zu diesem Fehlkauf vielleicht gar nicht erst gekommen!).

Herr Dörsam ließ mich einen Aufsatz vor der Klasse vorlesen. Das Thema lautete: »Das Schwein auf der Autobahn«. Heute würde dieses Thema alle Tierschutzvereinigungen, Greenpeace, Amnesty International, die Polizei, Feuerwehr und die internationale Veganervereinigung auf den Plan rufen. Aber mal ganz ehrlich: »Tofu auf der Autobahn« klingt als Thema ein bisschen matschig, nicht wahr?

Warum die Feuerwehr und die Polizei? Na ja, irgendjemand muss das Schwein ja auch wieder von der Autobahn herunterholen.

Damals war das einfach ein lustiges Thema.

Ich las den Aufsatz mit – ich gestehe es – zitternden Händen vor. Danach applaudierte die Klasse begeistert und ich hatte doch noch meinen Platz gefunden. Als Literatin musste man auch nicht schön oder sportlich sein.

Nur die Sportlehrer sahen das anders.

Hier einmal ein offenes Wort unter uns, liebe Leser: nur unter uns. Sportlehrer werden irgendwo an geheimen Orten gezüchtet. Sie sind das Ergebnis einer Liaison zwischen Kästen und Ringen und dann werden sie scharf gemacht und auf wehrlose Schüler losgelassen. Sportlehrer sind doof und wasserdicht. Sie können nur Zeiten messen, aber garantiert nicht die Uhr lesen. Sportlehrer unterrichten nie ein zweites Fach. Außer vielleicht Werken und dann schlagen sie die Nägel mit der Stirn ins Brett.

Sie merken, ich habe eine ganz leichte Aversion gegen diesen Beruf. Und nein – ich habe keine Angst, dass irgendein Sportlehrer dieses Buch liest. Solange es nicht als DVD oder auf Youtube zu finden ist, sind wir auf der sicheren Seite. Sportlehrer sind anders.

Vor allem unterstellen sie den Kindern, dass sie nicht unsportlich oder ängstlich, sondern dass sie faul sind. Auf meiner Negativskala sind Sportlehrer dicht gefolgt von Mathelehrern, die persönlich beleidigt sind, wenn jemand ihre Gleichungen nicht lösen kann.

Ich habe in der Oberstufe einmal meinen Mathelehrer in einen Wutanfall getrieben. Unabsichtlich natürlich.

Ich verstand alles, was er uns im Grundkurs erzählte, nur konnte ich es mir keinen Moment merken – ich bin ein

Goldfisch der Mathematik. Das war keine böse Absicht – es war einfach so. Als ob die ›Men in Black‹ mich jeden Tag nach der Schule geblitzdingst hätten.

Das verstand der Mathelehrer nicht.

Als ich im Unterricht eine Gleichung löste, die – wie er sagte – auf Leistungskursniveau war, drehte er durch. Er schrie und tobte und wurde schließlich abgeholt. Danach hatten wir vier Wochen kein Mathe und meine Klassenkameraden vom Leistungskurs waren sehr dankbar.

Als er wiederkam, war er sehr ruhig und entspannt. Nur wenn ich mich meldete, lief ein leichtes nervöses Zucken über sein Gesicht.

Rundhose oder Was nicht passt, wird passend gemacht

Als die Realschulzeit zu Ende ging, hatte ich die Idee, eine Schülerzeitung zu machen. Das fanden meine Klassenkameraden toll, aber keiner hatte Lust, etwas zu schreiben. So wurde das Ganze etwas mühevoll und ich zeichnete am Ende für fast alle Artikel verantwortlich. Die waren durchaus provozierend. Es war viel von wenig Demokratie und strenger Hierarchie die Rede. Meine Klasse hatte für das Schulfest Pizza gebacken, um zusätzliches Geld für die Abschlussfahrt nach Südtirol zu erwirtschaften. Wir hatten wie die Sklaven gearbeitet. Die Pizza war dann der Renner, zumal es damals noch keine Pizzeria in Wald-Michelbach gab und die Vergleichsmöglichkeiten fehlten. Stolze

600 Mark kamen zusammen. Die behielt der Direktor einfach ein, weil das Geld auf dem Schulgelände erwirtschaftet worden war und er den bei uns beliebten Klassenlehrer hasste. Er kaufte Verdunklungsvorhänge für die Schulräume und wir sahen in die Röhre. Ich rächte mich mit scharfen Artikeln, die unser Lehrer lässig durchwinkte.

Da meine Mitschüler nach der Pizzaenttäuschung erst recht nicht zum Schreiben, aber auch nicht anderweitig zu bewegen waren, war ich am Ende Herausgeberin, Chefredakteurin, Reporterin, Lektorin, Marketingabteilung und Vertrieb in Personalunion. In der Produktion hatte ich Hilfe, sonst wäre das Heft nie zustande gekommen.

Die Hefte wurden nicht gedruckt. Da es keinen Copyshop in Wald-Michelbach gab, nötigten wir den Vater eines Klassenkameraden, in seiner Firma die Blätter zu kopieren, was ihn den Job hätte kosten können, denn Kopien waren damals sehr teuer. Dann saßen wir zu fünft bei mir zu Hause auf dem Küchenboden und hefteten die Seiten, während meine Mutter allen Kuchen aufdrängte. Die anderen vier waren Jungs und meine Mutter witterte sofort eine Heiratschance. Dass wir alle erst sechzehn waren, beunruhigte sie nicht.

Wir falteten und hefteten und aßen Kuchen.

Mit dem fertigen Produkt setzte ich mich im Schulhof an einen Tisch und breitete drei Exemplare vor mir aus, von denen ich behauptete, es seien die drei letzten. Die Nachfrage war mäßig, dabei konnte man nicht einmal anführen, dass soziale Netzwerke oder die Programmvielfalt zu Desinteresse bei meinen Mitschülern geführt hätten. Es gab damals drei Fernsehprogramme, keine Computer, keine Handys, kein Internet.

Die Kiste mit den anderen hundert Exemplaren stand unter dem Tisch. Das konnte man aber nicht sehen, weil ich eine fliederfarbene Rundhose anhatte. Die Kiste verbarg ich einfach dahinter und über die Stuhllehne hatte ich meinen Parka gehängt. Ich hatte natürlich den falschen. Meiner war zu grün, zu dunkel und zu unförmig, er hatte keinen schicken Taillenzug und sah zudem zu neu aus. Und er hatte eine Kapuze – das war das absolute No-Go. Aber in diesem Fall war das einmal gut, weil der übergroße Parka half, die Kiste mit den Schülerzeitungen zu verdecken. Die waren ganz schüchtern im DIN-A5-Format, enthielten aber politischen Sprengstoff. Leider ging die Marketingstrategie nicht auf, weil ich irgendwann zur Toilette musste und die verräterische Kiste entdeckt wurde.

Ich habe einmal ein Buch über Marketing gelesen. Es war ein schlankes Büchlein, kam natürlich aus England und hieß ›Everthying you need to know about marketing‹. Das Buch war brillant und endete mit einem Witz:

Wenn ein junger Mann während einer Party auf einen Stuhl steigt und verkündet, er sei der beste Liebhaber der Welt und ob nicht irgendeine Dame mit ihm nach Hause gehen wolle, dann ist das Werbung.

Wenn der junge Mann zu einer bestimmten jungen Dame geht und ihr in einem persönlichen Gespräch erklärt, dass er der Welt bester Liebhaber sei und geradezu ideal für sie, dann ist das Marketing.

Wenn aber die junge Dame zu dem jungen Mann hingeht und ihm sagt, dass sie gehört habe, er sei der beste Liebhaber und ob er mir ihr nach Hause gehen würde, dann ist das PR.

Ich konnte keines von den dreien.

Meine Abschlusszeitung brachte mir wenig Ruhm, aber Hausverbot an der Realschule ein. Schon an meinem ersten Tag am Gymnasium kam der Sohn des Realschuldirektors auf mich zu, fragte mich nach meinem Namen und teilte mir mit, dass ich in der Schule seines Vaters Hausverbot hätte.

Ich hatte auch einen dramatischen Artikel über die Umwandlung des Musikzimmers in ein Lehrerzimmer geschrieben. Dem lag die Überlegung zugrunde, dass an Haupt- und Realschüler eine musische Erziehung verschwendet war, da wir nie genug Geld verdienen würden, um eine Opernaufführung zu besuchen. Außerdem gab es in Wald-Michelbach keine Oper. Mein Artikel war sehr ironisch, denn so konnte ja aus meinem Traum von der höheren Tochter nichts werden. Wobei mir zur höheren Tochter auch die passende Optik fehlte.

Seit mir die Sachen meiner Schwestern nicht mehr passten, erhielt ich öfter mal ein textiles Erbstück aus der Nachbarschaft. Da wir wenig Geld hatten, nahm es meine Mutter dabei nicht so genau, weder bei Form noch bei Farbe und Größe.

Sie hatte auch kein Einsehen, wenn Kleidungsstücke zu eng waren. Als Kind wurde ich in viel zu kleine Kleidungsstücke gepresst, Hosen wurden mir schier bis über die Ohren gezogen und Ärmel nach unten gezerrt, was die Ärmel natürlich nicht länger machte, aber die Beine, denn das schlimme Kneifen im Schritt ließ mich auf Zehenspitzen gehen. Und immer war ich schuld, wenn mir die Sachen nicht passten.

»Was ist denn mit dir?«, zischelte meine Mutter böse, während mir Tränen des Schmerzes in die Augen stiegen.

Wieder einmal war eine Hose so eng, dass sie mir gleichzeitig in den Bauch und in den Rücken kniff. Sie saß so stramm, dass ich nur in Trippelschritten laufen konnte wie eine unförmige Geisha.

Meine Tante Renate, die einzige Schwester meiner Mutter, war zu Besuch. Der Konformitätsdruck war besonders groß, weil meine Tante behauptete, dass ich nicht ganz normal sei und meine Mutter ihr das Gegenteil beweisen wollte – koste es, was es wolle. Sie hatte schließlich noch drei Kinder in Reserve.

»Stell dich nicht so an, Lenchen, die Hose sitzt wie angegossen.« Ich hätte gerne widersprochen, bekam aber keine Luft.

»Helene platzt gleich«, entgegnete meine Tante ungerührt. »Die ist zu fett für die Hose.«

»Zu feeett?«, meine Mutter bekam einen roten Kopf. Odenwälder schätzen Widerspruch nicht sonderlich. Meine Mutter war eine typische Odenwälderin. Meine Tante Renate aber auch.

»Wo ist die denn zu fett?«

Meine Mutter griff in meinen Hosenbund. Das war ein Beweis ihres starken Willens – die Hose saß so stramm, dass eigentlich nichts mehr hineinpasste, aber alles herauswollte. Es war schon unfassbar gewesen, wie sie es geschafft hatte, mir diese Hose überhaupt anzuziehen. Es war eine Jeans von C&A, die mit Schlag und Glöckchen. Das klingelte bei jedem Schritt. Das war zu der Zeit der Hit! Ich wollte die Hose auch unbedingt. Endlich wäre ich zumindest modisch mit meinen Mitschülerinnen auf Augenhöhe gewesen. Nun, da ich in der Hose steckte, überlegte ich es mir spontan anders. Atmen hatte einfach höhere Priorität.

Da stand ich also und hatte auch nicht die Absicht, mich jemals im Leben zu setzen, weil mir das die inneren Organe zerschnitten hätte. Und in diesem Moment wollte meine Mutter recht haben. Also schob sie ihre Hand in meinen Hosenbund.

Es heißt ja, dass eine verzweifelte Mutter einen LKW hochheben kann, um ihr darunterliegendes Baby zu retten. Das glaube ich, seitdem meine Mutter ihre Hand da reinsteckte, wo man definitiv nichts reinstecken konnte.

Meine Tante lümmelte in beneidenswert bequemen Hosen auf dem Sofa, ich stand davor wie eine prallgefüllte Stopfwurst, und dann kam die Hand Gottes.

Der Hosenknopf sprang ab wie ein Torpedo und meiner Tante direkt ins Auge. Sie wurde nicht blind, konnte aber einige Tage nichts sehen und hatte ein Veilchen. Der Reißverschluss sauste nach unten und ich atmete tief und erleichtert auf.

Meine Tante behauptete wochenlang, meine Mutter hätte das mit Absicht gemacht. Wenn das so gewesen wäre, hätten sich alle Armeen dieser Welt sofort um meine Mutter bemühen müssen, weil es dann nie eine größere Strategin gegeben hätte.

Meine Mutter behauptete wiederum, dass ich das mit Absicht gemacht hätte, um nur ja die Hose nicht anziehen zu müssen.

So blieb mir nur die Rundhose. Sie passte auch nicht.

»Die trägst du jetzt«, meine Mutter war immer noch böse wegen dem blauen Auge meiner Tante Renate.

Ich ergab mich seufzend.

Die Rundhose war noch dazu eine Hüfthose. Die sind ja zurzeit wieder in. Junge Mädchen strecken der Welt ihre kleinen runden Bäuche entgegen – ob freiwillig oder nicht, lassen wir einmal dahingestellt, die haben ja schließlich auch Mütter und Tanten.

Ich würde diese Hose anziehen, daran ließ meine Mutter keinen Zweifel. Ich fragte mich, wie ich mich in der Schule mit dieser Hose hinsetzen sollte. Sie bedeckte meinen Hintern gerade so. Wenn ich mich auch nur ein bisschen nach vorne beugte, sah man unweigerlich meine Poritze.

Lange Oberteile waren leider verpönt. Man trug das T-Shirt bündig mit der Hose. Aber seit der Jinglers-Jeans von C&A war mein Widerstand gebrochen. Es sieht ja manchmal so aus, als ob junge Mädchen ihren Körper so verändern können, wie die Mode es gerade erfordert. Ich gehörte definitiv nicht zu der Sorte.

Die Rundhose umschlackerte meine Beine mit einem Stoffvolumen, das gereicht hätte, um Vorhänge für ein Panoramafenster zu schneidern, während sie im Schritt furchtbar eng war und kniff.

Der modische Gag bei einer Rundhose war, dass sie auf dem Boden etwas schleifen musste und man die Füße nicht sehen konnte. Dieses Ziel hatte ich weit verfehlt. Das fliederfarbene Unglück wedelte um meine Knöchel und meine Turnschuhe passten auch nicht wirklich dazu, was man nicht gesehen hätte, wenn die Hosenbeine lang genug gewesen wären.

Als ich eines Tages, nach erniedrigenden und verkniffenen Schulstunden in der Realschule, verzweifelt nach Hause schlackerte, erblickte ich in unserem einzigen Textilgeschäft plötzlich etwas. Es war dunkelblau, schmal und hatte gelbe Blüten. Es war aus Stoff: meine erste Bordüre!

Ein Traum.

Ich nähte eine Bordürenreihe nach der anderen an die Beine der Rundhose. Ich nähte zwei Tage, und dann war der Wald-Michelbacher Bordürenvorrat zu Ende.

Während ich also versuchte, mich mit meiner Körpergröße konstruktiv zu arrangieren, war meine Länge ein beliebtes und nicht ganz so konstruktiv erörtertes Thema in der Familie.

Ich hatte diverse Cousins und Cousinen. Die waren kaum jünger, aber viel, viel kleiner als ich. Wenn wir die Verwandtschaft in Scharbach besuchten, wurde ich mit meinen Cousins in der Küche Rücken an Rücken gestellt, wie bei einem Duell. Und dann wurde per Hand gemessen.

Und kommentiert.

»Die Helene wächst ja wie Unkraut. Wo will die denn einmal einen Mann herbekommen?« Für meine Scharbacher Oma war Takt das, was die Uhr machte.

Das fragte ich mich natürlich in der Zwischenzeit heimlich auch längst. Aber ich schwor mir an diesem Tag in der Küche meiner Oma, ihn, den noch unbekannten Mann meiner Träume, nicht meiner Familie vorzustellen. Wer weiß, was die alles an ihm in der Küche vermessen hätten.

Die RAF im Odenwald

Auch im Odenwald hatten wir echte Hippies. Die standen mit langen Haaren, und zwar richtig langen Haaren (vor allem die Jungs) auf dem Schulhof im neugebauten Gymnasium in Wald-Michelbach herum und hatten über ihrer Jeans nichts an außer einer indianisch wirkenden Wolldecke mit zwei Sicherheitsnadeln. In der asketisch-depressiven Betonwüste des Gymnasiums wirkten sie wie hineingebeamt. ›Raumschiff Enterprise‹ war damals unsere Lieblingsserie.

Das waren die Obercoolen. Man musste lässig sein, und man musste Kohle haben, aber eben auf diese selbstverständliche Art.

Wir haben zu ihnen aufgeschaut wie zu Göttern. Nur ein einziges Mal sahen sie blass aus, als sie gesammelt vor der Tür zum naturwissenschaftlichen Trakt der Schule standen. Da wirkten ihre langen Haare schlaff, die Wolldecken schlotterten um sie herum. An der Tür zum Trakt stand: Ruhe bitte – Abiturprüfung!

Selbst der Direktor der Schule, der wegen seiner großen Strenge gefürchtet war, hatte so einen langhaarigen Sohn. Unsere Eltern nannten unsere Götter Gammler, und unser Großvater machte sich einen Witz daraus, langhaarige Männer mit »Fräulein« anzusprechen (damals gab es das Fräulein noch und auch das böswillige Verlassen, wenn die Ehefrau vom prügelnden Mann weggegangen ist). Wahlweise wollte er sie auch an die Wand stellen, zusammen mit der ganzen RAF.

Doch wir hatten alle ein geheimes Faible für die RAF. Das war die Rote Armee Fraktion oder auch Baader-Meinhof-Bande. An jeder Polizeidienststelle und in jedem öffentlichen Gebäude hingen ihre Fahndungsplakate, die wir mit einer Mischung aus Angst und heimlicher Bewunderung anschauten. Da stand: »Vorsicht Schusswaffen!« Anfang der 80er-Jahre wurde nach Christian Klar gefahndet. Er sollte sich in Heidelberg und Umgebung aufhalten. Also möglicherweise auch im Odenwald! Bei uns! Niemand kam als junger Mensch freiwillig in den Odenwald – er wäre also das perfekte Versteck gewesen.

Meine Familie hatte wie gesagt einen Hund, mit dem ich jeden Tag nach der Schule zwei Stunden durch den Odenwald wanderte. Wir genossen diese gemeinsamen Spaziergänge. Sie waren auch dem Umstand geschuldet, dass ich den Hund angeschleppt hatte, als ich neun Jahre alt war, und meine Mutter daraufhin kategorisch erklärt hatte: »Er kann bleiben, aber *ich* gehe nicht mit ihm Gassi!« Das wurde dann schnell mein Job, weil meine Schwestern das ähnlich sahen und mein Vater ohnehin nie da war. Meine Oma war wiederum zu schusselig – sie wäre wahrscheinlich mit einem anderen Hund zurückgekommen oder gar nicht.

Ich war mit dieser Regelung sehr zufrieden, weil sie mir das mittägliche Abwaschen ersparte. Und die Landschaft war wirklich wundervoll. Die wogenden Felder, die dichten Wälder und die bunten Wiesen. Der Odenwald ist ein sehr schönes Mittelgebirge, hat es aber bis heute geschafft, weitgehend unbekannt zu bleiben. Auf seinen Hügeln weht stets eine frische Brise. Ich genoss den Wind in meinen Haaren und stellte mir dabei vor, wie ich mich verhalten würde, wenn Christian Klar vor mir stünde. Der sah ja ganz gut aus.

Was würde ich machen, wenn er bewaffnet war? Würde ich als Geisel mit ihm gehen? Ich sah sorgenvoll auf meinen Hund, der den klangvollen Namen Lumpi trug und eine gefährliche Mischung aus Spitz, Dackel und Schäferhund war. Er war ein liebenswürdiger Familienhund, hatte aber, was Fremde betraf, von allen drei Hunderassen die schlechtesten Eigenschaften geerbt: Der Starrsinn kam vom

Dackel, die Falschheit vom Spitz und die Angriffslust vom Schäferhund. Er biss schrecklich oft zu und einmal kam sogar die Polizei zu uns nach Hause, um uns zu verwarnen. Ich fragte die Beamten, ob sie nicht genug damit zu tun hätten, Christian Klar zu finden, aber die schauten mich nur böse an.

Lumpi betrachtete fremde Menschen schnell als Feinde. Er riss keine tödlichen Wunden, sondern zwickte die Leute mehr, aber ein großer Schreck war es allemal und eine Tetanusimpfung jedes Mal fällig. Seinetwegen hatten wir sogar eine Hundehaftpflicht bei der Allianz abgeschlossen. Das war damals die einzige bekannte Versicherung und Herr Frömmel war ihr Vertreter. Herr Frömmel sah ein bisschen aus wie Eduard Zimmermann von ›Aktenzeichen XY‹. Er war ein freundlicher älterer Herr, der meinen Eltern auch schon mal bei der Steuererklärung half. Daher wusste er natürlich auch, dass wir uns keine übertrieben teuren Versicherungen leisten konnten. Aber die Hundehaftpflicht musste sein.

Meine Oma war seit einiger Zeit ein bisschen tüttelig, etwas, das man heute so unromantisch als dement bezeichnet. Sie büxte gerne aus und ging dann ins nächste Lokal, wo sie den Wirtsleuten erzählte, dass sie bei uns nichts zu essen bekäme. Die Wirtsleute kannten uns gut, weil meine Mutter über viele Jahre bei ihnen gekocht hatte. Sie gaben meiner Oma eine Suppe und riefen bei uns an, damit wir die Oma abholen konnten.

Meine Oma hatte ein Hungertrauma aus der Kriegs- und Nachkriegszeit. Sie konnte immer essen und hortete Lebensmittel unter ihrer Matratze, die wir dann regelmäßig entsorgten. Sie konnte aber auch ganz wunderbare Geschichten aus ihrer Zeit im ungarischen Sopron erzählen, das einmal Ödenburg hieß. Sie schwärmte vom eigenen Weinberg und dem großen Garten, in dem Melonen und Paprika wuchsen, von Trauben, die so hell waren, dass man durch sie hindurchblicken konnte. Wenn man in Sopron im Hotel Sopron logiert, wohnt man im ehemaligen Garten meiner Oma.

Wir sperrten den tobenden Hund natürlich weg, wenn Besuch kam, aber was half das, wenn meine Oma die Tür wieder aufmachte, weil sie es einfach nicht ertragen konnte, wenn das »arme Viecherl« eingesperrt war. Meine Oma hatte in Wien Matura gemacht und sprach einen charmanten Wiener Slang. So saß Herr Frömmel von der Allianz eines Abends bei uns auf dem Sofa, um einen Schadensfall aufzunehmen. Meine Oma entließ das arme Viecherl aus seiner Haft und der Hund kam wie ein kleiner kläffender schwarzer Teufel hereingeschossen und biss Herrn Frömmel ohne zu zögern ins Bein. Der nahm einfach noch ein Formular und füllte es aus. Wir waren entsetzt, die Oma schämte sich, doch Herr Frömmel blieb galant.

Aber zurück zur RAF. Während mir der Odenwälder Wind also jeden Tag um die Ohren pfiff und ich mit meinem Hund kontrollierte, wie weit die Obstbäume auf den Streuobstwiesen so waren, stellte ich mir wie gesagt vor, was passieren würde, wenn der schicke junge Christian Klar plötzlich vor mir stünde: cool und mit einer Heckler & Koch im Anschlag. Bei dem Gedanken tat mir Christian Klar offen gestanden leid. Die Gefahr war groß, dass mein Hund ihn zu Kleinholz verarbeiten würde.

Es gab ja nur zwei Möglichkeiten, sollte es zu dieser historischen Begegnung zwischen Christian Klar und Lumpi kommen: Entweder würde am RAF-Fahndungsplakat Klars Gesicht durchgestrichen oder sie würden ein Foto von Lumpi dazukleben und dessen Kopf ausixen. Unsere örtliche Polizei hätte sich vermutlich schwer entscheiden können, welche Variante ihr lieber gewesen wäre.

Heute ist Christian Klar wieder auf freiem Fuß und Lumpi längst im Hundehimmel. Wer weiß, vielleicht sind Christian Klar und ich uns ja sogar schon einmal in Berlin über den Weg gelaufen. Ohne Odenwälder Wind und Wälderrauschen ist es aber nicht dasselbe – mit und ohne Hund.

Von Wald-Michelbach in den Londoner Untergrund

Das ist die vorerst letzte Reisegeschichte – versprochen. Es ist gleichzeitig die erste Englandgeschichte, und mein englischer Schwager will sie mir bis heute nicht glauben.

Unsere älteste Schwester Anne machte als Erste aus unserer ganzen Familie auf dem Gymnasium in Wald-Michelbach das Abitur in der reformierten Oberstufe, also mit Kursen statt Klassen und dem Punktesystem statt Noten. Wald-Michelbach im Odenwald liegt nicht nur sehr nahe an der Landesgrenze zu Baden-Württemberg und Rheinland-Pfalz – es ist auch das hessische Australien für Lehrer. Nach Australien wurden früher die Schwerverbrecher aus Großbritannien geschickt. Alle hessischen Lehrer, die sich etwas Schreckliches hatten zuschulden kommen lassen, landeten in Wald-Michelbach. Das daraus resultierende Kollegium hätte – das war am Gymnasium nicht anders als an der Realschule – auch hervorragend in einen Piratenfilm gepasst. Es gab einen Chemielehrer, der einmal ein Labor zur Explosion gebracht hatte, und einen Biologielehrer, in dessen Obhut ein Schüler bei einem Ausflug zu Tode gekommen war, als er auf einen Baum klettern musste, um ein biologisches Phänomen zu überprüfen. Dabei stellte sich heraus, dass der Schüler Höhenangst hatte. Da der Lehrer von der »harten Sorte« war, bestand er darauf, dass der Schüler auch wieder herunterkletterte. Handys gab es nicht, um die Feuerwehr zu rufen. Das war sein Verhängnis und der Lehrer unterrichtete nun in Wald-Michelbach. Und es gab einen Englischlehrer, der die korrekte Aussprache des Tie-Äitsch bei den jungen Damen gerne vor Ort, also quasi schon im Mund überprüfte. Mein Englischkurs hatte ihn nur einmal zur Vertretung. Das war im Sommer, aber wir Mädchen zogen alle dicke Rollkragenpullover an, damit der arme Mann nicht in Versuchung kam.

Als Höhepunkt und Abschluss ihrer schulischen Ausbildung flog meine Schwester nach dem Abitur mit ihrem Englischkurs und dem anschmiegsamen Lehrkörper nach England, wo sich Maggie Thatcher gerade anschickte, die Macht zu übernehmen. Wir waren alle begeistert davon, dass eine Frau Regierungschefin wurde. Das war aber für die Kurswahl meiner Schwester nicht ausschlaggebend gewesen.

Damals gab es im Odenwald eine Diskothek, die »Underground« hieß und über deren Eingang das Symbol der Londoner U-Bahn leuchtete. In die gingen die älteren Schüler sehr gerne, sobald sie ihren Führerschein und ein Auto hatten. So war das halt auf dem Land: Für jedes Vergnügen musste man weit fahren. Es sei denn, man zog es vor, sich mit einem Motorrad auf den Serpentinen des Odenwaldes den Hals zu brechen – dafür genügten wenige Kilometer.

Die Reise unserer frischgebackenen Abiturienten führte mit einer Propellermaschine von Frankfurt nach London. Das britische Pfund stand damals stolze 1:10 gegen die D-Mark, was den finanziellen Radius erheblich einschränkte. Umso froher waren vor allem die jungen Damen, als der Bus, der sie vom Flughafen in die Stadt brachte, an einem »Underground« vorbeifuhr. Es hatte sogar das Symbol, das sie vom Odenwälder »Underground« kannten. Und es wurde immer besser! Es gab nicht nur eines – nein, fast an jeder Straßenecke gab es ein »Underground«. Die Stimmung stieg.

Also schnell ab ins Hotel und aufgebrezelt. Es wurde angezogen, was die Odenwälder Haute Couture hergab. Es wurde geschminkt und onduliert. Und dann ging es wohlriechend und hübsch zurechtgemacht in das nächste »Underground«. Den Rest können Sie sich denken. Da ging es wirklich ab.

Nun fühlt man sich im Ausland zwar als Ausländer, genießt aber auch das Privileg, in der Muttersprache von den Einheimischen nicht verstanden zu werden. So als wäre man unsichtbar. Das kann sehr viel Spaß machen. Im Supermarkt beobachteten meine Schwester und ihre Freundinnen ein skurriles älteres Paar, das sich offenbar nicht entscheiden konnte, was es einkaufen sollte. Sie war korpulent und er verfügte über die ausgeprägtesten O-Beine, die die junge Meute seit langem zu Gesicht bekommen hatte.

Das wurde fleißig kommentiert, bis die Dame empört ausrief: »Komm, Schatz, wir gehen!«

Die Ernährung stellte alle vor große Herausforderungen. Im Hotel gab es ein eigenartig gekochtes Frühstück. Sonst nichts. Und die Restaurants waren unerschwinglich. Also kauften die Schüler im Supermarkt ein. Überhaupt: Supermarkt! In London gab es damals schon richtig große Supermärkte – in Wald-Michelbach hatte gerade einmal eine kleine Kaufhalle eröffnet. In die hatten sich die Leute dann gestürzt, als ob sie am nächsten Tag gleich wieder schließen würde. Es wurde restlos aufgekauft, was irgendwie in Keller und Regal passen wollte. Das war aber nichts im Vergleich zu diesem Supermarkt nahe der Victoria Station, der so groß war wie ein Fußballfeld und in dem es jedes Produkt gleich regalweise gab.

Leider kamen in London zur finanziellen Einschränkung auch die mangelnden Markenkenntnisse dazu. Die Abiturienten mussten sich daher auf Wörterbücher und die Bilder auf den Verpackungen verlassen. Als die Zitronenlimonade im Hotelbecher zu sehr schäumte, wurde allen klar, dass sie Spülmittel gekauft hatten. Clever hatten sie aber die Sonderangebote genutzt: gebackene Bohnen in Tomatensoße, Thunfisch und andere Leckereien in Dosen. Nur den Dosenöffner, den hatten sie leider vergessen. Schade, dass ich nicht dabei war: Mit meiner Zahnspange hätte ich da bestimmt aushelfen können.

1980! Es geht ums Durchbeißen

Ich habe Ihnen bisher etwas verschwiegen. Die Körperlänge war in dieser Zeit nicht mein einziges Problem. 1980 begann mit einer großen Enttäuschung. Ich war von der Realschule wieder auf das Gymnasium gewechselt und musste immer noch meine Zahnspange tragen. Das war damals eine der ersten festen Spangen. Mittlerweile gehören sie zum Straßenbild und in das Gesicht jedes zweiten Teenagers – sind die Zähne auch noch so gerade. Man könnte sagen, die Spange ist heutzutage eine Art Zeichen für Geschlechtsreife: Man bekommt sie nämlich erst, wenn man ausgewachsen ist – genau wie Pickel.

In keinem Land der Welt werden bei so vielen Kindern die Zähne reguliert wie in Deutschland. Woran das liegen mag? An den geraden Baumreihen? Den ordentlichen Rasenkanten? Eine Frage der Mentalität? So muss es wohl sein, denn anders ließe sich nicht erklären, warum bereits die kleinste Abweichung im Mund des Nachwuchses mit so dramatischen Maßnahmen bekämpft wird. Das ist deutscher Perfektionismus – alles in Reih und Glied.

Die Klammern sind heute aus Plastik und sehen richtig nett aus. 1980 war das leider noch anders. Spangen waren eine brandneue Sache, frisch aus den USA importiert. Und ich war das Versuchskaninchen! Damals war die Klammer ein Knast für Zähne: Sie bestand aus Edelstahl. Der Kieferorthopäde wurde zum Klempner, der im Schweiße seines Angesichts eine martialische Maschine zusammenbaute – und das in meinem Mund! Geschlagene zwei Stunden lang. Danach konnte ich ihn drei Tage nicht schließen.

Der Grund für meine schiefen Zähne war ein böser Sturz als Kind, wozu man im Odenwald nur ein bisschen Wahnsinn und ein schlecht funktionierendes Klapprad brauchte. Die steilen Straßen lieferte der Odenwald gratis dazu. Ein Missgeschick und der Kiefer ist im Gulli, wo meiner damals auch tatsächlich landete. Nun sollte der Kiefer erst gerichtet werden, wenn das Kind ausgewachsen war. Nachdem ich eine qualvolle Kindheit mit Zähnen durchstehen musste, die mich für den Horrorstreifen ›Nightmare on Elm Street‹ qualifiziert hätten, beschloss der Kieferorthopäde – ein schmucker Portugiese – endlich, dass ich jetzt alt genug war, um auf seiner Werkbank zu landen. Nach der Prozedur war mein Mund dann doppelt so breit und ich sah aus wie der Beißer aus den James-Bond-Filmen ›Der Spion, der mich liebte‹ und ›Moonraker‹ – was natürlich sehr attraktiv war, besonders für ein Mädchen von 16 Jahren.

Und ich war ohnehin in jeder Hinsicht einzigartig: besonders lang, besonders schief und jetzt die halbe metallverarbeitende Industrie Deutschlands im Mund. Natürlich nur die Westdeutschlands – denn die Mauer stand ja noch. Meinem frischen Mundschmuck hatte ich es zu verdanken, dass man mich alle zehn Meter fragte, ob ich magnetisch sei und ob das Gerät, das es mir kaum erlaubte, die Lippen zu schließen, nicht beim Küssen stören würde. Leider konnte ich die Frage nicht beantworten, da ich die Klammer erst nach meinem Tunesien-Urlaub bekommen hatte und mich zudem nur schwer artikulieren konnte. »Iiiiiiii kann has nieeee ho genauu chagen.« Aber spucken konnte ich es dafür ausgezeichnet. Da hätte ich mir gleich ein Schild umhängen können, auf dem »Küssen verboten« stand. Somit war die Spange ein hervorragendes Verhütungsmittel, denn sie verhinderte einfach alles.

Das neue Jahrzehnt fand mich mitten unter lauter gut aussehenden Mitschülern. In der Realschule waren alle unauffälliger gewesen und hatten sich mit der Zeit an meinen Anblick gewöhnt. Jetzt aber hatte ich im Klassenraum immer viel Platz, da die meisten Mitschüler wohl der Ansicht waren, dass eine Metallklammer ansteckend ist.

1980 besaßen wir alle noch keinen Führerschein und mussten daher in Wald-Michelbach bleiben. Das Eiscafé und der Minigolfplatz waren im Winter geschlossen, und so schrieb ich auch aus der Not heraus seit einiger Zeit für die Lokalzeitung, wo ich auf einmal Menschen traf, die mich toll fanden, weil ich jung war und Puls hatte. Denn mein Vorgänger im Amt war ein betagter Herr gewesen, dessen vitale Funktionen während der Veranstaltungen regelmäßig von den anwesenden Landärzten überprüft werden mussten. Nach einer Weile konnte ich verstehen, warum er schließlich einfach gestorben war: vor Langeweile!

Während meine Mitschüler sich bald schon in den Diskotheken oder im Kino vergnügten, verbrachte ich nun also viele, viele Sonnabende bei Vereinen. Besonders beeindruckte mich dabei der Verband der Vertriebenen, dessen Mitglieder sich immer in ganz finsteren Kneipen-Hinterzimmern trafen, um diese dunkle Seite der deutschen Vergangenheit auch entsprechend zu visualisieren, und einen Großteil ihrer Zeit damit zubrachten, über Nachwuchsprobleme zu klagen. Zwar sollte meine Rolle als Reporterin eigentlich eine ausschließlich beobachtende sein, aber da fragte ich dann doch einmal nach: »Wie soll sich das wohl ändern? Ein neuer Krieg vielleicht?«

Inzwischen konnte ich mich wieder ganz gut artikulieren und hatte gelernt, um die Metallspange herumzusprechen. Die glitzerte festlich im Halbdunkel, während der Vorsitzende der Vertriebenen zum Wirt lief, um sich telefonisch bei der Redaktion der ›Odenwälder Zeitung‹ bitterlich über mich zu beschweren.

Auf der Suche nach Anschluss

Wer Freunde sucht, sollte besser in der Stadt wohnen. Auf dem Land nämlich ist es ungleich schwieriger, Anschluss zu finden, was zum großen Teil an der eingeschränkten Auswahl liegt. Und die Leute treffen sich nie zufällig. Man kann also nicht einfach so irgendwo aufkreuzen und cool in der Gegend herumschauen, bis einen alle total interessant finden. Das Leben der Jugend auf dem Land findet im Verborgenen statt – in Cliquen, wie man den Freundeskreis früher noch nannte. Da war es wichtig, zu den Angesagten zu gehören, weil man sonst abgeschrieben war. Also wohin mit mir?

Da waren auf der einen Seite die ganz Braven, die in pinkfarbenen Mohairpullovern mit lustigen Applikationen herumstanden, ihre Minipli mit grobzinkigen Kämmen pflegten und streng darauf achteten, dass ihre Haare wirklich jeden Morgen nach grünem Apfelshampoo rochen. Außerdem hatten sie auch noch richtige Federmäppchen mit Goofy drauf. Die Jungs waren blass und brav und damit quasi unsichtbar. Sie waren nicht gut oder schlecht in der Schule, sondern mittel – so wie ihre Freundinnen auch. Sie trugen ihren Angebeteten die Federmäppchen hinterher und träumten vom ersten Kuss mit Apfelshampooduft. Und sie hatten einen Bausparvertrag. Den hatten ihre Eltern bei ihrer Geburt für sie abgeschlossen. Sie würden entweder neben den Eltern bauen oder deren Haus aufstocken. Die Mädchen hatten eine Aussteuerversicherung, die ihnen mit 18 Jahren ausgezahlt werden würde, und bereits eine Truhe voller vergilbter Bettwäsche und angelaufenem Silberbesteck. Sie waren also vorbereitet.

Früher war es im bäuerlichen Odenwald Sitte, dass die Braut einen Stein über die Scheune des Hofes werfen musste. Damit bewies sie, dass sie je nach Größe des Hofes und damit auch der Scheune kräftig genug war, den Hof zu führen. Als die bäuerlichen Jungs sahen, wie ich bei den Bundesjugendspielen den Ball nach hinten schleuderte, war ich aus dem Rennen.

Die braven Jungs wie Mädchen fanden mich aber trotzdem cool, weil ich für die Zeitung schrieb. Bei einem Treffen gab es Apfelsaftschorle und sie fragten mich, ob ich den Bürgermeister schon einmal persönlich getroffen hätte und wie er privat so wäre. Mein Mitschüler Jürgen stellte sich gleich bei meinen Eltern vor und die waren begeistert, weil seine Eltern eine gut laufende Bäckerei hatten. Meine Mutter war da sehr pragmatisch. Sie vertraute ihm sogar ihr Käsekuchenrezept an, das sonst nur in der Familie von Generation zu Generation weitergegeben wurde, im Rahmen einer mitternächtlichen Zeremonie unter dem Birnbaum vor dem Haus.

Meine Mutter sah das wohl als eine Art Mitgift an. Der Kuchen war so gehaltvoll, dass Jürgen bedauernd den Kopf schüttelte – in einer Bäckerei wäre das Rezept der Ruin. Ich nahm das als eine Art Absage und heiratete ihn nicht.

Dann gab es in meiner Klasse noch die Coolen, die immer einen Zacken zu dünn waren. Ihre Kleider waren im Trend, die Jeans eng und die T-Shirts gebatikt. Sie trugen die richtigen Parkas, die so aussahen wie der von Schimanski, und sie hatten das originale Palästinensertuch. Dazu hatten sie eine Unmenge Buttons angesteckt, auf denen stand: »No future« oder »Legalize Cannabis«. Geraucht haben sie natürlich alle – und zwar nicht nur Zigaretten.

Die fanden mich so richtig langweilig und hielten mich für das angepassteste Mäuschen im ganzen Odenwald. Und Geld verdienen musste man eh nicht – man musste die richtigen Eltern haben, in der hauseigenen Einliegerwohnung leben und mit der verhassten Mutter nur über die Sprechanlage kommunizieren. Cool halt. Als sie dann doch einmal bei mir zu Besuch waren, brachte meine Mutter Käsekuchen. Das war so daneben, dass es bei dem einen Besuch blieb. Ich hatte auch keine Musikanlage, sondern ein Transistorradio, weil meine älteste Schwester ausgezogen war und den Schallplattenspieler mitgenommen hatte. Aber den Ausschlag gab der Käsekuchen. Coole Menschen essen keinen Käsekuchen. So hat der Kuchen meiner Mutter gleich zweimal meinen sozialen Aufstieg verhindert.

Es war bei uns wichtig, gleich auf den ersten Blick richtig eingeordnet zu werden, ohne groß reden zu müssen. Wenn man den Begriff »Odenwälder« im Brockhaus nachschlägt, kommt als Definition: »Wildes, räuberisches Bergvolk«. Was in der Definition fehlt, ist der Begriff »maulfaul«. Der Odenwälder neigt nicht zum Reden, und wenn doch, dann schreit er. Was nicht unbedingt aggressiv gemeint ist. Wahrscheinlich liegt es an den Bergen – der Odenwälder brüllt, als ob das Telefon nie erfunden worden wäre. Inzwischen wohne ich in Berlin und erkenne Besucher aus dem Odenwald von Weitem. Das liegt aber nicht an meinen guten Augen, sondern an den gesunden Ohren. Da ich in meiner Jugend am Wochenende so viel bei Vereinen saß, anstatt in der Diskothek zu rocken, habe ich nie einen Tinnitus bekommen.

Bei manchen Odenwälder Besuchergruppen allerdings bedauerte ich mein gutes Gehör. Noch heute steigt bei Familientreffen die Dezibelstärke sofort ins Unermessliche. Es gilt nämlich die Regel: Wer am lautesten schreit, hat auf jeden Fall recht. Kein Wunder, dass die Odenwälder ansonsten schweigsam sind – ihre Stimmen müssen sich erholen. Eigenarten haben aber auch Vorteile: Ich benötige bei Auftritten selten ein Mikrofon. Als ich noch Politikberaterin in Bonn war, stand ich einmal beim Sommerfest der Landesvertretung Hessen im hintersten Teil des großzügigen Gartens. Ein Kollege kam zielsicher auf mich zu, was bei der großen Menschenmenge erstaunlich war. Ich fragte ihn überrascht, wie er mich so schnell gefunden hatte. »Ich habe dich schon am Eingang lachen gehört.« Odenwälder bleibt man halt – egal wo man lebt.

Aber zurück zur Clique. Zur richtigen Clique zu gehören, war lebenswichtig. Sonst saß man am Wochenende zu Hause. Die Apfelshampootruppe fand mich cool, weil dauernd mein Name als Kürzel in der Zeitung erschien. Aus demselben Grund fanden mich die Supercoolen leider super-uncool. Für die Lokalzeitung schreiben – da hätte ich genauso gut im örtlichen gemischten Chor singen können. Was ich den Supercoolen allerdings verschwieg, war, dass ich dort zwar nicht mitsang, aber regelmäßig über ihn schrieb. So ist das mit Lokalzeitungen. Sie haben eine Chronistenpflicht. Dafür werden sie aber auch gelesen. Ich bekam das Feedback immer gleich auf der Straße. Die einen gratulierten mir zum gelungenen Artikel, die anderen wechselten demonstrativ die Straßenseite. Es gab in Wald-Michelbach nur eine Hauptverkehrsstraße. Da war ein Straßenseitenwechsel eine Ansage und kein Zufall.

Per Anhalter durch den Odenwald

Ein weiteres Problem von mir war, dass ich nicht rauchte. Alle Coolen rauchten. Die Apfelshampootruppe rauchte natürlich nicht – dafür werden die alle 100 Jahre alt und schaden den Rentenkassen.

Doch schließlich fing auch ich mit dem Rauchen an. Vornehmlich aus Frust und auch, weil ich so viel für die Zeitung schrieb, dass die Schule nur in nächtlichen Sitzungen zu ihrem Recht kam. Bis dahin war ich eine vehemente Anti-Raucherin gewesen und hatte meinem dünnen Schwager immer die Zigaretten versteckt und ihm lange und ungefragt endlose Vorträge über die Schädlichkeit des Rauchens gehalten. Wenn ich Zug fuhr und durch Raucherabteile gehen musste, hielt ich so gut es ging angeekelt die Luft an. Dieser Gestank!

Doch eines Nachts war alles anders. Gerade hatte ich auf meiner wackeligen Reiseschreibmaschine den Artikel für die ›Odenwälder Zeitung‹ abgeschlossen. Es ging mal wieder um Karnickel mit lockerem Brustfell, und ich hatte es auf stolze vier Manuskriptseiten gebracht, zu je 25 Zeilen. Wenn die alle gedruckt würden, hätte ich damit 10 Mark verdient! Aber das war natürlich nur ein schöner Traum, da die Redaktion stets fleißig bei mir kürzte. Außerdem galt für mich ein striktes Semikolon-Verbot. (Für die, die nicht mehr wissen, was das ist: Das Semikolon sieht so aus »;« und verbindet zwei Hauptsätze.) Es war mir also bei Androhung der journalistischen Todesstrafe verboten, dieses zu benutzen. Man muss vielleicht dazu sagen, dass ich damals ein großer Fan von Thomas Mann war, was sich nachhaltig in meinem Satzbau niederschlug.

Nun galt es nur noch, die Bioprüfung am nächsten Morgen vorzubereiten. Aber es war schon nach ein Uhr und ich war so unendlich müde, dass weiterer Kaffee nichts mehr nützte – und da erschien vor meinem geistigen Auge auf einmal ein Päckchen Zigaretten, verheißungsvoll schwebend. Kurzerhand rannte ich unsere Straße runter zum nächsten Automaten und investierte drei Mark für eine Packung »Lord extra«. Das war natürlich die uncoolste Marke, die es gab – die Coolen rauchten nämlich Selbstgedrehte von Drum oder Javaanse.

Mein Klassenkamerad Kai konnte sogar die Zigarette in der Jackentasche drehen, ohne die Hand dabei herauszunehmen. Die kam nur kurz zum Anlecken des Papiers hervor und schwupps war die Kippe fertig. Er musste das monatelang geprobt haben. Schade nur, dass wir auf dem Land wohnten. In Wald-Michelbach konnte man ja cool sein, wie man wollte – wenn es keiner sah, brachte das leider gar nichts.

Auf dem Land machte man deshalb mit 18 Jahren den Führerschein. Das war genauso selbstverständlich wie der erste Atemzug nach der Geburt. Ein Auto trieb man dann auch irgendwie auf – eine alte Schleuder, die man noch nicht verschrotten wollte und mit der sich die Jeunesse dorée getrost den Hals brechen konnte, ohne die Familie in allzu große Unkosten zu stürzen. Benzin war damals noch recht billig und so fuhren wir in Wald-Michelbach den ganzen Tag die Hauptstraße rauf und wieder runter. Dabei grüßten wir uns mit einem kleinen Fingerzeig, je kleiner, desto cooler. Manche konnte man kaum sehen, so cool waren sie.

Unsere Familie fuhr einen russischen Lada. Das war natürlich die schlimmste Marke von allen, obwohl es sie damals erstmalig in der Bundesrepublik zu kaufen gab. Der Lada sah einfach furchtbar aus, wenn es nicht gerade der Niva und damit ein ungleich schickerer Geländewagen mit Allradantrieb war. Aber er war konkurrenzlos billig. In der DDR war er schier unerschwinglich, bei uns konnte ihn sich sogar ein Fabrikarbeiter leisten, der mit vier Töchtern, einer resignierten Ehefrau, einer tütteligen Mutter und einem bissigen Hund geschlagen war.

Mein Vater war bis dahin immer Moped gefahren. Das war das Alleruncoolste. Das meinte sogar meine Mutter. Ich dagegen fand das Moped toll. Jeden Abend tobte unter uns Schwestern ein Streit darüber, wer mit unserem Vater zum Bauernhof fahren durfte. Dort holten wir immer ein paar Liter Milch, die noch warm war von der Kuh. Davon mussten wir jeden Abend ein Glas trinken. Diese kuhwarme Milch fand ich so ekelig, dass ich als Erwachsene niemals wieder Milch getrunken habe. Aber das Milchholen war toll. Mit dem Moped zum Bauern und dann vorsichtig die Kanne auf dem Oberschenkel balancierend wieder zurück – das hatte was. Am schönsten waren immer die neidischen Gesichter meiner Schwestern, wenn sie nicht mitgedurft hatten.

Da mein Vater spät und erst mit mir zusammen Führerschein machte, war der Lada auch unser erstes Auto. Er war postgelb und viereckig, und wenn wir die Fenster nicht richtig zumachten, konnte es passieren, dass die Leute Briefe reinwarfen. Vor allem war er sperrig. Aber er war ein Auto, immerhin, mit Joke und Antriebskette und so laut, dass man sich nicht unterhalten musste, was dem Odenwälder Naturell ja entgegenkommt.

Da ich den Führerschein noch vor meinem Vater bekommen hatte, durfte ich auch als Erste fahren. Ich war die Einzige in der Familie, die beide Prüfungen auf Anhieb geschafft hatte, und war darauf mächtig stolz. Wobei mir mein Fahrlehrer nach der praktischen Prüfung im Vertrauen gesagt hatte, dass der Prüfer nur Angst gehabt hätte, noch mal mit mir fahren zu müssen. In der Tat hatte dieser mit etwas weißeren Haaren und entsetztem Blick im Fond gesessen, und seine Hand hatte merklich gezittert, als er schließlich meinen Führerschein unterschrieb. Auch wenn ich mir nicht erklären konnte, was genau das Problem gewesen war: Ich sollte auf der Autobahn fahren – das hatte ich gemacht. Ich sollte mich zügig einfädeln in den Verkehr – auch das hatte ich getan. Nur meine 140 km/h waren ihm plötzlich zu schnell gewesen. Egal – Hauptsache, ich hatte den Lappen. Und ein Problem weniger. Denn bis zu diesem Tag hatte ich meine journalistischen Erzeugnisse oft durch Trampen nach Weinheim an die Bergstraße bringen müssen, wo die Redaktion ihren Sitz hatte. Das war 20 Kilometer entfernt und es fuhren kaum Busse dorthin. Also: Daumen raus! Trampen war in den 80er-Jahren eine normale Form der Fortbewegung. Nur meine Eltern waren dagegen, sie wollten nicht, dass ich bei Fremden mitfuhr. Einmal stand ich am Ortsausgang von Wald-Michelbach und musste wieder nach Weinheim. Da kam mein Onkel Hans herangefahren. Ich winkte – er winkte fröhlich zurück und fuhr an mir vorbei. Als wir uns ein paar Tage später bei einem Geburtstagskaffee trafen, fragte ich ihn, ob er mich nicht erkannt hätte.

»Klar habe ich dich erkannt!«

»Warum hast du mich dann nicht mitgenommen?«

»Ich nehme grundsätzlich keine Tramper mit.«

So sind Odenwälder halt: feste Ansichten und Gewohnheiten, die sich höchstens durch Weltkriege verändern lassen – wenn überhaupt.

Scharbach, wo meine Verwandtschaft lebt, ist ein ganz kleiner Ort und selbst den meiden sie, indem sie außerhalb an einem Weg am Waldrand wohnen. Schon mein Großvater und meine Oma mütterlicherseits haben da gewohnt und ihre Kinder haben sich ringsherum angesiedelt – alle, bis auf meine Mutter. Sie war die Einzige, die mit meinem Vater in Wald-Michelbach zur Miete wohnte, und dann auch noch vier Kinder, die schusselige Oma und der Hund! Unnötig zu sagen, dass wir die Außenseiter der Familie waren.

Warum meine Mutter die Flucht ergriffen hatte, verstand ich grundsätzlich schon. Aber warum war sie nicht weiter geflüchtet? Es lag wahrscheinlich daran, dass mein Vater damals noch kein Auto hatte. Mit dem Moped war eine Flucht über 18 Kilometer schon eine reife Leistung.

Als wir dann endlich das Auto bekamen, verbot mein Vater mir, Tramper mitzunehmen. Darin war er ganz auf einer Linie mit meinem Onkel Hans. Nun fuhr ich eines Tages mal wieder von Weinheim nach Wald-Michelbach und der Zufall wollte es, dass vier Klassenkameraden von mir auf der Strecke standen und den Daumen raushielten. Natürlich nicht gleichzeitig. Einer stand in Weinheim, einer in Birkenau, einer in Mörlenbach, wo er eine Rolle Teppich gekauft hatte, und einer stand auf der Kreidacher Höhe, wo ihn seine Freundin, mit der er gerade Schluss gemacht hatte, aus dem Auto warf. Wir erklärten ihm alle, dass es besser war, Schluss zu machen, wenn man selber das Auto fuhr, oder zu warten, bis man zu Hause war. Wie auch immer: Hätte ich sie denn einfach stehenlassen sollen? Am Ortseingang von Wald-Michelbach ging eine Seitenstraße steil den Berg hinauf, von der die Goethestraße abbog, in der wir wohnten. Also hielt ich unten und ließ meine Klassenkameraden aussteigen – inklusive der Teppichrolle. Leider kam mein Vater just in diesem Augenblick, mit der Einkaufstasche bewaffnet, den Berg herunter – und blieb einen Moment mit offenem Mund stehen, dann ging er einfach weiter.

Ich fuhr nach Hause und machte mich auf ein Donnerwetter gefasst. Als mein Vater nach Hause kam, sah er mich nur kurz an, schüttelte den Kopf und sagte: »Mach doch, was du willst.« Mein Vater war eben ein Philosoph. Dass ich auch noch angefangen hatte zu rauchen, nahm er mit einem Schulterzucken hin. Ich musste ihm aber versprechen, im Auto nicht zu rauchen – das war ein fairer Kompromiss, an den ich mich auch immer hielt. Ich bekam die Tramper – er sein Auto ohne Rauch.

Den Biotest bestand ich am Morgen nach meiner nächtlichen Inauguration als Raucherin, im Gegensatz zu Ralf. Ralf gehörte zu den ganz Supercoolen, auch wenn er in der Schule eher keinen Erfolg hatte. Er hatte sehr lange Haare und eine grundsätzlich entspannte Haltung zum Leben. Aber Ralf war das Ergebnis wurscht und er erzählte mir, dass er in der kommenden Woche schwänzen würde, um mit einem Kumpel nach Hamburg zu fahren. Hamburg – das war ganz weit weg! »Kannst du dir das leisten?«, fragte ich Ralf besorgt. Der schaute mich mit einem Blick an, der mir sehr deutlich machte, wie doof diese Bemerkung und ich überhaupt war, und ließ mich einfach auf dem Schulhof stehen.

Am Samstag hatte ich wieder eine Veranstaltung, schrieb meine üblichen hoffnungsvollen 100 Zeilen und machte mich sonntags auf den Weg in die Redaktion. Danach besuchte ich meine älteste Schwester, die zu dieser Zeit in Weinheim lebte, und trank mit ihr Kaffee. Sie wohnte in einer Seitenstraße, die »Nachtwächterpfad« hieß. Die war auch wirklich sehr klein, und es war sehr kompliziert, wieder hinauszufinden aus dem Gewirr von Gässchen und Einbahnstraßen. Natürlich kannte ich den Weg, aber als ich nach links auf die Hauptstraße abbiegen wollte, war alles zugeparkt. Da winkte ein Fahrer mich freundlich heraus, ich winkte zurück und fuhr fröhlich los.

Plötzlich machte es »PENG!!!«, und ich schleuderte über die Straße. Als ich die Augen wieder öffnete, stand unser russischer Lada im Garten der Neuapostolischen Kirche. Ich dachte, dass ich träume – und hoffte es ehrlich gesagt auch. Etwas Ähnliches dachte die Kirchengemeinde wohl auch, denn der Gottesdienst endete schlagartig und die

Gemeinde strömte heraus. Vorneweg kam der Apostel, in schwarzem Gewand und mit brauner Dauerwelle, die wie eine Perücke aussah. Ich wollte die Fahrertür öffnen, aber sie klemmte. Er riss die Tür auf, wobei ihm sicherlich sein starker Glaube half, denn sie war total verbogen. Als ich sie später schließen wollte, ragte sie mehrere Zentimeter über den Rahmen hinaus. Adieu Lada.

Der Apostel sah mich an und stellte die Frage, die in einem solchen Moment natürlich einem guten Christenmenschen zuerst auf dem Herzen liegt: »Sind Sie versichert?« Ich nickte.

Als ich dem guten Christenmenschen den Rücken kehrte, sah ich, dass auf der anderen Straßenseite ein spinatgrüner Audi stand, der eine tiefe Delle in der Seite hatte. Komisch. Ich bat den besorgten Apostel, einen Abschleppdienst zu holen, da mein Lada teilweise im Garten, teilweise auf dem Bürgersteig und teilweise auf der Straße stand und den Verkehr behinderte. Da tauchte plötzlich ein Typ neben mir auf, langhaarig und cool, und drehte sich eine Zigarette. Ich fragte ihn, ob er mir auch eine drehen würde.

»Ist das dein Auto da drüben?«, wollte ich wissen.

Er nickte.

»Hattest du auch einen Unfall?«

Er guckte mich verblüfft an: »Das ist *dein* Unfall, Süße. Du bist mir reingefahren.« Ah – das war der Knall gewesen.

Die Polizei kam, nahm den Unfallhergang auf und ließ den Wagen abschleppen. Schließlich durfte ich mit dem Warndreieck unter dem Arm zu meiner Schwester zurück. Als mein Schwager mir die Tür öffnete, war es mit meiner Contenance vorbei. Ich fing an zu heulen wie eine Sprinkleranlage. Mein Schwager packte mich in seinen Käfer und fuhr mich nach Hause. Meine Mutter hatte schon seit Stunden besorgt aus dem Küchenfenster gehangen und mit der Nachbarin gegenüber über meinen Verbleib spekuliert.

»Wie gut, dass das Kind nicht mehr trampt – da kann ja alles Mögliche passieren!«

Mutter war hell entsetzt, dass auch im eigenen Auto alles Mögliche passieren kann, aber mein Vater nahm es mit philosophischer Gelassenheit, und ich ging am nächsten Tag zu Fuß zur Schule.

Die erste Stunde hatten wir wieder Bio und ich sah … Ralf! »Wieso bist du denn hier? Ich dachte, du fährst mit deinem Kumpel nach Hamburg.«

Ralf sah mich genervt an. »Nee, große Scheiße – das war nix mit Hamburg. Mein Kumpel fährt gestern durch Weinheim, da ist ihm so eine dumme Tussi in die Seite rein. Das Auto ist Totalschaden.« Da sagte ich dann lieber nichts mehr.

Mein Vater hat sich später wieder einen quietschgelben Lada zugelegt, und so wurde er zu einem Markenzeichen der Familie. So ein Auto fuhr sonst niemand. Mein Vater wurde natürlich als Kommunist verdächtigt, vor allem von Leuten, die wussten, dass er im ungarischen Sopron aufgewachsen war. Der Lada hatte dann seine große Zeit in den harten Wintern 1985 und 1986 mit bis zu minus 20 Grad. Da wurde der Begriff »kalter Krieg« erfahrbar. Meine Eltern wohnten an einem Berg mit 18 Prozent Steigung. Unten standen die schicken Opel, Ford und Mercedes – oben stand der Lada, der als einziges Auto noch pannenfrei fuhr.

Für meinen Vater bedeutete das leider keine Rehabilitation. Die Nachbarn werteten das nur als weiteren Beweis, dass mein Vater mit einem Einmarsch der Russen rechnete und sich vorausschauend schon einmal ein unauffälliges Russen-Auto zugelegt hatte.

Staatsbürger in Uniform

Wir trugen Parka und Turnschuhe so, als ob unser Militäreinsatz jederzeit bevorstünde. Dabei haben wir das Militär abgelehnt. Wer zum Bund ging, war definitiv uncool, mindestens reaktionär. Aber blöderweise gab es eben die Wehrpflicht. Es war die Zeit des Kalten Krieges – da wurde jeder Soldat gebraucht. Außerdem sollten die jungen Männer zu »Staatsbürgern in Uniform« erzogen werden. Die Bundeswehr tat so, als sei sie die Kaderschmiede einer demokratischen Gesellschaft. Das hat natürlich niemand geglaubt. »Fighting for peace is like fucking for virginity«, war unsere Antwort. (Für die Nichtanglisten: »Für den Frieden zu kämpfen ist wie für die Jungfräulichkeit zu vögeln.«)

Der Wehrdienst dauerte damals noch unvorstellbare 15 Monate. Der Zivildienst war länger, mit der Begründung, dass Zivildienstleistende ja nicht zu Reservistenübungen herangezogen würden. Die Bundeswehr hatte aber auch Berufssoldaten. Man konnte sich für mehrere Jahre verpflichten und durfte dann auf Kosten der Bundeswehr studieren und Führerschein machen. Da Deutschland geteilt und strenggenommen noch von den vier alliierten

Siegermächten besetzt war, war die Wehrpflicht ein heikles Thema.

Inzwischen wurde sie abgeschafft, weil Staatsbürger in Uniform wenig gegen unbemannte Drohnen ausrichten können – außer als Zielobjekt. In den 80er-Jahren war das anders. Es gab keine Drohnen, aber eine konkrete Bedrohung: den Warschauer Pakt. Der Russe war der Feind. Und wer nicht zur Bundeswehr wollte, war grundsätzlich verdächtig.

Deshalb gab es für Kriegsdienstverweigerer auch die Gewissensprüfung. Sie war wie eine katholische Beichte, nur um einiges härter, weil hierbei absolut nichts geheim blieb und die jungen Männer sich vor einer ganzen Jury von kalten Kriegern rechtfertigen mussten. Aber eigentlich war die Gewissensprüfung in erster Linie ein Schauspieltest. Dabei ließen sich meine Mitschüler grundsätzlich in zwei Gruppen einteilen: die Selbstverstümmler und die Laiendarsteller. Die Jury, bei der auch immer ein Militärpriester anwesend war, ging bei dieser inquisitionsartigen Veranstaltung gerne mal in die Vollen.

Frage: »Würden Sie nicht eingreifen, wenn Ihre Freundin belästigt wird?«

Antwort: »Ich würde sie nicht aus dem Haus lassen, dann passiert ihr auch nichts.«

Wie wir uns unschwer denken können, ist dieser junge Mann am Ende bei der Gewissensprüfung durchgefallen. Er hatte für die Bundeswehrler genau die richtige Einstellung. Bei denen mussten die Frauen auch zu Hause bleiben.

Um einiges cleverer ging da Ingo vor: Bevor der Musterungstermin anstand, besuchte er wochenlang die Muckibude. Als er sich für den Gesundheitscheck ausziehen musste, fragte er ganz aufgeregt, wann er endlich schießen dürfe. Und später, beim Gespräch auf dem Kreiswehrersatzamt, fiel er dem Sachbearbeiter sofort ins Wort:

»Wann darf ich schießen? Ich darf doch schießen, oder? Wir üben hoffentlich mit scharfer Munition, ja? Im echten Krieg wird ja auch nicht mit Platzpatronen geschossen!«

Daraufhin ließ er ein grelles Gelächter à la Klaus Kinski folgen, kauerte sich auf den Stuhl und sah die Herren vom Kreiswehrersatzamt lauernd an.

»Haben Sie Leute erschossen? Ja? Wie viele denn? Erzählen Sie es mir bitte. Ganz genau. HAHHAHAHAH!«

Er wurde für untauglich befunden. Heutzutage würde er damit sofort zum Unteroffizier befördert. Die Staatsbürger in Uniform sind mittlerweile ein anderes Kaliber. Früher wurden jammernde Pennäler von menschlichen Relikten aus einer Phase, die natürlich nur ein einziger Österreicher zu verantworten hatte, herumschikaniert, um nach angemessener Zeit seelisch gestört an ihre Mütter zurücküberwiesen zu werden. Die konnten sich dann daran freuen, dass der Bub seine T-Shirts plötzlich auf Kante legte, den Schrank immer sauber hielt und zu nichts mehr eine Meinung hatte. *Diese Stille!* Ein wenig irritierend war vielleicht, dass am Frühstückstisch auf die Frage nach dem Befinden mit einem zackigen »Melde mich zum Essenfassen, Mutter!« geantwortet wurde. Aber es hatte auch etwas Praktisches, machen wir uns doch nichts vor. Wenn der Garten umgegraben werden musste, war da kein großes Reden erforderlich – es wurde einfach eine kleine Wehrübung angesetzt und der Filius pflügte alles von unten nach oben, und zwar mit einer Gründlichkeit, die jeden Maulwurf vor Neid hätte erblassen lassen.

Den Schulkameraden, die auf kein schauspielerisches Talent zurückgreifen konnten, blieb nur die Möglichkeit, sich für die Musterung untauglich zu machen. Dabei gingen einige so weit, sich Hungerkuren zu unterziehen und parallel dazu so viel Kaffee zu trinken, dass der Bluthochdruck ihnen aus den Augen starrte. Sie versuchten es mit Schlafentzug, manche nahmen sogar Gifte zu sich. Einer war dabei so erfolgreich, dass er am Ende wirklich wehruntauglich war. Da war er wohl über das Ziel hinausgeschossen, obwohl er eigentlich nur Pazifist sein wollte.

Berlin war für viele der Ausweg. Sie mussten es nur schaffen, nach dem Abitur rechtzeitig in Berlin ein Zimmer zu finden, bevor der Musterungsbefehl kam. Denn auf diesen Teil Deutschlands hatte die Bundeswehr keinen Zugriff, daher zog es nach und nach circa 50 000 Wehrflüchtige dorthin, also die Bevölkerung einer mittelgroßen Stadt. So erklärte ich mir auch den Mangel an jungen, attraktiven Männern in meiner Umgebung – ganz klar, die waren alle in Berlin! Einige desertierten auch von der Armee, was natürlich ungleich gefährlicher war. Wer schon einmal die sogenannten Feldjäger in ihren eindrucksvollen Uniformen und mit finsterem Blick bei der Suche nach Abtrünnigen beobachtet hat, fühlt sich in die 40er-Jahre des letzten Jahrhunderts zurückversetzt. Es war eigentlich erstaunlich, dass die Deserteure nicht sofort erschossen wurden – das fanden wir jedenfalls. Berlin war hingegen der Garten Eden aller Bundeswehrverweigerer. Es war halt nur umständlich hinein- und wieder herauszukommen.

Das erlebten wir hautnah, als wir mit unserem Deutsch-Leistungskurs nach Berlin fuhren, im Januar 1981. Es war bitterkalt und in der Stadt herrschte Smogalarm. Die

Luft war so unsagbar schmutzig, dass unsere dörflichen Lungen fast kollabierten bei so viel Ruß und Schmutz. Braunkohlefeuerung war in der DDR üblich und die umgab Westberlin nun einmal komplett.

Eine deutsch-amerikanische Schulbuchkommission hatte damals festgestellt, dass die meisten amerikanischen Jugendlichen glaubten, es gebe drei Deutschlands: Westdeutschland, Ostdeutschland und Nazideutschland. Aber auch in Westdeutschland glaubten viele, dass Berlin an der Grenze zur DDR liege. Es lag aber mittendrin.

Wir hatten für unsere Klassenfahrt ein intensives Programm, damit der Berliner Senat unsere Fahrt finanzierte. Es wurde viel Kultur gemacht, ein Tag in Ostberlin war dabei, der Reichstag wurde besucht. Untergebracht waren wir in einem Jugendgästehaus in Schöneberg, das eine starke Ähnlichkeit mit dem Tegeler Knast aufwies.

Wir hatten einen amerikanischen Austauschschüler namens Cameron dabei. Im Zug belegten wir zu zehnt ein Abteil, das eigentlich für sechs Personen gedacht war. Wir passten trotzdem rein, indem wir alle Sitze auszogen und so zu einer Art großem Bett umfunktionierten. Darin saßen wir dann alle eng und gemütlich mit Cameron in unserer Mitte. Die Schuhe hatten wir wie in einem Hotel vor die Tür gestellt. Als der junge, aber strenge Kontrolleur kam, hatte er sichtlich Mühe, Fassung zu bewahren, und beinahe hätte er gelächelt. Wir reichten ihm fröhlich unsere Reisepässe, bekamen jeder einen hässlichen Stempel und Cameron wurde genau inspiziert, da er schließlich Amerikaner und daher sehr verdächtig war. Dann schloss der Kontrolleur die Schiebetür mit einem Seufzen. Er war kaum älter als wir, aber wir trauten uns nicht, ihn zu einer Limo einzuladen.

Berlin war toll! Besonders toll war der Ausguck am Checkpoint Charlie, wo wir die graue Seite Deutschlands besichtigen durften. Das war, als würde man von einem Farbfilm in einen Schwarzweißfilm schauen. Wir winkten den Ossis fröhlich zu, was aber sehr einseitig blieb.

Unser Lehrer Herr Bürck mochte mich nicht. Herr Bürck hatte erfahren, dass ich ein Arbeiterkind war und damit potenzielle SPD-Wählerin. Außerdem hatte ich eine große Klappe und schrieb für die Zeitung, das war eine Unverschämtheit für eine Schülerin. Also musste ich alle Strafarbeiten machen – unter anderem den ausführlichen Bericht für den Berliner Senat, damit die Gelder auch flossen. Damals lernte ich das Lügen. Alle machten, was sie wollten, und ich saugte mir hinterher einen anspruchsvollen Aufsatz aus den Fingern. Herr Bürck, ein strammer CDU-Mann und gebürtiger Berliner, verabredete sich jeden Abend mit uns im »Kuhdorf« am Ku'damm. Dort erschien er aber nie. Gerüchten zufolge wollte er damit sicherstellen, dass wir uns alle im »Kuhdorf« befanden, damit er sich währenddessen ungestört in Berlin vergnügen konnte. Er war aber auch ein ängstlicher Mensch. Als wir für einen Tag nach Ostberlin fuhren, trug er aus Tarngründen eine Fellmütze und eine braune Cordhose. Um ein Haar hätten sie ihn gleich dortbehalten.

Die Langhaarigen unter meinen Klassenkameraden wurden am Grenzübergang schikaniert. Wir wussten nicht, dass in der DDR schon mal Langhaarige von Volkspolizisten auf offener Straße die Haare geschnitten bekamen. Wir anderen hatten einfach nur Angst, so gruselig war der Übergang am Bahnhof Friedrichstraße: endlose Gänge mit versteckten Zimmern, und die Kontrolleure hatten unbewegte Gesichter. Bei der Einreise nach Ostberlin hatte jeder 25 Mark zwangsgetauscht. Unsere schöne D-Mark wurde durch Blechmünzen und lustige kleine Scheine ersetzt. Als meine Mitschülerin Cornelia darüber eine witzige Bemerkung machte, wurde sie ganz nach hinten ans Ende der Schlange geschickt und wir mussten dann stundenlang auf sie warten.

Einige von uns gingen zum Mittagessen in das Restaurant auf dem Fernsehturm am Alexanderplatz. Wir warteten im fast leeren Restaurant ewig vor einer Kordel, an der ein Schild hing: »Sie werden platziert.« Dann durften wir uns schließlich setzen, bekamen auch irgendwann etwas zu essen und die schrecklichste Cola aller Zeiten zu trinken. Mein restliches Geld gab ich für Bücher aus. Es reichte aber nicht, weil ich unbedingt noch einen Band mit Erzählungen von Nikolai Gogol haben wollte. Als ich die Buchhändlerin fragte, ob sie auch Westmark nehmen würde, schaute sie mich an, als ob ich sie veräppeln wollte. Sie füllte ein langes Formular aus, nahm mein 5-Mark-Stück und versenkte es in einer zweiten Schublade, die unter dem Kassenfach hervorkam. Der Blick, den sie diesem Geldstück zuvor noch schenkte, hatte etwas Leidenschaftliches.

Mir gefiel es in Ostberlin – es fuhren kaum Autos und die Luft war deutlich besser als im Westteil der Stadt. Viel später erfuhr ich, dass das im Winter, bei Ostwind, öfter der Fall war. Wenn wir uns abends die Gesichter wuschen, wurde das Wasser im Waschbecken richtig schwarz und wir konnten uns vorstellen, wie es den Menschen im Ruhrgebiet erging. Dort war die Umwelt damals so verschmutzt, dass man in der Wupper hätte Filme entwickeln können. Wenn die Bettwäsche weiß bleiben sollte, durften die Hausfrauen sie nicht vor der Tür trocknen.

Trotz Ruß und Gestank hatte mich Berlin sofort verzaubert. Ich liebte jeden einzigen Moment. Endlich Großstadt! Schon als Kind war es mein Schönstes, mit meiner Mutter den Schienenbus nach Weinheim an der Bergstraße zu nehmen und im Kaufhaus Birkenmeier Rolltreppe zu fahren, bis die Verkäufer mich wegschickten. Berlin war da eine echte Offenbarung! Das KaDeWe! Überall Rolltreppen!

Eines Nachts taten wir, was streng verboten war: Wir verpassten absichtlich die letzte Bahn. Nun konnten wir durchfeiern, denn in Berlin gab es keine Sperrstunde. In dieser Nacht sah ich meinen ersten Punker. Er spielte in einer Kneipe Billard und stieß mich dabei versehentlich mit seinem Queue an. Ich erschrak mehr, als dass es wehtat, und sagte »Aua«. Das bereute ich sofort, denn er drehte sich um und sah mich durch seine tiefschwarz geschminkten Augen durchdringend an. Er trug Glatze bis auf einen Irokesen, der wie eine bunte Bürste in die Höhe stand. Überall an ihm hingen Ketten. Das Gesicht war mit Piercings regelrecht perforiert. Eine Ratte lag um seinen Nacken. Ich schluckte. Er lächelte, zeigte alle Zähne, die er noch hatte, und murmelte: »Tschuldigung, wa?«

Deinen ersten Punk vergisst du nie.

Was allerdings die 50 000 Männer betraf, die sich angeblich in Berlin vor der Armee versteckten, so wurden meine Erwartungen bitter enttäuscht. Ich habe keinen gefunden – sie versteckten sich wohl einfach zu gut.

Der Garten Eden oder Viel Rauch um nichts

Das Beschaffen von Drogen war auf dem Land ein großes Problem. Es war sehr schwer, an Cannabis heranzukommen. Man musste nach Holland fahren oder die richtigen Leute kennen. Holland war unglaublich weit weg, also verstiegen sich interessierte Kreise sogar dazu, Vogelfutter nach Hanfsamen abzusuchen und diese anzupflanzen. Kleiner Tipp: Das funktioniert nicht. Lasst es sein. Nehmt den Vögeln nicht ihr Futter weg.

In der DDR war man damals viel einfallsreicher und vor allem sicher, dass kein Import von Drogen möglich war. Da war das Motto: zurück zur Natur!

Am Strand machte man FKK. Ich bin bis heute überzeugt, dass das staatlich gefördert wurde, damit keiner abhaute. Wer haut schon nackig ab? Wo soll man den Ausweis hintun? Außerdem waren verbotene Schriften leichter zu finden, wenn kein Textil sie schützte. Die Bürger bekundeten durch FKK, dass sie nichts zu verbergen hatten. Natürlich wäre das Verhüllen bei manchen gnädiger gewesen als das Zeigen. Damit all diese Realität relativiert wurde, griffen die Jugendlichen aus dem Osten zu Stechapfel, Fliegenpilz und Tollkirsche. Und natürlich zu Alkohol. Die meisten haben wohl überlebt.

Wir im Odenwald wollten kiffen. Und da kam Ralf wieder ins Spiel. Ihm war es nach einer langen Versuchsreihe gelungen, im Garten seiner Eltern eine richtige kleine Plantage anzulegen, die er mit großer Sorgfalt pflegte. Im Odenwald wächst auch Tabak – da hatte er ausreichend gute Rahmenbedingungen. Was Ralf da machte, war natürlich streng geheim, deshalb wussten auch alle Bescheid. Seine Eltern freuten sich ehrlich, dass ihr schwieriger Filius sich endlich für etwas interessierte. Kurz vor der Ernte sahen sie leider einen Aufklärungsfilm über Drogen im Fernsehen. Sie betrachteten die Pflanze, die da gezeigt wurde, und verglichen sie mit dem, was in ihrem Garten wuchs. Da musste Ralf das Beet wieder umgraben – und begrub damit zugleich die erfreuten Hoffnungen der halben Jahrgangsstufe.

Einige fuhren regelmäßig nach Holland, um einzukaufen. Das konnte gut gehen oder auch nicht. Als ich meine erste große Liebe Charlie kennenlernte, erzählte er mir, dass ihm einmal mit vorgehaltenem Messer ein Stück Autoreifen verkauft worden war – für 100 Mark! Charlie kam aus Frankfurt und hatte zwei Geschwister im Odenwald, die er regelmäßig besuchte. Charlie war nicht cool, er war supercool.

Gerade war ich meine Spange losgeworden: welch eine Befreiung! Ich hatte mich fast in den schicken portugiesischen Kieferorthopäden verliebt, aber das war wohl eine Abart des Stockholmsyndroms. Dieser Begriff geht auf eine längere Geiselnahme während eines Banküberfalls im schwedischen Stockholm zurück. Dabei hatten die Gefangenen ein positives Gefühl für ihre Entführer entwickelt und sich mit ihnen solidarisiert. Charlie kam also gerade rechtzeitig, um mich vor Stockholm zu bewahren. Er war groß und dünn, hatte eine ausgeprägte Nase und grünblaue Augen. Schön war er nicht, aber er war kein Odenwälder und damit einfach prima. Wir lernten uns bei einer Dorfdisko kennen, in der Mehrzweckhalle. Ich hatte bei Tanzveranstaltungen zwei Probleme. Das erste war: Ich konnte nicht tanzen, weil ich für die Tanzschule zu groß gewesen war. Es gab einfach niemanden, der auch nur halbwegs zu mir gepasst hätte. Die Jungs in meiner Klasse waren so klein, dass sie mir nicht über die Schulter schauen konnten. Sie lugten maximal durch meine Achselhöhle und so sah es aus, als ob ich alleine zum Paartanz antreten würde.

Das zweite Problem war, dass ich ein Sitzzwerg bin. Meine Größe offenbart sich erst beim Aufstehen so richtig. So sahen meine hoffnungsvollen Galane beim Tanzvergnügen betroffen an mir hoch, wenn ich mich auf meine vollen 1,82 m entfaltete. Ich sagte dann meist nichts mehr, weil ich ohnehin ein Stockwerk tiefer nicht gehört wurde.

Daheim auf dem Land im idyllischen Odenwald hatte ich bisher keine Verehrer gehabt. Jedenfalls keine, die ich wahrgenommen hätte. Die Männer waren da nun einmal so klein und ich trug die schlimme Spange. Jetzt soll man ja keine Vorurteile haben. Ein kleiner Mann kann auch praktisch sein: Er passt in den Koffer – und damit spart man die zweite Fahrkarte, wenn man in den Urlaub fährt. Es gibt Leute, die behaupten, dass die Größe keine Rolle spielt. Wer auch immer diese Gerüchte in die Welt gesetzt hat, gehört in einen Swingerclub mit Liliputanern geschickt. Da fällt mir nur der Witz ein mit dem sehr kleinen Mann und der sehr großen Frau im Bett. Sie schreit: »Küss mich, küss mich!«, und er schreit zurück: »Na entweder oder!« Ich selber habe es in meinem Leben zweimal mit kleineren Männern versucht. Einer schlich nachts um das Bett herum und flüsterte aufgeregt: »Alles meins, alles meins«, und den anderen habe ich einfach im Einkaufszentrum aus den Augen verloren. Ich wünsche ihm alles Gute.

Warum aber sind im Odenwald wie in allen Mittelgebirgen die Menschen so klein geraten? Das liegt daran, dass bei den Völkerwanderungen diejenigen am Hang zurückblieben, die nicht so gut zu Fuß waren (Einlagen gab es ja noch nicht), nicht schwindelfrei waren oder sonstige Gebrechen hatten. Das ist keine üble Nachrede, sondern statistisch messbar. Der Odenwald ist zudem karg, es regnet oft, da geht die Wanderlust schon mal flöten. Also bleibt Mann da, schnappt sich eine Frau, die nicht schnell genug weglaufen kann – also auch eine kleine Frau mit kleinen Füßen.

Das hat sich sogar im Sprachgebrauch niedergeschlagen. Der Odenwälder nennt das gesamte Bein »Fuß«. Das führt zwangsläufig zu Fehldiagnosen. Vielleicht waren die Beine so kurz, dass es sich nicht lohnte, ihnen einen eigenen Namen zu geben. Fuß reichte.

Also vererbungstechnisch nicht gerade die erste Wahl.

Dass ich wiederum so groß wurde, lag vor allem an meinen Großvätern, von denen einer, Matthias, aus Wien kam und sich dort zwischen gewaltigen Mietshäusern strecken musste, um etwas sehen zu können. Er hatte sich also überaus prachtvoll entwickelt. Der andere war einfach auch groß, eine Laune der Natur. Kennengelernt habe ich nur die Laune der Natur, einen echten Odenwälder Patriarchen, der uns immer mal wieder alle an die Wand stellen wollte. Den Wiener Opa habe ich hingegen leider nie getroffen, weil er auch in den letzten Kriegstagen des Zweiten Weltkrieges unglücklicherweise aus der Menge herausragte.

Er muss ein sehr netter Mann gewesen sein, er hatte sich nämlich in meine Oma verliebt. Die war als junge Frau genauso schön wie eigenwillig. Sie hatte in Wien Matura, also das Abitur gemacht und ihren eigenen Kopf. Sie bekam meinen Vater, ohne Matthias zu heiraten. Das war ein unfassbarer Skandal! Erst als das zweite Kind unterwegs war, ging sie mit ihm zum Traualtar. Nun war meine Oma eher klein. Auf dem Hochzeitsfoto sieht sie aus wie ein Filmstar. Das Foto hat eine Besonderheit: Sie steht und Matthias sitzt auf einem Hocker – sonst wären sie nicht zeitgleich auf dem Bild gewesen. Trotzdem überragt er sie noch um mindestens einen Kopf. Vielleicht hat die Beziehung deshalb nicht so gut geklappt, sie haben vertikal aneinander vorbeigeredet. Aber was für ein Mann! Es ist schön, einen Opa zu haben, den man nie kennengelernt hat. Man kann ihn idealisieren. Mein Opa Matthias war gegen die Nazis, mein real existierender Opa war in der SA. Vielleicht war es ja ganz gut, dass die beiden sich nie begegnet sind.

Sie haben sich aber beide genetisch in mir festgesetzt. Während der Realschulzeit fand ich es gut aufzustehen, wenn die Nationalhymne im Fernsehen gesendet wurde. Das war wohl das Erbe meines real existierenden Opas. Im Gymnasium war ich ganz links – da hatte sich Matthias wohl genetisch zu Wort gemeldet. Aber beide sind gemeinsam schuld, dass ich 1,82 m groß wurde und fast nie etwas Gescheites zum Anziehen hatte.

Charlie war also meine Erlösung. Er war sehr groß, fast 1,90 m, das half. Als er mich zum Tanzen aufforderte, passte alles. Endlich konnte ich zu einem Mann aufsehen! Charlie besaß außerdem einen VW-Bus, der so alt war wie ich. Er hatte in der Scheune seines Bruders ein Zimmer eingerichtet, das man nur über eine Leiter erreichte. Das Haus selber war ein altes Fachwerkhaus. Die Türrahmen waren genau so hoch, dass ich mich immer am Kopf stieß, wenn ich ein Zimmer betrat. Jedes Mal. Meine Schwestern waren der Ansicht, dass ich mich deshalb in Charlie verliebt hätte.

Ich sei aufgrund der permanenten Kopfnüsse bekloppt gewesen.

Habe ich schon erwähnt, dass ich unter extremer Höhenangst leide? Das ist mein Odenwälder Erbe. Charlie war beim Bund gewesen und fürchtete sich vor nichts mehr. Als ich vor der Leiter stand, die zu seinem Zimmer führte, konnte ich nicht weiter. Da nahm er mich einfach auf seine Schultern und trug mich die Leiter hinauf; meine Schreie muss man im ganzen Odenwald gehört haben. Oben stieß ich mit dem Kopf an den Türrahmen – damit war wieder alles in Butter.

Und Charlie kiffte. Ich probierte es natürlich auch. Schließlich rauchte ich ja schon. Dennoch – das Kiffen war nicht meins. Erst spürte ich absolut gar nichts. Charlie lag in der Ecke seines Zimmers und kicherte, und ich saß da und fühlte mich immer schwerer werden. Schließlich lag ich auch auf dem Boden und hatte das starke Gefühl, dass ich gleich durch den Heuboden brechen und in die Scheune stürzen würde.

Zum Glück geschah das nicht. Das Ende kam anders. Charlie entpuppte sich nach ein paar Wochen leider als Hallodri, der mit seiner Exfreundin in den Urlaub fuhr, und ich fühlte mich wie vor den Kopf geschlagen – diesmal ganz ohne Türrahmen. Der erste Herzschmerz ist leider unvergesslich.

Meine Trennung von Charlie war nicht so spektakulär wie das Ende der Wald-Michelbacher Drogenszene. Denn unser kleiner Drogeriemarkt hatte seinen Namen ein wenig zu wörtlich genommen: Wenn im Lokalblatt annonciert wurde: »Neuer Tee aus Indien eingetroffen«, wusste die interessierte Gemeinde Bescheid. Es war nur eine Frage der Zeit, bis das Ganze aufflog. Nachdem Drogenexperten des BKA Wiesbaden Wald-Michelbach wochenlang observiert hatten, wozu sie sich unauffällig sowohl im Café als auch in der Eisdiele aufhielten, schlugen die Spezialkräfte über Nacht zu. Da wurde verhaftet, was Beine hatte, und das Erstaunliche war, dass es nicht so sehr die verwegenen Jugendlichen waren, die abgeführt wurden, sondern angesehene Mitglieder der Gemeinde.

Ich studierte damals schon in Bonn. Als ich in den Ferien in der Fabrik arbeitete, traf ich Charlie wieder, der infolge der Razzia für einige Zeit in Untersuchungshaft gesessen hatte. Wir unterhielten uns im Supermarkt, während die Bürger Wald-Michelbachs einen so großen Bogen um uns machten, dass sie fast zu den Fenstern des Supermarktes hinausgestürzt wären. Am nächsten Tag wurde ich im Ort gemieden wie die Pest. Frauen nahmen bei meinem Anblick ihre Kinder von der Straße, Fensterläden schlossen sich.

Als ich meiner Mutter davon erzählte, erklärte sie mich für verrückt: »Du spinnst.« Am nächsten Tag wurde sie auf der Straße angesprochen und gefragt, wie lange ich denn gesessen hätte.

»Meine Tochter studiert in Bonn!«, rief meine Mutter empört.

»Ja klar!« Die Wald-Michelbacher waren sich augenzwinkernd einig. Meine Mutter wollte nicht wahrhaben, dass ihre Tochter ein Drogenproblem hatte und ein Knacki war. Ich versuchte ihre Erwartungen zu erfüllen, indem ich oft einkaufen ging und dabei gefährlich guckte.

In jenem Sommer fuhr ich, um die Kultband Guru Guru zu hören, zum großen Open-Air-Konzert. Das findet jedes

Jahr in der Heimat der Band, in Finkenbach im Odenwald statt. Finkenbach ist ein winziger Ort, der sich dann verbarrikadiert. Der kleine Edeka-Markt ist innerhalb einer Stunde leergekauft und verbarrikadiert sich anschließend auch. Alle sind auf einer großen Wiese, dort stehen zwei Bühnen und ein paar Tausend Fans und ab geht's. Ich war mit zwei Klassenkameradinnen und dem zweiten gelben Familienlada da. Natürlich verloren wir uns in der Dunkelheit aus den Augen. Als die beiden zum verabredeten Zeitpunkt nicht am Kaffeestand erschienen, fragte ich an der Bühne, ob ich eine Durchsage machen dürfe. Guru Guru spielte immer am Schluss. Die Bühne wurde vorbereitet, das Mikro war an und unten wartete die aufgeregte Fangemeinde. Ich hatte meinen Parka an, Jeans und Moonboots. Moonboots trugen ihren Namen völlig zu Recht. Sie waren den Weltraumstiefeln der Mondfahrer nachempfunden und unkaputtbar. Jeder, der sie damals gekauft hat, hat sie heute garantiert noch in einer dunklen Ecke des Kellers stehen. Sie verändern sich nicht. Sie warten darauf, dass die Menschheit sich auslöscht, damit sie die Weltherrschaft übernehmen können. Beim Gehen machen sie ein Geräusch, das eine Mischung aus Knarren und Quietschen ist. Man kann sich in Moonboots nicht anschleichen. Sie bestehen aus so vielen Plastiksorten, dass ein Paar genügen würde, um die Weltmeere zu verstopfen. Deshalb müssen Moonboots verbrannt werden.

Das Meer ist uns schließlich näher als die Ozonschicht. Ohnehin hatten wir in den 80er-Jahren mit Haarspray schon ein hübsches Loch in die Ozonschicht gesprüht. Das war auch nötig, damit unsere aufgedonnerten Frisuren hielten.

Meine Frisur war durch den Dauerregen beim Guru-Guru-Konzert längst vernichtet. Meine langen Haare hingen in Zotteln über meinem Gesicht. Moonboots sind natürlich wasserdicht, schützen aber nicht davor, im Schlamm auszurutschen. Ich war ein paarmal hingefallen und sah aus wie ein Ötzi, den man diesmal nicht im Gletscher, sondern im Baggersee gefunden hatte.

Die Musiker von Guru Guru betrachteten mich eine Weile und beschlossen, in Zukunft weniger zu kiffen.

Der Chef ergriff das Wort: »Ja, klar Mann, Mikro ist offen.«

Ich ging mit meinen quietschenden und knarrenden Moonboots zum Mikro. Die Bühne war vom Kiffen so vernebelt, dass ich auf der Stelle stoned war. Ich lächelte etwas debil ins Publikum, dann fiel mir wieder ein, warum ich dort war. »Susanne Bach und Renate Lammer – wenn ihr in zehn Minuten nicht am Kaffeestand seid, dann fahre ich *ohne* euch.« Alle lachten und klatschten, ich verbeugte mich und trat ab.

Wenige Tage später erhielt meine Mutter ein Nachnahmepaket. Der Postbote war ein junger Mann, der sich in den Ferien etwas dazuverdiente. Während meine Mutter nach ihrem Portmonee suchte, schaute er sich im Wohnzimmer um. Da fiel sein Blick auf mein Foto.

»Die kenne ich.«

»Sie kennen meine Tochter?«

»Das ist Ihre Tochter? Ist ja cool.«

»Ja.« Meine Mutter witterte sofort einen potenziellen Schwiegersohn. Leider war kein Käsekuchen zur Hand.

»Woher kennen Sie meine Tochter denn?«

»Na, die ist doch Sängerin bei Guru Guru.«

Als ich von der Arbeit nach Hause kam, musste ich meiner Mutter erklären, was Drogen sind und dass ich wirklich kein Doppelleben führte.

Modische Eskapaden in Heidelberg

Die richtigen Klamotten anzuhaben, war das A und O, wenn man cool sein wollte. Wenn sie schon nicht cool waren, sollten sie wenigstens passen. Mir war leider jede Hose zu kurz. Ich stand darin wie ein Storch im Salat und schrammte deshalb stets knapp an der wahren Coolness vorbei. Das lag einmal daran, dass ich zwei ältere Schwestern hatte und die Klamotten frühestens drei Jahre, nachdem sie in Mode gewesen waren, trug. Falls sie überhaupt jemals in Mode gewesen waren, da unsere resignierte Mutter sich nicht für Mode interessierte. Schließlich wehrte ich mich, indem ich so groß wurde, dass mir die Sachen meiner Schwestern einfach nicht mehr passten.

Unglücklicherweise passten mir andere Kleider jedoch auch nicht. Es war ein Drama. Zu lange Beine, zu lange Arme und eine Figur, die ich bestenfalls als »originell« bezeichnen würde. Dazu die X-Beine. Damit waren Miniröcke gestrichen. Das war blöd, weil schließlich alle Röcke an mir zu Miniröcken wurden. Es kamen also nur Hosen in Betracht, und die waren zu kurz – bis die Bordüre in Mode kam. Diese gewebten Schmuckbänder nähte man an den Saum der Jeanshosenbeine. Dabei war es wichtig, dass die Bordüren sowohl schön als auch cool aussahen. Vor allem aber mussten sie besonders sein. Etwas Besonderes zu finden, ist in einer kleinen Gemeinde jedoch gar nicht so einfach. Überhaupt wurde mir damals schon klar, dass cool war, was nicht alle hatten. Und trotzdem wollten alle ähnlich sein.

Meine Füße waren leider so geformt, dass ich die lässigen Holzclogs nicht tragen konnte, in denen die anderen herumliefen wie Frau Antje, die zu dieser Zeit im Fernsehen Werbung für Käse aus Holland machte. Man muss sich die Kombination nur einmal vorstellen. Militärparka, der eben nicht aussah wie der von Schimanski, Jeanshose mit bunter Bordüre und darunter Clogs, die ständig von den Füßen fielen.

Ich will aber nicht undankbar sein. Die Bordüre rettete mich, jedenfalls für zwei bis drei Jahre. Dabei muss ich einschränkend sagen, dass drei Bordüren, die aneinandergenäht waren, auch wieder seltsam wirkten. Ich war da wohl in einen Bordürenrausch geraten. Es war einfach zu schön, Hosen zu tragen, deren Beine bis auf den Boden gingen und nicht oberhalb des Knöchels endeten.

Einmal war ich mit meinen älteren Schwestern in Heidelberg einkaufen gewesen. Da hatten wir in einem esoterischen Klamottenladen etwas ganz Tolles entdeckt, etwas, das in Wald-Michelbach nicht erhältlich war. Denn bei uns gab es ohnehin nur ein Kleidungsgeschäft, das Modehaus Ludwig. Das war für die Kundin ab 80 Jahre, die in einem der vielen Seniorenstifte wohnte, mit denen sich meine Heimatgemeinde gerne schmückte. In den Seniorenheimen lebten etliche hundert Menschen, was den Altersschnitt Wald-Michelbachs rapide nach oben schnellen ließ.

In diesem Bekleidungsgeschäft war man auf Kunden eingerichtet, die sich nicht wehren konnten und die vor allem keinen Vergleich hatten. Alles war extrem teuer, extrem schlecht und sah extrem schlimm aus, sogar an den Schaufensterpuppen. Darum fuhr jeder, der etwas auf sich hielt, ins Rhein-Neckar-Zentrum nach Viernheim – und da gab es dann alles andere.

Aber meine Schwestern und ich setzten dem noch eine Krone auf: Wir fuhren nach Heidelberg, wo meine älteste Schwester damals studierte. Und Heidelberg war so hip! In einem indisch angehauchten Esoterikladen hatten wir gerade ein paar wunderschöne Kleider entdeckt. Sie waren zart und duftig, geradezu transparent, und hatten den Schnitt von Prinzessinnengewändern. Und sie waren lang, sogar lang genug für mich! Wie im Rausch erstand ich gleich zwei davon, eines in rot und eines in blau. Endlich hatte das Leben wieder Sinn. Ich sah richtig gut aus! Eigentlich schade, dass ich nicht alle beide gleichzeitig tragen konnte.

Die Leute in der langen Fußgängerzone Heidelbergs stießen sich total begeistert gegenseitig an, um mich besser bewundern zu können. Ich trug den Kopf stolz hoch. Meine ältere Schwester Gabi, die damals schon in der Friseurausbildung war, hatte aus meinen langen Haaren eine komplizierte Flechtfrisur gemacht, die eng am Kopf lag und hinten dann in Wellen auslief. Nie war ich so schön gewesen wie an jenem Tag – in meinem ganzen Leben nicht. Ich genoss die ungeteilte Aufmerksamkeit der Bürger von Heidelberg, der vielen Touristen, die sich vor Begeisterung über mich gar nicht mehr halten konnten. Ich genoss auch die unverhohlenen Blicke der Studenten.

Aber als wir zurück zu Hause waren, nahm mich unsere Mutter kritisch unter die Lupe.

»Bist du so in Heidelberg herumgelaufen??«

»Ja und?«, fragte ich trotzig. Mütter verstehen eben nichts von Mode – so viel stand fest.

Sie schüttelte den Kopf.

»Man kann deine Unterhose sehen.«

Ich stürzte ins Schlafzimmer vor den Spiegel. Ja, man konnte die Unterhose sehen – und nein, es war kein sexy Höschen. Es war eher ein »Modell Alltag«. Damals waren Unterhosen mit Wochentagen sehr beliebt. Auf meiner stand dick in schwarzer Schrift »Mittwoch« drauf. Dabei war erst Dienstag.

Bei unserem nächsten Ausflug nach Heidelberg fanden wir eine Straßenmusikantentruppe, die sehr schöne Musik machte. Wir standen drum herum und lauschten entzückt. Es gab damals nicht viel Livemusik im Odenwald, wenn man die Gesangsvereine und Spielmannszüge einmal abzog. Da war das schon etwas Besonderes. Freundliche Folkmusik, lange Haare, lässige Kleidung.

Dann kam eine Hundertschaft der Polizei und umzingelte uns. Einfach so. In Kampfmontur. Es war keine Demonstration geplant, wir hatten alle nichts vor. Wir waren an die fünfzig junge Leute, die einer Folkband zuhörten. Damals genügte das schon für einen Einsatz. Erst mal geschah lange Zeit nichts. Die Polizei war nur da. Doch langsam wurde die Stimmung immer aggressiver. Die Polizisten setzten ihre Helme auf. Ein paar der Zuschauer hatten Bier getrunken und keine Lust, sich von den Herren in Spinatgrün den Nachmittag versauen zu lassen. Schimpfworte flogen hin und her. Die Visiere der Helme schlossen sich. Gummiknüppel wurden gezückt. Die Hundertschaft begann uns einzukesseln. Wir riefen um Hilfe, aber wen hätten wir rufen sollen? Die Polizei?

Da flog ein Pflasterstein gegen die Uniformierten und die schlugen los. Meine älteste Schwester nahm uns beide bei den Händen und rannte los. Als ich mich später daheim beim Abendbrottisch darüber ärgerte, verstanden meine Eltern die Aufregung nicht: »Wer sich nichts zuschulden kommen lässt, hat in diesem Land auch nichts zu befürchten«, war ihre Meinung, und sie standen damals mit dieser Ansicht nicht alleine da. Empört schrie ich meinen Eltern entgegen, im Dritten Reich hätte sich ja gezeigt, dass in Deutschland niemand zu Schaden kam, der sich nichts zuschulden hatte kommen lassen. Wir gingen aufeinander los wie die Furien. Meine Mutter schlug mit einem großen Mischbrot auf mich ein, und ich beschloss, so bald wie möglich auszuziehen und nie wieder Mischbrot zu essen.

Leider hatte ich da gerade mit Charlie Schluss gemacht – ansonsten wäre ich sofort mit ihm nach Frankfurt gegangen, wo ich dann vermutlich Joschka Fischer kennengelernt hätte, der sich zu dieser Zeit in der dortigen Sponti-Szene herumtrieb. Wer weiß, vielleicht wären Joschka und ich ein Paar geworden und ich könnte heute von ihm geschieden sein. Das wäre spektakulär und ich könnte jede Menge Interviews geben und den Medien vom »wahren Joschka« erzählen. Schade.

Schluss mit Kneifen – wir werden gepfändet

Herr Frömmel war nicht nur unser Mann von der Allianz, sondern auch sehr nett. Sie sind ihm schon begegnet, als meine Oma das arme Viecherl herausließ und damit einen weiteren Schadensfall für unsere Hundehaftpflicht verursachte.

Herr Frömmel kannte unsere Familie sehr gut – wir müssen ihm wie ein durchgeknallter Zoo erschienen sein. Er kam so zu uns so wie andere Leute ins Kino gehen. Von daher wusste er auch über meine schriftstellerischen Ambitionen Bescheid. Schließlich hielt meine Mutter jedem Gast meine Erzeugnisse unter die Nase.

Auch dem Gerichtsvollzieher, der eines schönen Tages vorbeischaute, weil meine Eltern vergessen hatten, die Hundesteuer zu bezahlen, und die Mahnungen in unserem familiären Chaos untergegangen waren. Der arme Mann stand in unserem Esszimmer und sah sich mit sechs Frauen konfrontiert, die um 11 Uhr vormittags immer noch in Nachthemden um den Tisch saßen, weil Herbstferien waren. Meine älteste Schwester hatte gerade ihren Sohn bekommen, der jämmerlich schrie, und im Schlafzimmer tobte das arme Viecherl, um das es ausnahmsweise ging. Der Gerichtsvollzieher war ein junger, schmaler, blasser Mann, der angesichts so viel prallen Lebens noch etwas blasser wurde. Die Summe war nicht hoch, dennoch musste das Geld zusammengesucht werden. Meine Mutter forderte den jungen Mann auf, in der Zwischenzeit einen Roman von mir zu lesen. Es war mein Erstling und ich bin froh, dass er später den Weg allen Papiers in unserem chaotischen Haushalt gefunden hat: in den Ofen als Fidibus zum Anzünden, zum Unterlegen des Vogelkäfigs oder einfach so weg.

Ich hatte ihn meiner Mutter zum Muttertag geschenkt. Es war ein Mix aus pubertären erotischen Fantasien, unglaubwürdigen Charakteren, fragwürdiger Handlung, brutalem Schluss und unendlich vielen Rechtschreib- und Tippfehlern. Das Ganze war garniert mit einer handgemalten bunten Blumengirlande, die in schrillem Gegensatz zum Inhalt stand. So als ob bei ›Scream‹ alle Rüschenkleider tragen würden. Getippt hatte ich den Roman auf unserer Reiseschreibmaschine der Marke »Tippa«. Die hatte uns unsere Scharbacher Oma zu Weihnachten geschenkt, in der Hoffnung, dass aus uns vier Mädels einmal gute Sekretärinnen werden würden. Ich übte auch nach Lehrbuch: ›Jaffa! Vertretervertrag!‹

Alle, die schon einmal einen Schreibmaschinenkurs besucht haben, kennen diese Übungen. Leider habe ich das Fach in der Realschule zu spät belegt, und so blieb es bei meinem versauten Vier-Finger-Stil, was die Arbeit bis heute erschwert – vor allem für meine Lektoren. Der junge Gerichtsvollzieher wurde also von unserer Mutter genötigt, sich zu dem schreienden Baby und den Damen in Nachthemden an den Tisch zu setzen. Er weigerte sich. Wir müssen für ihn ausgesehen haben wie der Anfang eines ganz schlechten Softpornos.

Meine Mutter ließ sich davon nicht irritieren. Sie holte den Schnellhefter mit meinem Roman. »Bitte – das können Sie auch im Stehen lesen.«

»Was ist das?«

»Der Roman meiner Tochter«, erklärte meine Mutter stolz.

»Von welcher?«

Er hätte nicht fragen müssen. Ich saß mit hochrotem Kopf da. Es war mir immer peinlich, wenn meine Mutter mich vorführte. Aber spätestens seit der Rundhose hätte mir klar sein müssen, dass meiner Mutter grundsätzlich nichts peinlich war.

»Worum geht es?«, fragte der junge Mann misstrauisch.

»Es ist ein Abenteuerroman«, flüsterte ich mit heiserer Stimme.

Es war tatsächlich einer. Eine hanebüchene Geschichte über eine Schiffsreise, die mit Entführung und einem Aufenthalt als weiße Sklavinnen auf einer Insel gipfelte, bei dem meine jüngere Schwester zu Tode kam.

Das passte mir ganz gut, weil ich durch sie meinen Status als Nesthäkchen verloren hatte. Ich war jetzt nur noch ein mittleres Kind und darüber werden zu Recht reihenweise psychologische Bücher geschrieben – uns ist alles zuzutrauen.

Der junge Mann zögerte noch. »Warum soll ich das lesen? Ich bin Gerichtsvollzieher, kein Verleger.«

Das beeindruckte meine Mutter natürlich nicht. »Lesen Sie halt. Meine Tochter ist sehr begabt. Sie wird Schriftstellerin.«

Der junge Mann sah sich in unserem chaotischen Wohn-Esszimmer um und murmelte: »Das wundert mich nicht.«

Genau diesen Moment nutzte meine Oma, um das arme Viecherl zu befreien. Der junge Mann wurde gebissen. Das schien ihm gar nicht so viel auszumachen. Er wirkte fast erleichtert, weil er den Roman nicht lesen musste. Bisswunde war schließlich Bisswunde und musste schnell vom Arzt versorgt werden.

Bis heute habe ich ein Problem damit, wenn Leute mir sagen, dass sie grundsätzlich kein Kabarett schauen oder meine Bücher vom Titel her ablehnen. Da wünsche ich mir manchmal das arme Viecherl zurück und eine Tür, die ich aufmachen kann, um es zu befreien.

Ein Hund ohne Nüsse

Herr Frömmel hatte bei seinem nächsten Besuch nicht so viel Glück wie der Gerichtsvollzieher. Das arme Viecherl blieb dieses Mal im Schlafzimmer, weil meine Oma krank im Bett lag. Herr Frömmel musste also den ganzen Roman lesen, und der war vierzig Seiten lang.

Man konnte meiner Mutter wenig abschlagen – sie war zwar klein, aber sehr energisch. Man sah ihr an, dass sie Kraft hatte. Wir waren ein sehr weiblicher Haushalt. Sogar der Hund war kastriert. Das war die Idee von unserem Tierarzt gewesen. Der hasste unseren Hund, weil er ihn schon mehrmals gebissen hatte – einmal in einen gebrochenen Finger.

Der Tierarzt behauptete, unser Hund würde nach einer Kastration ruhiger. Das war seine Rache. Der Hund wurde aber aggressiver, was ich verstehen konnte. Schließlich hatte er vorher ein erfülltes Sexleben mit einigen Hundedamen aus unserer Straße gehabt. Er war ein Star bei den Hündinnen. Eigentlich hätte er einen Schnäuzer tragen müssen, wie das bei Pornostars in den 80ern üblich war (man nannte ihn den »Pornobalken«).

Wenn ich mittags mit ihm spazieren ging, kamen alle Hündinnen aus der Nachbarschaft gelaufen, um uns zu begleiten. So hatte ich einmal vierzehn Hunde dabei. Es gab natürlich jede Menge Vaterschaftsklagen und die deckte die Hundehaftpflicht nicht ab. Nach der Kastration blieb mein Hund allein auf den Spaziergängen, das hätte mich auch wütend gemacht.

Als die Nüsse weg waren, wurde sein Leben bitter. Seine Lieblingshündin, ein großer schwarzer Spitz, roch kurz an ihm und biss ihn dann ins Ohr.

Das war gemein.

Wie er überhaupt auf die großen Hündinnen draufkam, war ein Rätsel und Zentrum der Verteidigungsstrategie, sobald es zur Vaterschaftsklage kam.

»Er hätte ja eine Leiter haben müssen«, erklärte dann mein Vater dem aufgebrachten Nachbarn gelassen.

Meine Mutter war weniger entspannt. Sie wurde von einer großen Sorge getrieben – dass sie uns nicht unter die Haube bekäme. Männliche Besucher mussten das ausbaden. Sobald ein fremder Mann die Wohnung betrat, verwandelte sie sich komplett. Da wurde aus einer leicht negativ eingestellten Meckerliese eine Puffmutter. Jedes männliche Wesen, das nur im Entferntesten als potenzieller Schwiegersohn infrage kam, wurde hofiert, mit Essen traktiert und mit Wein abgefüllt. Unser Wohnzimmer glich einer Flüsterkneipe aus der amerikanischen Prohibitionszeit.

Nun war Herr Frömmel ein älterer Herr, glücklich verheiratet, mehrfacher Vater und Großvater. Es hätte also einer Epidemie biblischen Ausmaßes bedurft, um ihn wieder verfügbar zu machen. Dennoch ließ meine Mutter für ihn keine Ausnahme gelten: Er bekam das volle Programm, also auch meinen Roman. So saß er denn häufig kauend und trinkend im Wohnzimmer und hörte sich meine literarischen Produkte an, die ich mit hochrotem Kopf vorlesen musste. Irgendwann war Herr Frömmel mürbe.

Er war es nämlich, der meinen Eltern erzählte, dass die Redaktion der ›Odenwälder Zeitung‹ händeringend jemanden suchte, der bereit war, für 10 Pfennige die Zeile als freier Mitarbeiter zu arbeiten. Meine Mutter wurde bei dem Wort »Freier« ganz wuschig, wobei ich zu ihrer Ehrenrettung sagen muss, dass sie das Wort noch in der ursprünglichen Weise verstand.

Also machte ich mich damals mit dem Bus auf den Weg nach Weinheim an der Bergstraße. Das war eine Kunst für sich, denn der Bus fuhr nur etwa fünf Mal am Tag. Das musste reichen. Wer im Bus fuhr, war sozial stigmatisiert, aber darauf konnte ich keine Rücksicht nehmen. Ich wollte den Job.

Ich lief in der Redaktion auf. Unangemeldet, da ich als Teenager natürlich der Meinung war, dass jeder immer Zeit für mich haben musste. Nie werde ich den Geruch im Foyer vergessen – nach Druckerschwärze und Papier. Das mögen viele Menschen als unangenehm wahrnehmen, ich fand es wunderbar.

Meine damalige Lieblingsserie war ›Lou Grant‹, sie drehte sich um den Chefredakteur der ›Los Angeles Tribune‹, der immer geradeaus und fair zu jedermann ist. Ich war begeistert. Der Vorspann der Serie zeigt, wie ein Baum gefällt wird, aus dem wird Papier gemacht und eine Zeitung entsteht. Am Ende wird die Zeitung einem zwitschernden Vogel in den Käfig gelegt.

Da sieht man den Wandel der Zeit.

Heutzutage würde ein solcher Vorspann gleich mehrere Organisationen auf den Plan rufen. Waldschützer, die sich dagegen verwahren, dass Bäume für die Papierproduktion gefällt werden, wo man doch genug Altpapier zur Verfügung hat und heute ohnehin alles online lesen kann, Tierschützer, die dagegen protestieren, dass ein Vogel keine Streu im Käfig erhält, sondern auf schnödem Papier gehalten wird. Außerdem würde sich die NSA sofort in alle Leitungen dieser ›Los Angeles Tribune‹ schalten. Damals wäre das wenig sinnvoll gewesen, weil alle noch mit Schreibmaschinen arbeiteten und die NSA in der Kakophonie des Großraumbüros kein Wort verstanden hätte. Das nur als Tipp.

Das Vorstellungsgespräch war erfolgreich. Die beiden leitenden Redakteure waren froh, dass sich überhaupt jemand gemeldet hatte, und ließen mich einen Probeartikel über meine Heimatgemeinde schreiben. Ich besorgte mir jede Menge Informationsmaterial bei der Gemeindeverwaltung. Ja, so etwas hatten wir. Auch wenn bei uns nichts los war, gab es jede Menge Möglichkeiten, diesen Umstand so zu formulieren, dass einige Hochglanzbroschüren zur Verfügung standen. Ich bastelte daraus einen winzigen Artikel. Das genügte, um den Job zu bekommen. Und vielleicht nützte auch der Umstand, dass ich mich beim Unterzeichnen der Mitarbeitervereinbarung weit über den Tisch beugen musste und damals ein tief ausgeschnittenes T-Shirt und keinen BH trug.

Mein Erfolg beim Bewerbungsgespräch mit der ›Odenwälder Zeitung‹ hatte zur Folge, dass mein Privatleben weiterhin schrumpfte. Sie werden sich jetzt fragen, wie das überhaupt möglich ist, und Sie haben recht. Was nicht existiert, kann nicht schrumpfen, außer in der Physik. Aber hin und wieder hatte ich samstags etwas vor. Jedenfalls schaute ich auf die Küchenuhr und wartete. 16 Uhr war der magische Punkt. Wenn bis dahin kein Anruf kam, konnte ich meinem Wochenendvergnügen mit Gleichaltrigen nachgehen.

So stand ich vor der Küchenuhr wie die Gläubigen in der Kirche vor dem Tabernakel.

15.50, 15.52, 15.54, klingeling!

Und schon verbrachte ich den Abend bei einem Gesangsverein, während sich meine Mitschüler zu den Klängen von ›Völlig losgelöst‹ im »Underground« völlig loslösten.

Dass es keine Handys gab, hatte aber auch große Vorteile: Wenn man jemanden anrief, musste man nicht fragen, wo die Person gerade war – sie saß zu Hause am Telefon. Oder sie war einfach nicht da.

Wenn die Person überhaupt ein Telefon hatte.

Wir hatten unseres relativ spät bekommen. Meine Mutter ging zum Plauschen lieber in den Ort. Da es nur eine Hauptverkehrs- und Einkaufsstraße gab, war es leicht, erwachsene Menschen zu treffen. Eigentlich war es sogar vollkommen unvermeidlich. Man begegnete dort allen – außer den Jugendlichen. Die fanden es extrem uncool, sich in der Hauptverkehrsstraße blicken zu lassen. Bis auf diejenigen, die gerade den Führerschein gemacht hatten und ihr erstes Auto spazieren fuhren. Die durften aber nicht anhalten, sondern nur kurz winken.

Meine Mutter hat die Anschaffung eines eigenen Telefons immer bereut. Es war die Zeit vor den Flatrates und auch Ortsgespräche waren teuer. Und sie hatte vier Töchter, die Freundinnen hatten, mit denen sie sich nach Schulschluss über wichtige Dinge unterhalten wollten, wie zum Beispiel ob der Franz im Schulunterricht nun öfter rübergeschaut hatte oder nicht. Ich brauchte mir über solche Fragen zu jener Zeit keine Gedanken zu machen. Solange ich die fliederfarbene Rundhose trug, haben mich immer alle angestarrt. In Kombination mit dem falschen Militärparka sah ich aus wie eine Mischung aus übrig gebliebener Flower Power und bevorstehender Militärinvasion.

Vokuhila – ein Schicksalsschlag

Ich weiß nicht, was man uns in den 80er-Jahren ins Wasser getan hat. Obwohl: bei der schlechten Wasserqualität war das wahrscheinlich gar nicht nötig. Umweltminister Klaus Töpfer schwamm 1988 durch den Rhein, um zu beweisen, dass das Rheinwasser einen menschlichen Körper nicht komplett auflöst. Dabei trug er allerdings eine Art Ganzkörperkondom. Im Nachhinein hat er wohl zugegeben, dass der Rheinfall einer verlorenen Wette geschuldet war.

Odenwald klingt nach einer idyllischen Region, aber wenn man den Krebsatlas zur Hand nimmt, sieht man, dass die BASF und andere Industriegiganten aus dem Rhein-Neckar-Dreieck bei häufig aufkommendem Westwind alles dazu beitragen, dass die Odenwälder nicht unerträglich alt werden. Schließlich haben die schon als junge Menschen notorisch schlechte Laune, da will man die Alterssturheit gar nicht erst abwarten.

Wenn ich heute die Fotos aus den 80er-Jahren anschaue, läuft es mir meist kalt über den Rücken. Diese Kleidung, diese Frisuren, diese Buttons!

In den 80er-Jahren drückten wir uns über Sticker und Buttons aus – heute geben wir bei Online-Dating-Plattformen sogar sexuelle Präferenzen ein. Die Buttons waren harmlos, und wenn man so möchte, das Twitter der 80er. Je mehr, desto lieber. Manchmal auch widersprüchlich, aber egal. Hauptsache, man konnte sich auf den ersten Blick über das Gegenüber informieren. Dafür gab es gute Gründe. Wir waren halt einfach sehr viele Leute – da konnte man sich nicht ewig damit aufhalten, jemanden in stundenlangen Gesprächen kennenzulernen. Die Jahrgänge von 1955 bis 1965 waren die geburtenstärksten überhaupt. Da galt es, beim ersten und vielleicht einzigen Treffen keine Zeit zu verlieren.

Von »Make love not war« bis »Atomkraft? Nein danke!« hatten wir alles an uns stecken und kleben. Das wurde gefährlich, wenn man in ein Gewitter geriet, da die Sticker Metallklammern und -nadeln hatten.

Aber nun auch einmal eine gute Nachricht: Ich hatte bald keine Probleme mehr mit zu kurzen Hosen und der verzweifelten Suche nach Bordüren. Weil es plötzlich Stulpen gab. Und Leggins.

Die Leggins sahen an ganz wenigen Leuten wirklich gut aus, und ich gehörte leider auch nicht dazu. Mit 16 Jahren musste ich zum Orthopäden, weil ich beim Sportunterricht immer umfiel, wenn ich etwas in der Hocke machen sollte. Damals war ich schon fast 1,80 m groß und meine Mitschüler frotzelten, dass ich wohl einen Tiefenrausch erlitt, wenn ich in die Hocke ging. Unser Hausarzt glaubte das nicht und überwies mich an einen Orthopäden. Orthopäden sind in der Medizin, was Hooligans im Fußball sind. Sie fallen negativ auf, keiner legt sich gerne mit ihnen an und sie können andere sehr verletzen.

Der Orthopäde betrachtete meine Beine und brach in schallendes Gelächter aus.

»Ihnen kann man kein X für ein U vormachen und schon gar kein O! Sie schlagen beim Gehen ja Funken! Rauchen Sie? Nein? Feuer hätten Sie jedenfalls immer dabei.«

Dennoch war das modisch gesehen meine schönste Zeit. Endlich war es wurscht, ob die Leggins lang genug waren: Die Stulpen haben es gnädig verdeckt.

Sollten Sie sich fragen, was ich im Sommer getragen habe, so ist das ganz einfach: Leggins mit Sommerstulpen. Ich strickte sie aus Wollresten. Das war bunt und sah ungewöhnlich aus. Sehr ungewöhnlich. Ich hatte wenig Geld, da konnte ich nicht alles farblich aufeinander abstimmen. Das war nicht schlimm, denn die kunterbunten Stulpen passten zu allem ein bisschen, fand ich. Meine Schwestern fanden, dass sie zu gar nichts passten.

Nach der Diagnose des Orthopäden traute ich mich nicht mehr in Röcke.

Bis auf einen.

Es war ein Tellerrock. Er war schwarz und mit bunten Wäscheklammern bedruckt, was meine Klassenkameraden als fehlgeleiteten Lokalpatriotismus werteten. Größter Arbeitgeber in Wald-Michelbach war damals die Firma Coronet. Wer damit nichts anfangen kann: Der Slogan »Coronet hält 's Haus adrett« wird meinen Altersgenossen noch etwas sagen. Die Firma produzierte Bürsten, Wäscheklammern, Kleiderbügel, kurz: Sie stand für Ordnung und Sauberkeit. (Mit den Mitarbeitern ging sie um, wie es wohl alle Firmen zu tun pflegen, die ein lokales Alleinstellungsmerkmal haben: schlecht. Schlechte Bezahlung, keine Kantine und ein Fahrstuhl, in den sich nur bekennend Lebensmüde trauten. Als das Hauptwerk der Firma in Wald-Michelbach pleiteging, hat sich der Geschäftsführer erschossen – so löst man im Odenwald Probleme.)

Mein Rock war aus einem leichten Stoff, der damals gerade in Mode kam: Seersucker. Das klingt wie eine ungewöhnlich rabiate Sexpraktik, ist aber nur ein kreppähnlicher Sommerstoff aus Baumwolle mit streng geheimen Beimischungen. Der Rock war ganz weit und lang genug, meine funkenschlagenden Knie zu verbergen. Und er hatte nur einen Reißverschluss, keinen Knopf. Das war Trend.

Über meinen Klammerrock wurde noch mehr gelacht als über meine X-Beine. Ich sah damit aus wie eine Werbekampagne der Firma Coronet.

Meine Mutter fand den Rock schön – das hätte mir eine Warnung sein sollen. Nicht so schön fand sie mein Haar.

Da wir vier Mädels alle lange Haare hatten, wie es damals der Mode entsprach, war das Waschbecken im Bad immer verstopft.

Gebadet wurde einmal in der Woche am Samstag – da gab es keine Ausnahme. Der Badeofen glühte dann den ganzen Tag, schließlich mussten auch meine Mutter, mein Vater und die schusselige Oma in die Wanne. Unter der Woche wollte meine Mutter mit so einem Aufwand nichts zu tun haben. Also wuschen wir uns am Waschbecken. Darunter tat ein kleiner Durchlauferhitzer seinen tapferen Dienst. Nachdem sich vier Mädels schulfertig gemacht hatten, röchelte er allerdings nur noch erschöpft. Je länger wir wurden, desto länger wurden auch unsere Haare. Wir versuchten alle, wie Madonnen auszusehen – so wie Joan Baez, die musikalische Heldin der Friedensbewegung. Das geht nur, wenn man glattes Haar hat.

Es galt eine eiserne Regel: Je länger und glatter das Haar, desto attraktiver die Frau. Wir standen ständig vor dem Spiegel im Flur und starrten über unsere Schultern. Die Haare wuchsen viel zu langsam.

Als Kinder hatten wir uns da zu helfen gewusst.

Wir spielten Winnetou und Old Shatterhand, was nicht ganz einfach war, weil wir ja nur weibliche Darsteller hatten. Aber egal, ich war abwechselnd Nscho-tschi oder Ribanna, je nachdem, welchen Winnetou-Film wir gerade nachstellten. Beide hatten natürlich wunderschöne, lange, dichte, glatte schwarze Haare. Wir hatten alle keine schönen, langen, schwarzen Haare. Aber unsere Mutter hatte Feinstrumpfhosen. Auch die waren weder schwarz noch ungewöhnlich dicht. Aber wenn man sich davon drei Paare auf den Kopf setzte, konnte man die Beine auf jeder Seite prima zu Zöpfen flechten.

Wir sahen aus wie eine Mischung aus außerirdischen Kraken und Kondomen. Das war uns aber egal. Damit die Zöpfe auch wirklich dramatisch lang waren, zogen wir die Strumpfbeine durch die ganze Wohnung.

Nein, meine Eltern haben die Aufsichtspflicht nicht verletzt, sie waren aber beide arbeiten. Mein Vater bei der Firma Freudenberg, die Dichtungen herstellte, und meine Mutter in einer Gaststätte am Fuße des Berges. Unsere schusselige Oma war zu der Zeit noch nicht schusselig, hatte aber auch andere Dinge zu tun. Sie kochte und buk, was in der unteren Wohnung stattfand. Die obere kleine Wohnung hatten wir also für uns. Sie war aber groß genug, um die Strumpfhosen meiner Mutter auf die stolze Länge von drei Metern zu dehnen. Es waren sehr bewegende Momente, wenn ich meine Feinstrumpfzöpfe hinter mir herzog, während ich zum improvisierten Altar schritt, um Winnetou (immer meine ältere Schwester Gabi) zu heiraten.

Unsere Mutter hatte viel Sinn für Kreativität. Ihr Verständnis hörte aber auf, als sie mit drei Meter langen Strumpfhosenbeinen durch die Wohnung stolperte.

»WER WAR DAS?«

Es ist komplett unverständlich, warum Eltern diese Frage stellen, weil sie wohl noch nie ehrlich beantwortet wurde.

Als Jugendliche waren wir in unserem gemeinsamen Bemühen, schöne, schmale Madonnenköpfe mit glattem Haar zu bekommen, über diese simplen Methoden natürlich längst hinaus. Andere hatten wir aber auch nicht. Jedenfalls klappte es nicht mit der Madonnenfrisur. Unsere Odenwälder Gene waren dafür ungeeignet. Wir hatten alle relativ dichtes und krauses Haar, das über unser Gesicht fiel, sodass man einen Keks hinhalten musste, um zu sehen, wo vorne war. Da wir bis auf meine ältere Schwester alle recht flachbrüstig waren, hatte meine Mutter irgendwann genug davon, mit unseren Hinterköpfen zu sprechen. Vielleicht gingen ihr auch nur die Kekse aus.

Ich war die Erste, die mit einer Art Vokuhila in Kontakt kam.

Demokratische Prozesse waren in den Augen unserer Eltern überbewertet, deshalb wurde ich einfach zur Friseurin geschleppt. Die verpasste mir eine Abart der Vokuhila: eine Prinz-Eisenherz-Frisur, bei der der Pony erst hinter den Ohren endete.

Nach der Rückkehr vom Friseur sahen meine Schwestern mich an und brüllten los. Das war in meiner Familie eine übliche Begrüßung. Als meine Tante Renate ihren damaligen Freund und späteren Ehemann Günther zum ersten Mal mitbrachte, warfen wir einen Blick auf ihn, gingen raus und brachen direkt hinter der Küchentür in schallendes Gelächter aus. Und Odenwälder sind wie schon erwähnt lauter als andere Menschen. Viel lauter. So laut, dass man damit Eier abschrecken kann und Männer.

Ich fand die Frisur gar nicht so schlimm. Bis ich mich von der Seite sah. Es war fürchterlich.

Zehn Jahre zuvor hatte mich meine Mutter in die Gaststätte mitgenommen, in der sie unter der Woche kochte. Die Tochter des Hauses machte gerade ihre Meisterprüfung als Friseurin und musste dafür eine Echthaarperücke anfertigen.

Damals hatte ich ganz langes, dicht gelocktes Haar und war der Liebling aller Erwachsenen. Ich schien nur aus Augen und Locken zu bestehen. Die Zähne waren noch gerade – alles war schön.

Ich ging also vertrauensvoll an der Hand meiner Mutter in die Gaststätte, die ich sehr liebte, weil es dort hervorragende Pommes gab. Meine Mutter, die recht rund war, roch abends immer so gut nach Pommes – ich hätte sie im wahrsten Sinne des Wortes aufessen mögen.

Kurze Zeit später saß ich auf einem Stuhl in der Küche und meine Haare wurden radikal abgeschnitten. Nicht peu à peu, sondern in einem großen Ratsch, weil sie ja eine Perücke werden sollten. Meine Mutter wehrte sich nur schwach. »Lass was dran«, murmelte sie, während die Tochter des Hauses erbarmungslos zur Sache ging.

Hin ging ich als kleiner blonder Engel, zurück kam ich wie ein Flüchtlingskind, dem wegen Lausbefall die Haare geschoren worden waren. Es war für alle Beteiligten ein Schock. Mein Kopf schien so leicht, dass ich nicht sicher war, ob er auf dem Hals bleiben oder einfach herabfallen würde.

Damals hörte ich zum ersten Mal die Formulierung, es müssten Köpfe rollen. Wahrscheinlich kam sie von meinem Opa, und er meinte die RAF. Während ich weinend neben meiner Mutter den Berg hochstieg, stellte ich mir vor, wie mein Kopf wieder hinunterkullerte, zu Füßen der gnadenlosen Wirtstochter liegenblieb und sie für den Rest ihres Lebens vorwurfsvoll anstarrte.

So, jetzt wissen Sie, warum man mich schon als Kind nur schwer schocken konnte – bei der Fantasie! Und der Frisur!

Haare wachsen wieder, das Gasthaus habe ich sehr lange nicht mehr betreten, und in der Gegenwart von Scheren fühle ich mich nach wie vor sehr unwohl.

Popper überfährt man mit dem Chopper

Was unsere Jugend auszeichnete, war unser Unwille zu lernen. Das hatte aber nichts mit Faulheit zu tun, sondern mit Verzweiflung.

Das müssen Sie verstehen, liebe Leser. Wenn ein vierfacher Overkill über Ihrem Kopf schwebt, sehen Sie den Sinn einer Vektorenberechnung im zehndimensionalen Raum nicht ein. Schließlich können Sie sich nicht einmal vorstellen, die Bedrohungen unseres bekannten vierdimensionalen Raums zu überleben. Warum sollten wir in eine Zukunft investieren, die es wahrscheinlich gar nicht geben würde? Unsere Eltern verstanden das natürlich nicht. Sie waren froh, durch die anwesenden Raketen vor dem »Iwan« geschützt zu werden.

Jede Zeit hat ihre Zweifler hervorgebracht, die der nachrückenden Generation jede Befähigung oder gar die Existenzberechtigung abgesprochen hat. Ich bin mir ganz sicher, dass bereits lange vor Sokrates frustrierte Inkas verbittert Knotenschnüre geknüpft haben, in denen sie mit ihrem Nachwuchs abrechneten.

Das ist normal.

Wir waren allerdings eine echt widersprüchliche Generation. Es gab schon auch Streber, aber das waren dann richtig schlimme Streber. Wir nannten sie Popper. Das war doppelt unfreiwillig komisch, weil es einmal um Sex geht und einmal um spezielle Drogen, die man zur Luststeigerung verwendet – also auch um Sex. Das wussten wir damals nicht, ehrlich.

Popper waren markenbewusst gekleidet – Lacoste es, was es wolle. Was die Welt machte, spielte für sie keine Rolex. Ich erinnere mich an einen Witz aus dieser Zeit: Eine Busladung voller Popper kommt am Amazonas von der Straße ab und stürzt in den Fluss. Alle können den Bus verlassen und sich über Wasser halten. Am gegenüberliegenden Ufer gleiten zehn Krokodile elegant in den Fluss und steuern hungrig auf die Gruppe zu. Einer sieht sie und ruft: »Hey, Leute! Alles in Ordnung, da kommen schon die Rettungsboote von Lacoste!«

Popper liefen herum wie die Stars von ›Miami Vice‹. Sie

hatten Freundinnen, die aussahen wie Alexis oder Krystle aus ›Denver Clan‹. Wir anderen schafften das nicht. Wir sahen bestenfalls aus wie schlimme Karikaturen von ›Dallas‹ oder ›Denver‹.

Popper interessierten sich nicht für Cruise Missiles, sondern für Buggys. Das waren kleine offene Jeeps, die man am Strand fuhr. Dazu trug der Popper Hemd mit Lederkrawatte. Das sieht am Strand gut aus. Einmal nahm mich einer in seinem Auto mit. Ein Buggy ist wie gesagt super am Strand. Im winterlichen Odenwald bei Minustemperaturen jedoch ist eine Fahrt damit Folter, weil die Autos keine Heizung haben. Ich habe mich lange gefragt, warum dieser Mitschüler mich partout heimfahren wollte; heute bin ich davon überzeugt, dass er hinter meiner Köperwärme her war.

Neben den Poppern gab es noch die anderen Biederen mit ihrer Miniplidauerwelle. Minipli ist Demokratie pur – sie sieht an jedem scheiße aus. Und es gab uns. Wir anderen hatten lange Haare und waren so ziemlich gegen alles. Wir dachten nicht an Karrieren, sondern nur an das Hier und Heute. Und das bedeutete vor allem eins: Partys!

Das hatte aber nichts mit Vergnügen zu tun. Da Diskotheken sowohl dünn gesät als auch schwer erreichbar waren, traf man sich gerne in Partykellern. Dort stand dann eine große Korbflasche in der Mitte, in der eine Kerze steckte. Drumherum lümmelten wir auf kleinen Kissen oder alten Matratzen und diskutierten düster, wie wir im Falle eines Atomkrieges unser Leben beenden würden. Heroin? Angst vor Spritzen! Außerdem: Woher nehmen?

Also blieb nur Sex. Erst wurde viel getrunken, dann wild geknutscht und dann verschwanden die Pärchen in diverse Ecken.

Seit ich keine Zahnklammer mehr trug, stellte sich mir nur eine Frage: Wo bekomme ich einen Mann her? Ich hatte zwar schon geflirtet und mit meiner ersten Liebe Charlie das gemacht, was man früher Petting nannte und was heute einem völlig normalen Facebook-Eintrag entspricht, aber so richtigen Sex hatte ich halt nicht gehabt. Das lag auch daran, dass ich von den Partys meist erst im Nachhinein erfuhr. Die dortigen Ausschweifungen blieben für mich theoretisch. Bei den angesagten Mädchen war es Mode, sich die Pille wegen zu starker Menstruationsbeschwerden verschreiben zu lassen, was sie auf dem Schulhof stolz erzählten und was sie natürlich noch angesagter werden ließ. Ich hatte Nachholbedarf.

Der Gedanke, als Jungfrau von einer Cruise Missile oder einer SS 20 atomisiert zu werden, belastete mich noch mehr als die Angst vor der Abiturprüfung. Wenn ich Zeit hatte.

Meistens hatte ich aber – im Gegensatz zu meinen eher hauptberuflich nachdenklichen Schulkameraden – viel zu viel zu tun in meiner Eigenschaft als Reporterin.

Eine Reporterin wird rasend

In der Schule gehörte ich zu den eher Unsichtbaren, als freie Mitarbeiterin der ›Odenwälder Zeitung‹ hingegen war ich wichtig. Das war toll.

Besonders gut verstand ich mich mit unserem Fotografen, der ein echter journalistischer Fuchs war. Fritz Kopetzky senior verstand sein Handwerk.

Warum senior? Es gab noch einen zweiten Fotografen, seinen Sohn, Fritz Kopetzky junior. Der war optisch wie auch sonst das genaue Gegenstück zu seinem Vater. Gerüchte über Adoption machten die Runde. So agil der Senior, so träge der Junior. Der Ältere klein, dunkelhaarig und flink – der Junge groß, blond und nicht flink.

Fritz senior erschien stets pünktlich zu den Terminen, manchmal sogar überpünktlich. Bei einem Scheunenbrand auf einem Aussiedlerhof traf er sogar vor der Feuerwehr ein, was ihm Prügel vom Bauern und das anhaltende Gerücht einbrachte, er habe wegen der ruhigen Nachrichtenlage die Scheune selbst angezündet.

Fritz junior kam zu jedem Termin zu spät. Da warteten die Honoratioren schon stundenlang mit eingefrorenem Lächeln und zitternden Armen, in denen sie die Ehrenurkunden hielten, die mittlerweile schwer wie Blei waren, auf den Fotografen, der diesen magischen Moment ablichten sollte. Fritz junior kam immer – die Frage war halt, wann. Und je später am Tag der Termin anberaumt war, desto länger die Wartezeit, das lag in der Natur der Dinge. So kam es, dass manche Matinee um Mitternacht endete.

Aber der Senior war ein Fuchs. Einmal zogen wir gemeinsam aus, um einen Bericht über eine Hubertusjagd zu machen, und kamen mit gleich drei Geschichten zurück, die uns quasi am Wegesrand zugefallen waren – wie zum Beispiel ein Postkasten mitten im Wald.

Sie gähnen? Na ja, da können Sie mal sehen, was damals so in der Zeitung stand, zumal wir über die amerikanischen Panzer, die aus dem Wald brachen, eine Fichtenschonung in ein wirbelndes Nichts verwandelten, um dann wieder in

Richtung ihrer Heimatkaserne in Mannheim zu verduften, aus Sicherheitsgründen nichts schreiben durften.

Das hatte ich einmal versucht, als ich mit meinen Schwestern im Wald unterwegs war, um Brennnesseln zu ernten. Ja, genau wie im Märchen mit den sechs Schwänen, nur hatten wir keine sechs Brüder. Nicht einmal einen. Nicht mal einen Unverwandelten. Es war in unserer Familie Brauch, die ersten frischen Brennnesseln zu pflücken. Sie sind im Frühjahr zart und ergeben ein tolles spinatähnliches Gemüse. Während wir also feige mit Gummihandschuhen im Dickicht unterwegs waren, standen vor uns plötzlich Panzer der amerikanischen Armee. In Absprache mit dem Kommandanten begleitete ich die Truppe spontan den ganzen Tag, Block und Stift hatte ich immer dabei. Die Jungs waren sehr nett, und so hatte ich am Abend einen Sack voller interessanter Geschichten, die ich allesamt nicht veröffentlichen durfte. Aus der amerikanischen Kaserne wurde meinem wunderbaren Chefredakteur unmissverständlich klargemacht, dass Deutschland noch keinen Friedensvertrag hatte.

Also schrieb ich lieber über den einsamen Postkasten – der war nicht kriegswichtig, es sei denn, es hätte sich um einen sogenannten toten Briefkasten gehandelt. Ich habe diesen Begriff offen gestanden nie wirklich verstanden, da er ja voraussetzt, dass es auch lebende gibt.

Nur einmal habe ich mit dem trägen Fritz junior etwas angestellt. In der Kuranlage war randaliert worden, jemand hatte in einem kleinen Pavillon eine Steckdose herausgerissen. Ja, Sie dürfen ruhig lachen, vor allem wenn Sie aus Berlin sind. Da sind eher brennende Häuser, brennende Autos, Mord und Totschlag an der Tagesordnung, aber auf dem Land, da ticken die Uhren anders.

Sie pupsen und die Nachbarn sagen Ihnen, was Sie wann, wo und mit wem gegessen haben.

Fritz junior und ich begutachteten den Schaden und der war einfach komplett unspektakulär. Also trugen wir noch etwas Schutt zusammen, irgendwer zog ein wenig an der Steckdose, damit sie weiter heraushing. Damit hatte Fritz seine Fotos, aber ich noch keine 50 Zeilen Text. Die waren freigehalten im Layout – das hieß, ich durfte nicht nur, ich musste sie auch füllen.

Das war einerseits supertoll, weil es bedeutete, dass ich stolze fünf Mark verdienen würde, aber andererseits gab es einfach nichts zu berichten. Die Polizei sagte nix, und so schrieb ich unter hohem Zeitdruck und Missachtung jeglicher Moralvorstellungen einen kleinen Hassartikel, der für Aufruhr sorgte, weil dieser Ruf nach dem Polizeistaat die falschen Leser auf meine Seite zog. Ich sammelte meine veröffentlichten Artikel in einem Album. Dieser kam nicht dazu. Später fand ich ihn bei meiner Mutter, die mir gestand, dass es der einzige Artikel war, der ihr so richtig aus der Seele gesprochen hatte.

In der Schule war ich damit unten durch. Stigmatisiert als Helfershelferin der Polizei und erzkonservative Spießerin. Nicht mal die Apfelshampoo-Truppe wollte noch etwas mit mir zu tun haben. Das war bitter. Nur der Verband der Vertriebenen fand meinen Artikel toll, wie mir ihr Vorsitzender auf der Straße versicherte. Er machte mir ein Kompliment, weil die Spange weg war, und zwinkerte mir verschwörerisch zu. Dann erwähnte er noch, dass sein ältester Sohn im heiratsfähigen Alter sei.

Da fiel mir ein, dass ich etwas auf dem Gasherd vergessen hatte.

Trampen als Lebensstil

Trampen war nicht nur eine der öffentlichen Verkehrslage geschuldete Notwendigkeit, sondern auch eine Weltanschauung. Es gab Leute, die das gerne unterstützten und sich freuten, wenn sie meist junge Leute mitnehmen und sich mit ihnen unterhalten konnten. Und es gab eben meinen Onkel Hans, der aus Prinzip keine Tramper einsteigen ließ.

Onkel Hans wurde eigentlich nur von Onkel Adam übertroffen, der einen Kleinstwagen sein eigen nannte – ein Gogomobil. Das behielt er bis ins hohe Alter, und weil er Zeit hatte, fuhr er selten schneller als dreißig Stundenkilometer. Das hatte bei den Odenwälder Serpentinen zur Folge, dass das für alle die Höchstgeschwindigkeit war.

Es bildete sich natürlich sofort eine endlose Schlange hinter Onkel Adam. Der kam zu besonderen Gelegenheiten aus Lützelsachsen in den Odenwald gefahren. Das sind schon ein paar Kilometer, und ich nehme an, dass er am Vortag aufbrach, um am nächsten Nachmittag zum Kaffee da zu sein, denn er aß immer mit großem Appetit. Als guter Odenwälder neigte Onkel Adam nicht dazu, Geld zu verschwenden. Wer zum Familienfest eingeladen war, hat sich darauf ordentlich vorbereitet: durch Hungern.

Wenn Onkel Adam kam, zog sich ein Nachmittagskaffee schon mal bis in den späten Abend. Die Gäste mussten sich ja in Onkel Adams Schlange fügen. Es gab sehr wenige Überholmöglichkeiten. Also wand sich eine langsame, bunte und laut hupende Schlange wie eine PKW-Polonaise durch den Odenwald. Ich bin mir sicher, dass man sie aus dem Weltraum sehen konnte. Onkel Adam hätte sie auch gesehen, wenn er in seinen Rückspiegel geblickt hätte. Aber Onkel Adam war ein Optimist – für ihn gab es nur den Blick nach vorne. Und er war schwerhörig. Deshalb konnten die Hinterwäldler, zu denen Onkel Adam sie gemacht hatte, weil sie ja hinter ihm in den Odenwald fahren mussten – was wahrscheinlich sogar die ursprüngliche Herkunft des Begriffs erklärt –, ja deshalb konnten die Hinterwäldler hupen, wie sie wollten. Onkel Adam erhörte sie nicht nur nicht – er hörte sie nicht einmal.

Bei einem unserer Kaffeekränzchen, zu dem der letzte Teilnehmer völlig erschöpft kurz vor Mitternacht eintraf und Onkel Adam bezichtigte, den schlimmsten Stau seines Lebens verursacht zu haben, sah Onkel Adam ihn nur mit hochgezogenen Augenbrauen erstaunt an.

»Waaaaaas?« Es war zu meiner stillen Freude übrigens mein Onkel Hans (der keine Tramper mitnahm), den es diesmal erwischt hatte.

»DU HAST EINEN SCHLIMMEN STAU VERURSACHT, ONKEL ADAM! DESHALB KOMME ICH ERST JETZT AN!«

»STAUUUU?« Onkel Adam sah ratlos in der Runde umher. »STAUUUU? Ich habe noch nie einen Stau gesehen.«

Heutzutage sieht man kaum noch Tramper auf der Straße. Mit dem Entstehen von Mitfahrzentralen in den 80er-Jahren hat sich diese Form des Reisens kommerzialisiert. Trampen war damals aber noch cool und Ausdruck einer lässigen Lebenshaltung. Ich habe es immer so gesehen: Der Fahrer will von A nach B – das will ich auch, habe aber keinen Führerschein und kein Auto.

Also trampen. Nachdem die Spange weg und der erste Vokuhila/Prinz-Eisenherz-Schnitt gnädig ausgewachsen war, kam ich immer schnell von der Stelle. Ich konnte sogar auf Zeit trampen, weil ich selten länger als wenige Minuten stand. Natürlich hatten es junge Frauen leichter als Männer. Meine Eltern sahen das nicht gerne und ich behauptete daher immer, eine Mitfahrgelegenheit zu haben. Damit gaben sie sich zufrieden. Eltern können verschiedene Arten der Realität gleichzeitig entwickeln und wenn sie ihrem Nachwuchs lieber glauben als sich aufregen wollen, sind Eltern unschlagbar.

Ich hätte erzählen können, jeden Tag auf einem Schimmel in die Redaktion zu reiten und dabei ein paar Abkürzungen mit dem fliegenden Pferd über die Berge zu nehmen – die Antwort wäre gewesen: »Ist gut, Spatz, sieh aber zu, dass du pünktlich zum Abendessen daheim bist. Deine älteste Schwester hat einen Freund, der schaut heute vorbei. Da müsst ihr alle ordentlich aussehen, sonst kommt der nie wieder.«

Ein Mann, ein Brot und eine Jeanshose

Auf ein männliches Wesen, das nicht Baby oder scheintot war, reagierte meine Mutter wie der Warschauer Pakt auf ein unerklärliches Feuer am Horizont. Alle Truppen wurden mobilisiert und der Ernstfall vorbereitet.

Als mein Schwager Hans zum ersten Mal zu uns kam, erlebte er, was alle erlebten: uns von unserer peinlichsten Seite.

Es hatte natürlich viel zu lange gedauert, uns präsentabel zu machen, weil sich alle an einem kleinen Waschbecken schön machen mussten. Ich hatte mich kurzfristig entschlossen, meine Haare zu waschen. Die waren ziemlich lang und hingen mir vorne ins Gesicht, während ich verzweifelt versuchte, in meine Jeans zu schlüpfen.

Jede Frau kennt dieses Gefühl. Die Jeans ist nach dem Waschen total starr, und es führt einfach kein Weg hinein. Jedenfalls kein einfacher. Man liegt auf dem Bett, die Jeans gleitet widerspenstig über den Hintern. Endlich ist sie oben. Aber vorne steht sie so weit offen wie eine Schlucht im Grand Canyon.

Jetzt die Luft anhalten und mit roher Gewalt die beiden Seiten zueinander zwingen. Geht ja. Aber Moment: Luft holen! Pfff! Der Bund klafft weiter auseinander als je zuvor. Der Reißverschluss klemmt. Und die Luft wird schon wieder knapp. Draußen das Geräusch eines Mofas. Jetzt aber schnell! Dass mein Schwager Hans damals den weiten Weg von Birkenau in den Odenwald gefahren ist, der 18 Kilometer über Serpentinen führte, hätte uns zeigen müssen, dass er in großer emotionaler Not war und bereit, es mit allem aufzunehmen. Darauf kamen wir aber nicht.

Meine Schwestern schrien: »Da kommt er! Helene, beeil dich doch!«

Ich beeilte mich. Noch mal einatmen. So, die beiden Hälften näherten sich. Ich schaffte es, den Metallknopf zu schließen, bekam aber gar keine Luft mehr.

Das Mofa knatterte vor dem Haus. Es wurde abgestellt. Der Typ war da und ich lag wie ein Käfer auf dem Rücken.

Jetzt der Reißverschluss. Millimeter für Millimeter. Jeans haben Eisenknöpfe und harte Reißverschlüsse – sie wurden ja ursprünglich nur für beinharte Männerkörper ohne jegliches Gramm Fett gemacht. Nicht für Odenwälder Hüften.

Jetzt war sie zu. Ich hatte mir alle Fingernägel eingerissen, aber Schwund ist immer. Mit Hilfe aller drei Schwestern stand ich auf, das heißt, sie richteten mich in die Vertikale auf. Das sah aus wie im Wilden Westen, wenn die Scheune hochgezogen wird.

Mein Schwager war damals klein und zierlich. Inzwischen hat er ein bisschen zugelegt, was ihm sehr gut steht, und er hat bewiesen, was für ein zäher Bursche er ist, denn bis heute ist er in unserer Familie geblieben. Er gehört zum Inventar – er hat alle seine Schwäger überlebt. Auch die, die sich im Wald vor der Familie versteckt haben.

Aber damals war Hans neu und wir bestaunten ihn. Ein Mann! Ein Mann, der nicht unser Vater, dessen bester Freund oder ein männlicher Verwandter war.

Die Anziehungskraft zwischen den Geschlechtern oder auch innerhalb derselben ist ja bekannt.

Meine älteste Schwester hatte Hans bei einer der seltenen Odenwälder Partys getroffen, und er hat ihr gleich den Hof gemacht. Gut, sagen wir einmal, er hat ihr den Hof gemacht. Inzwischen sind sie strenggläubige Zeugen Jehovas. Und es könnte ja sein, dass zumindest meine Schwester dieses Buch liest. Oder mein Neffe oder seine Frau oder deren Tochter, und die sollen ja nicht denken, dass seine Mutter beziehungsweise ihre Schwiegermutter oder die Oma schon bei ihrem ersten Treffen miteinander … Nein, niemals!

Damals war Verhütung ein großes Problem. Man kam nicht ohne Weiteres an die Pille heran. Kondome gab es in der Apotheke oder für Risikofreudige in Automaten von schlecht beleumundeten Gaststätten. Also wurde kreativ verhütet und so entstand mein Neffe. Aber das war natürlich erst viel später.

Für den ersten Besuch von Hans hatte meine Mutter fast gar keine besonderen Vorkehrungen getroffen. Es gab nur drei frischgebackene Kuchen und eine große Platte mit individuell belegten Broten, die aufwendig dekoriert waren. Sonst aßen wir unser Abendbrot vom Brettchen mit einem scharfen Messer wie die meisten Odenwälder. Aber an diesem Abend stand das beste Porzellan auf dem Tisch.

Hans fühlte sich sehr unwohl, da wir ihn alle mehr oder weniger unverhohlen anstarrten und kicherten. Das heißt, die anderen kicherten, ich hatte dazu nicht genug Luft. Die Jeans schnitt von allen Seiten in mich ein. Sie fühlte sich an wie ein textiler Außerirdischer, der mich zu strangulieren versuchte.

Hunger hatte ich aber trotzdem.

Also begann ich, ein Brot zu essen – mit Messer und Gabel. Meine Mutter wachte mit Argusaugen über unsere Tischmanieren. Dass mir die Haare immer noch ins Gesicht fielen, kritisierte sie nicht, weil sie wahrscheinlich sehen konnte, dass ich darunter vor lauter Luftmangel puterrot angelaufen war.

Unser Tafelbesteck war nicht für das Durchschneiden von Odenwälder Brotkrusten gemacht. Es war ein defensives Tafelbesteck, gewöhnt, durch butterweiche Sonntagsbraten zu schneiden.

Mit jedem Bissen wurde meine Hose enger.

Eine echte Jeans erkennt man daran, dass sie nicht nachgibt. Sie ist so unnachgiebig wie es der außenpolitische Kurs von Ronald Reagan war.

Eine zu enge Hose hat den guten pädagogischen Effekt, dass man schnell satt wird.

»Iss bitte auf, Helene«, mahnte meine Mutter.

Ich warf ihr unter meinen Haarfransen einen flehentlichen Blick zu. Aber meine Mutter hatte eine Mission. Um genau zu sein, hatte sie sogar vier Missionen. Und nichts und niemand würde sie am Erfolg der ersten hindern – schon gar nicht mein Blick oder die alarmierende Röte meines Gesichts.

Also schnitt ich gottergeben in die Kruste. Die hatte ich übrig gelassen, weil man in Zeiten der Not Ökonomie walten lassen muss. Kruste ist schwerer zu verdauen als der Rest des Brotes. Alles, was irgendwie blähend wirken konnte, grenzte an ein Todesurteil.

Vielleicht wusste meine Mutter das ja auch und dachte insgeheim, dass sich zwei Probleme auf einmal lösen würden. Wer würde im Odenwald eine Frau wollen, die über 1,80 Meter groß war, kaum Busen hatte und dann auch noch für die Zeitung schrieb? Das konnte ja nichts werden.

Meine älteste Schwester ging zwar auch auf das Gymnasium, aber sie zeigte keine Ambitionen. Sie war damals eher eine klassische Vertreterin der Generation Flower Power. Schule war eine Zumutung und irgendwie fanden alle einen Job.

Meine Schwester trampte oft mit ihrer Freundin nach Heidelberg, anstatt in die Schule zu gehen. Als sie dann in Heidelberg studierte, blieb sie lieber daheim. So ist das halt: Das Gras ist immer nur auf der anderen Seite des Zaunes grüner.

Ich schnitt an der Kruste, die sich nicht bewegte.

Ich übte etwas mehr Druck aus. Das Messer war so stumpf wie die Krallen unseres Hundes, der sich erbittert bellend gegen die Schlafzimmertür meiner Eltern warf. Meine Mutter hatte Hans erklärt, dass der Hund total harmlos sei, wenn er ihn einmal kennenlernen würde – sehr viel später natürlich erst. Nun klang unser Dackelgemisch aber wie ein sehr großer Schäferhund. Ich war mir nicht ganz sicher, vor wem Hans mehr Angst hatte: vor meiner Mutter oder vor dem Hund.

Unserer Mutter gegenüber hatte Hans sofort erkannt, welche Strategie ihm sein Überleben sichern würde. Unterwürfigkeit – damit lag er genau richtig. Das verbunden mit seiner zarten Statur machte ihn auch unserem Vater sympathisch, der ja eigentlich keine männliche Konkurrenz wollte.

Hunde haben eine feine Nase. Lumpi roch also ganz deutlich, dass da draußen ein neuer Rüde war. Das machte ihn rüder (entschuldigen Sie bitte – der musste sein).

Ich schnitt immer noch an der Kruste. Erbittert.

Meine Mutter konnte strafender gucken als unser Diakon in der Kirche. Schräg über die Nase traf mich ihr Killerblick.

Ich versuchte, meine Haare aus dem Gesicht zu streichen, um den krustigen Feind besser anschauen zu können. Leider haben meine Haare die Angewohnheit, so zu bleiben, wie sie getrocknet sind, und trocken waren sie schon eine ganze Weile.

Während sich alle über ihr drittes oder gar viertes Brot hermachten, war ich mit der einen Schnitte befasst, bei der ich einfach keine Schnitte bekam. Also mehr Druck.

Die Haare blieben vorne. Das war gut so, denn mein angehender Schwager hätte sich angesichts meiner ins Lila changierenden Gesichtsfarbe sicherlich erschrocken. Man sagt ja, Lila sei der letzte Versuch – das stimmt auch, was die Atmung angeht.

»Kann ich helfen?«, fragte Hans freundlich und wollte nach meinem Teller greifen, aber meine Mutter unterband das sofort. Sie wollte schließlich ihre Älteste unter die Haube bringen und nicht die Zweitjüngste.

»Die Helene kann das auch alleine, sie ist ja schon groß«, bemerkte sie süffisant, und alle fingen an, maliziös zu kichern. Na danke. Ich schnitt mit Wut und es klappte!

Die Kruste bog und beugte sich, ich schnitt sie durch und durch den Schwung flog sie von meinem Teller und knapp am Ohr von Hans vorbei, der nach dem dritten Stück Kuchen erschöpft mit seinem Stuhl kibbelte. Er erschrak sich ganz fürchterlich.

Ein Schrei, ein kippender Stuhl und weitere Stühle wurden hurtig zurückgeschoben. In der großen Sorge um den potenziellen Schwiegersohn versuchten alle Familienmitglieder gleichzeitig, ihm auf die Beine zu helfen.

Ich konnte nicht, weil meine Jeans mich gefangen hielt. Außerdem saß ich auf der Eckbank gegenüber. Da hineinzukommen war schon schwer gewesen, wieder heraus schien unmöglich.

Niemand bemerkte in dem Wirrwarr, dass meine Oma sich auf den Weg zur Schlafzimmertür gemacht hatte, hinter der Lumpi tobte wie nie zuvor, weil er das »Krawumm!« natürlich gehört hatte und in schönster Hundelogik schloss, dass seine Herde (wir) durch den neuen Rüden (Hans) in großer Gefahr war.

Meine Oma ließ das arme Viecherl heraus, und es war die

einzige Rettung für Hans, dass er schon auf dem Boden lag. Da hatte sogar das arme Viecherl Mitleid und beließ es bei einem kleinen Höflichkeitsbiss in die Hand.

Hans hat mir verziehen und ist wie gesagt bis heute in der Familie geblieben. Ich bin mir nicht ganz sicher, ob das für oder gegen ihn spricht.

Baden sehen und baden gehen

Wir Realschüler, die den Sprung in die gymnasiale Oberstufe geschafft hatten, galten als Streber. Das traf auf meine Klassenkameradin Claudia in vollem Umfang zu. Sie war sehr ehrgeizig, was ihr aber nicht viel half, weil sie die Ausstrahlung einer verbissenen Finanzbeamtin hatte. Hinzu kam ihre Stimme, die mit ihrem blechernen Klang auf jeden Kasernenhof gepasst hätte. Am meisten fuchste die arme, hart arbeitende Claudia, dass sie in Französisch eine schlechtere Note hatte als ich. Dabei war sie sehr viel besser. Und das kam so:

Herr Grabowski, der bei uns Französisch unterrichtete, war das, was man eine unglückliche Erscheinung nennt, wenn man den Ausdruck »armer Kerl« vermeiden möchte. Er war klein, dünn, rothaarig, aber auf die blasse Art, die niemand gerne mag. Hinzu kamen wässerige Augen und zu kurze Hosen. Da ich ja nun mit einer ähnlichen Problematik kämpfte (was die Hosen betraf), wunderte ich mich jeden Tag, wie ein so kleiner Mann wie Herr Grabowski es schaffte, zu kurze Hosen zu finden. Die Hosen hatten einen breiten Schlag und waren weit nach oben gezogen. Herr Grabowski trug Hosenträger und Gürtel. Das zeugte von einem starken Sicherheitsdenken verbunden mit einem schwachen Selbstbewusstsein.

Er sah sehr jung aus und so wurde er am ersten Schultag auf dem Schulhof gefragt, in welche Jahrgangsstufe er denn ginge. Es war Herrn Grabowski nicht gegeben, eine solche Situation humorvoll zu nehmen und so zu seinen Gunsten zu wenden.

Er reagierte beleidigt. Das war der Anfang seines persönlichen Waterloos. An der Tafel konjugierte er dauernd das Verb »lieben«. Das machte ihn zur traurigsten Gestalt überhaupt. Nun haben Schüler nicht die Eigenschaft, Gnade walten zu lassen. Er war daher das Zentrum des universellen Spotts.

Wir spielten unter den Tischen »Schiffe versenken« oder »Stadt, Land, Fluss«. Und so wurde Herrn Grabowskis Unterricht immer mal wieder von einem fröhlichen »Versenkt!« unterbrochen. Er bedankte sich mit strengen Noten, sodass er letztlich gewann. Als er in die betroffenen Gesichter der Schüler blickte, die am Ende des Halbjahres erkennen mussten, dass sie sich selber versenkt hatten, umspielte ein kleines, zufriedenes Lächeln Herrn Grabowskis dünne Lippen. Er saß am längeren Hebel.

Ich hatte zu dieser Zeit andere Dinge im Kopf, als bei Herrn Grabowski Französisch zu lernen oder ihn zu ärgern. Ich hatte mit der Zeitung zu tun und war während des Unterrichts meist damit beschäftigt, Artikel zu entwerfen, die ich dann nach der Schule auf meiner Reiseschreibmaschine auf dem blauumrandeten Manuskriptpapier der ›Odenwälder Zeitung‹ verewigte. Mein blonder Scheitel war stets über Papier gebeugt. Deshalb fiel ich Herrn Grabowski als sehr fleißige und konzentrierte Schülerin auf und erhielt eine Zwei, obwohl ich kaum etwas sagte, während Claudia, die sich das ganze Jahr schwer ins Zeug legte und immer alle Hausaufgaben machte, eine Drei bekam.

Bei der Notenbesprechung sprang Claudia auf und rief mit ihrer blechernen Stimme in den Raum: »Herr Grabowski! Das ist ungerecht. Ich bin viel besser als die Helene und bekomme eine schlechtere Note! Die hat doch gar nicht mitgemacht!«

»Doch Claudia, das hat sie. Helene hat fleißig mitgeschrieben. Sie war immer so vertieft, dass ich sie gar nicht ansprechen wollte.«

»Ha, ha! In was? In was war Helene wohl vertieft? Bestimmt nicht in Französisch!«

Beinahe hätte Claudia dafür eine Vier bekommen.

Umso überraschter war ich, als Claudia mir vorschlug, sie über die Osterferien auf einer Reise zu ihrer Tante ins schweizerische Baden zu begleiten. Die Tante war nicht da, der Onkel auch nicht, aber ihr Cousin. Wir wollten uns ein paar schöne Tage machen.

Der Cousin war umwerfend. Er roch nach Old Spice, was damals cool war, und fuhr ein schickes Auto. Er schleppte uns über Berg und Tal, sodass ich abends zu erschossen war, um noch mit ihm flirten zu können.

Einen Tag fuhren Claudia und ich alleine nach Baden. Mir fiel sofort das interessante mittelalterliche Stadttor mit zwei Türmen auf, das sich über eine breite Straße spannte. Außerdem hatte es einen neuen Anbau, der schien noch im Rohbau zu sein. Ich erinnerte mich an den weisen Rat des Fotografen Fritz Kopetzky senior, dass die besten Geschichten am Straßenrand warten. Da wartete sie also – meine Geschichte.

Ob man da wohl reindurfte? Überlegte ich, während ich die steile Treppe hinaufstieg. Meine Reporternase witterte eine Story. Skandal. Der war zwar nichts für die ›Odenwälder Zeitung‹, deren Leser sich kaum dafür interessieren würden, ob der Neubau am Stadttor im schweizerischen Baden staatlich genehmigt war oder nicht, zumal ja einige Odenwälder selber ziemlich freestylemäßig gebaut hatten – nach dem Motto: Ich kenn' den Bürgermeister und wo kein Kläger, da kein Richter.

Mir war das aber nicht wurscht. Ich stieg beherzt die breiten Stufen hoch, während Claudia, die zwar im Unterricht kämpferisch, aber privat eher schüchtern war, unten wartete. Sie betrachtete etwas und begann dann, heftig zu winken.

Ich ging unbeeindruckt weiter. In dem Anbau schien eine Art Kantine zu sein, in der die Bauarbeiter saßen und aßen. Alle trugen blaue Arbeitsanzüge und starrten mich an, wie ich an ihnen vorbeistieg. Ein Pfeifkonzert ertönte. Das war mir egal. Ich trug mal wieder meinen Klammerrock – der erregte halt Aufmerksamkeit.

Die schwere Eichentür war verschlossen. Ich klingelte.

Es dauerte ein paar Minuten, dann erschienen zwei Männer in Anzug und Krawatte und sahen mich überrascht an.

»Guten Tag. Ich wollte mal fragen, wann bei Ihnen die nächste Führung ist?«

»Bitte?«

»Ich finde das Gebäude außerordentlich interessant und würde es gerne besichtigen. Es ist doch öffentlich, oder?«

Die beiden Männer schwiegen verblüfft. Dann begannen

sie zu lachen. Im Hintergrund hörte ich immer noch das Pfeifkonzert der Bauarbeiter. Unverschämte Kerle.

»Sie wollen das Gebäude also besichtigen?«, fragte einer der beiden amüsiert.

»Ja, sehr gerne. Darf ich reinkommen?«

Der Mann räusperte sich etwas.

»Natürlich dürfen Sie theoretisch hereinkommen. Ich muss Sie aber darauf aufmerksam machen, dass Sie dafür ein Mann sein und dann mindestens zwei Wochen hierbleiben müssten.«

»Zwei Wochen?« Nächste Woche ging die Schule wieder los. Und ein Mann war ich auch nicht. »Warum denn?«

»Weil es das Kreisgefängnis für Männer ist.«

Während mein Gesicht langsam die Farbe von sehr reifen Tomaten annahm, gaben mir die Herren noch Tipps, was ich in Baden besichtigen konnte, ohne mit dem Gesetz in Konflikt zu geraten.

Claudia fuhr nie wieder mit mir in Urlaub.

Elba sehen und dann?

Zur höheren Ausbildung gehörten Schulausflüge. Gerade bei den geburtenstarken Jahrgängen hatten Schulausflüge eine selektive Wirkung. Nur die Harten kamen wieder nach Hause. Berlin hatten wir ja schon besucht. Die Berliner Luft, die damals vor Ruß und Abgasen nur so starrte, hatte es nicht geschafft, uns zu dezimieren, also ging es mit dem Bioleistungskurs nach Elba.

Einige unserer Mitschüler hatten den allerersten Religionsleistungskurs belegt, den es an unserem Gymnasium gab. In diesem Kurs fanden sich vor allem diejenigen, die einen tiefen Glauben hatten. Der beruhte auf der Überzeugung, in einem Religionsleistungskurs nichts arbeiten zu müssen. Fromm gucken würde schon reichen.

Dieser Glaube wurde stark erschüttert und man sah diesen Kurs tagein, tagaus büffeln. Dafür durften sie zur Belohnung nach Rom fahren, wo sie in einem Kloster logierten. Klöster sind ein Ort der Ruhe und der Disziplin. Sie sind ein Hort der Kontemplation und manchmal auch des guten Essens. Letzteres konnte man von diesem Kloster nicht behaupten. Am dritten Tag, an dem es zu Mittag wieder eine dünne Suppe und sehr schlichte Bratkartoffeln geben sollte, empfahl mein Mitschüler Walter, der ein bisschen aussah wie der Schauspieler Bud Spencer und es gewohnt war, gut und kräftig zu essen, einer der anwesenden Nonnen: »Hey, Pinguin, hupps in die Supp, damit's en G'schmack gibt!« Das fanden alle sehr lustig bis auf den Pinguin. Die Nonne verstand deutsch und der Rauswurf konnte nur knapp verhindert werden.

Hinzu kamen die strengen Sittengesetze. Der Diakon war nach zehn Tagen grau im Gesicht und hatte Augenringe olympischen Ausmaßes, weil er im Auftrag der Nonnen jede Nacht zwischen den Schlafräumen von Jungen und Mädchen Wache schieben musste, damit niemand auf die Idee kam, den christlichen Grundsatz »Liebe deinen Nächsten« in die Tat umzusetzen.

Wie schon erwähnt, war Verhütung zu jener Zeit ein Glücksspiel und man wollte zwar guter Dinge, aber nicht guter Hoffnung nach Hause zurückkehren.

Unser Biolehrer konnte uns auf der Fahrt nach Elba nicht begleiten, er war bereits seit Längerem krank. Es hieß, er habe einen komplizierten Armbruch. Alle, die ihn schon am frühen Morgen aus der Nähe erleben mussten, tippten eher auf eine Entziehungskur. Die alkoholische Gärung, die wir genau wie in dem Film ›Feuerzangenbowle‹ durchnahmen, war für ihn eine Frage des täglichen Bedarfes, den er am Büdchen am Ortsausgang von Wald-Michelbach zu befriedigen pflegte. Dabei ging er in sehr typischer Männerlogik davon aus, dass ihn niemals jemand dabei beobachten würde, wie er seine fünf Flaschen Bier, eine Flasche Kognak und die ›Bild‹-Zeitung kaufte. In die ›Bild‹-Zeitung kam dann noch ein hübsches Sexmagazin. Er war damit wahrscheinlich der einzige Mensch, der die ›Bild‹-Zeitung als Tarnung für ein anderes Blatt benutzte. Andere tarnten die ›Bild‹-Zeitung mit der ›FAZ‹ oder der ›Süddeutschen‹.

Die ›Bild‹-Zeitung war unser Feind. Sie war schuld am Tod von Rudi Dutschke und wir alle hatten ›Die verlorene Ehre der Katharina Blum‹ von Heinrich Böll gelesen. Das wirkte nach.

Als junge Studentin verbrachte ich in den folgenden Jahren meine Ferien in der Fabrik, damit meine Eltern mich nicht mit Geld unterstützen mussten, das sie nur rein rechnerisch besaßen. Dabei war es mir auferlegt, das Frühstück für meine Kollegen zu holen, was ich gerne tat. Man kann über die Firma Freudenberg schimpfen, aber in Sachen Frühstück konnte man nicht meckern. Ein sehr guter Bäcker und ein noch besserer Metzger hatten feste Stände auf dem Betriebsgelände. Wer das Frühstück für die Kollegen besorgte, wurde immer mit einem leckeren Extra bedacht.

Mein Vorarbeiter bat mich eines Tages, ihm eine ›Bild‹-Zeitung mitzubringen. Zu jener Zeit war das Herumtragen einer ›Bild‹-Zeitung so, als ob man heutzutage mit einer Glatze und einer Bomberjacke durch die Stadt laufen würde: ein Bekenntnis und ein Stigma. Die ›Bild‹-Zeitung war damals noch ein echtes Hetzblatt. Mittlerweile kommt sie mir vor wie ein zahnloser Tiger. Dass Alice Schwarzer eine Zeit lang darin schrieb, zeigt, wie austauschbar Positionen geworden sind. Dass sie, die große moralische Instanz des Landes, die sich für Ehrlichkeit, Gleichberechtigung und Anstand stark machte, am Ende Steuern hinterzog und ihren Kampf gegen Prostitution in einem Blatt führte, das sich unter anderem mit Anzeigen von Prostituierten finanziert – das sind die Widersprüche der heutigen Zeit.

Nein, Mitte der 80er-Jahre waren die Fronten klarer. Ich trug also die Zeitung gefaltet und mit spitzen Fingern vor mir her und überreichte sie dem Vorarbeiter extrem vorsichtig wie eine Portion Nitroglyzerin.

»Helene, warum trägst du die Zeitung so komisch?«, fragte er irritiert.

»Damit das Blut nicht rausläuft«, erwiderte ich freundlich, und ab da kaufte er sich seine Zeitung lieber wieder selber.

Da unser bildzeitungsverliebter Biolehrer wie gesagt krank war, fuhren wir unter der Anleitung eines anderen und sehr strengen Biolehrers nach Elba. Nicht, dass Sie denken, wir reisten mit dem bequemen Zug oder gar im Flugzeug, nein, wir wurden in einen alten, kleinen Bus gequetscht, in den wir gerade so hineinpassten, und das Gepäck mussten wir überallhin stapeln.

Auch in den Gang.

Dann fuhren wir los.

Der Bus wurde nur noch durch den Glauben zusammengehalten. Er war uralt und die Kupplung war kaputt, sodass unser Fahrer jeden Gang mit einem mächtigen Tritt wechseln musste. Das klang jedes Mal, als ob der Bus auseinanderfallen würde. Als der bei jedem Gangwechsel gequält seufzende Bus sich mit 30 km/h die Kreidacher Höhe hinaufschob, kamen die ersten Zweifel auf, ob wir jemals ans Ziel kommen würden.

Jeder Zentimeter des Busses war angefüllt mit Gepäck, Proviant und uns. Auch die Bustoilette war in ein Lager umfunktioniert worden, sodass wir regelmäßig Pausen einlegen mussten. Das rettete dem Fahrer und uns möglicherweise das Leben. Er fuhr natürlich allein – mit der Sicherheit nahm man es damals noch nicht so genau. Fahrtenschreiber gab es wohl schon für Busse, aber die waren hauptsächlich dazu da, dem Busfahrer Gelegenheit zu geben, sein Talent als Fälscher unter Beweis zu stellen und die Polizei angemessen zu beeindrucken.

Die Gurtpflicht war erst 1976 eingeführt worden und damit noch relativ neu. Nach wie vor wurde fleißig diskutiert, ob das Tragen von Sicherheitsgurten wirklich gesund war. Jeder hatte von dem einen Fall gehört, wo sich der Gurt nicht gelöst hatte und der arme Fahrer bei lebendigem Leib im Auto verbrannte. Grauenhaft. Oder was war, wenn man in einen tiefen See stürzte? Dass es im Odenwald keine tiefen Seen gab, in die man stürzen konnte, war Nebensache. Die Bächlein wären durch ein hineinstürzendes Auto höchstens verstopft worden. Frauen fürchteten, dass der Gurt ihren Busen plattdrücken würde, und Männer um ihre Freiheit. Außerdem suggerierte der Gurt, dass man(n) wohl nicht gescheit Auto fahren könne und deshalb angebunden werden müsse wie ein Kleinkind.

Wer darüber jetzt schmunzelt: Viele Autos hatten damals keine Nackenstützen und Airbags gab es ohnehin nicht. Der Gedanke, dass ein Gurt beim Ableben eher helfen als es verhindern könnte, war also gar nicht so einfach von der Hand zu weisen. Aber wenn Sie schon einmal von einem sich öffnenden Airbag getroffen wurden, wissen Sie auch, dass der Airbag dafür da ist, den Fahrer und seinen Beifahrer freundlich k. o. zu schlagen, damit diese zwar auch bei lebendigem Leib verbrennen, es aber nicht so mitbekommen. Das nennt man Fortschritt. Sterbehilfe durch die Autoindustrie.

Wir hatten keinen Airbag und auch sonst wenig Luft. Aircondition gab es nicht. Wer Kühle wollte, musste nach draußen in den Schatten. Eigentlich sollten wir Elba innerhalb von 24 Stunden erreichen; daraus wurden 32, und ich wundere mich bis heute, dass wir die Insel überhaupt zu Gesicht bekamen.

Am Fährhafen von Piombino haben alle unaufgefordert gebetet, weil wir es bis dahin geschafft hatten. Die Inbrunst unseres Gebets hätte sogar die Kollegen vom Religionsleistungskurs beeindruckt. Dass unser Bus anders war als alle anderen, wurde spätestens in Pisa augenfällig, wo die anderen Touristen staunend unseren Bus fotografierten und den Schiefen Turm links liegen ließen. Wir wurden gefragt, ob wir an einem besonderen Überlebenstraining teilnehmen würden, und verneinten das naiv.

Die Überfahrt mit der Fähre war der einzig sichere Moment der Fahrt. Unter uns war nur Wasser. Keine Bergserpentinen, in denen unser überladener Bus gefährlich schaukelte, keine Autobahn, auf der Kleinfahrzeuge hupend an uns vorbeizogen, keine Ziegen, die neugierig in den Bus starrten, wenn wir Pause machten. Einfach nur Wasser mit Fischen drin, die uns nicht gefährlich überholten.

Einst war Napoleon auf Elba – wir waren da jetzt auch, aber auf der hässlichen Seite. Untergebracht waren wir nicht in den schicken Hotels am Sandstrand, nein, wir hatten Appartements von Neckermann-Reisen. Gerade fällt mir auf, dass es immer Neckermann-Reisen waren, die mich ins Unglück stürzten. Die Appartements waren aber in Ordnung und unser Tagesprogramm straff.

Unser Biolehrer war Hauptmann der Reserve und das ließ er uns spüren.

Nennen wir ihn Herrn Herbert.

Herr Herbert erwartete von uns, dass wir uns Punkt acht Uhr morgens im Innenhof wie in einer Kaserne versammelten, wo er uns namentlich aufrief. Dann wurden wir in Gruppen eingeteilt. Es gab die Pflanzengruppe, die Tiergruppe und die Insektengruppe. Zur Insektengruppe zählten wegen des Ekelfaktors nur ganz wenige Schüler. Ich hatte mich der Pflanzengruppe angeschlossen, weil die nicht bluten, wenn man sie sammelt.

Die Insektengruppe wies allerdings eine Besonderheit auf: Das war der Referendar Klaus, der als weibliche Begleitperson deklariert worden war. Das hatte der Biolehrer so veranlasst, der ohnehin nicht verstehen konnte, wieso Frauen sich überhaupt für das Fach interessierten, sofern es über die Zutaten zum Kochen hinausging.

Wir Mädels waren alle froh, dass Klaus unsere weibliche Begleitperson war, Klaus war nämlich eine umwerfende Erscheinung. Er sah aus wie ein Skilehrer aus den Alpen, hatte leuchtendblaue Augen, dunkelblondes Haar, einen durchtrainierten Körper und ein hinreißendes Lächeln.

Alle Mädchen und auch ein paar Jungs waren in Klaus verliebt.

Klaus schrieb an seiner Doktorarbeit. Das Thema war eine seltene, auf Elba lebende Spinnenart. Das ist ja das Tolle an diesen Inseln – es entwickeln sich ganz eigene Arten, die man sonst nirgendwo findet. Das dachten die dort lebenden Tiere bestimmt auch, als sie unser ansichtig wurden, wie wir schlecht ausgerüstet und immer am Rande des Verdurstens durch das Gebüsch stolperten.

Alle wollten Klaus bei seiner Arbeit unterstützen, völlig uneigennützig versteht sich. Damit geriet die Damenwelt in einen tiefen Konflikt zwischen ihrer Angst vor Spinnen und der Liebe zu Klaus.

Am Ende siegten die Hormone und jede von uns brachte ihm an irgendeinem Punkt unserer Studienreise einen unbedeutenden Weberknecht, den wir als Spinne missverstanden, womit wir auch ihn in einen Konflikt stürzten. Sollte er uns kuhäugigen Mädels und auch ein paar kuhäugigen Jungs sagen, dass wir von Rechts wegen wirklich nichts in einem Bioleistungskurs zu suchen hatten, wenn wir einen Weberknecht nicht von einer Spinne unterscheiden konnten, oder sollte er das vielbeinige Liebesdefilee weiter hinnehmen?

Er entschied sich als kluger Mann für Letzteres, weil ihm unsere ungeteilte Aufmerksamkeit wohl auch ganz recht war.

Keiner der Jungs hatte bei irgendeinem Mädel eine Chance, solange Klaus in der Nähe war. Er war damit auch ein sehr verlässliches Verhütungsmittel und klug genug, sich auf die vielen kleinen Hinweise und verdeckten Einladungen gar nicht erst einzulassen: »Ich muss mich ein bisschen im Bungalow hinlegen, es ist ja um die Mittagszeit so heiß. Wie gut, dass die anderen alle Pflanzen sammeln, da bin ich *allein* und habe *Ruhe*.«

Klaus interessierte sich mehr für unsere vielbeinigen Geschenke und auf diesem Weg entdeckte er eine weitere Spinnenart, die es nur auf Elba gibt und die deshalb ganz besonders ist, weil sie einen Parasiten in ihrem Netz zulässt. Das tun Spinnen sonst eher nicht, sie betrachten den Besuch weniger als Gast denn als Mahlzeit.

Also: Eine echte naturwissenschaftliche Sensation, die Klaus in der Welt der Spinnenkundler berühmt machen sollte. Der Parasit wurde nach ihm benannt, und wenn ich es heute so recht überlege, wie er unsere zarten Gefühle für seine Karriere ausgenutzt hat, muss ich sagen: wohl zu Recht.

Da wir morgens früh in die Hecke mussten und unser Biolehrer streng darauf achtete, dass nicht heimlich in den Bungalows Nickerchen gehalten wurden, verzogen wir uns zum Schlafen in die Büsche.

Dabei wurde eine Mitschülerin von einer Schildkröte überrascht, die als extrem scheu gilt und auch nur auf Elba vorkommt. Da diese Mitschülerin ein tolles Terrarium besaß, bekam die Schildkröte einen neuen Wohnsitz. Den Namen dieser Mitschülerin werde ich nicht öffentlich machen, um sie vor Strafverfolgung zu schützen. Der Schildkröte ging es jedenfalls prächtig in Wald-Michelbach.

Auch eine Schlange fand eine neue Heimat und wir anderen suchten und bestimmten jede Menge Pflanzen. Dabei hatten wir zwei Bücher als Hilfsmittel: eines, in dem die Pflanzen genau beschrieben wurden und wir von der Form des Stempels, der Wurzel oder des Blatts und der Farbe Hinweise auf die Art bekamen. Das andere Buch hatte Bilder (die Tiergruppe hatte es da schwerer, weil das Betrachten von Bildern angesichts eines möglicherweise aggressiven Tieres wertvolle Zeit kosten kann). Wir nahmen das Bilderbuch und lernten so gar nichts, was wiederum beweist, dass wir nur zur Schule gehen, um das Bedürfnis der Lehrer nach Aufmerksamkeit und Dominanz zu befriedigen, aber keinesfalls, um etwas zu lernen.

Abends wurde vom Lehrer überprüft, wie viel wir gesammelt hatten und wer für welche Funde verantwortlich war. Dabei zeigte sich der wahre Charakter mancher Mitschüler. Einige waren sich nicht zu schade, die Funde der anderen als ihre eigenen zu deklarieren und sich damit Fleißnoten zu sichern.

Wir, die Geschädigten, befanden uns in einem moralischen Dilemma.

»Warum habt ihr euch nicht gewehrt?«, werden Sie jetzt fragen und Sie haben völlig recht.

Wir wehrten uns nicht, weil petzen verpönt war. Schräger Ehrenkodex, aber Ehrenkodex. Wir waren ja auch die Leute, die später bei der Volkszählung die Tür nicht aufmachten, wenn jemand mit dem Fragebogen kam. Heute schreiben wir auf Facebook freiwillig Sachen, die kein Zähler je zu fragen gewagt hätte.

Abends ging es in die Kneipe. Da waren wir mit dem Biolehrer konform, weil der beim Bund vor allem das Trinken gelernt hatte und sich uns gerne anschloss. Wasser gab es logischerweise auch, denn wir waren auf einer Insel, aber jetzt war Wein angesagt, weil auch eine Bildungsreise ihre angenehmen Seiten haben sollte. Während wir tagsüber keinen Spaß hatten – außer den diskreten Nickerchen in den Rosmarinsträuchern –, fühlten wir uns alle mit dem billigen Hauswein in einer Taverne sehr wohl. Der Mond schien und der Kiesstrand, der auf der hässlichen Seite von Elba typisch ist, schimmerte in seinem Licht.

Es war sehr warm auf Elba.

Irgendwann machte das Wort die Runde, dass man schwimmen gehen könnte. Angesichts der Dunkelheit war das Tragen von Badeanzügen bestimmt nicht zwingend erforderlich und irgendjemand hatte sicherlich ein Handtuch dabei. Also schlich sich ein Teil der Gruppe davon, mit einem wachsamen Auge auf unseren Lehrer, der aber gerade einen neuen Krug Wein geordert hatte und sehr entspannt wirkte.

Auf zum Strand, raus aus den Klamotten. Ich deponierte meine hinter einem kleinen Ruderboot, um sie vor Spaßvögeln zu schützen.

Hinein ins Wasser. War das herrlich!

Wir waren ein Stück weit hinausgeschwommen, als sich ein Blatt Toilettenpapier um meine Hand wickelte. Das war eklig und die Mondscheinromantik schlagartig vorbei.

Also Umkehr.

Der Strand war ganz schön weit weg. Du lieber Himmel! Die anderen schwammen viel schneller als ich. Ich war nicht trainiert und bekam es mit der Angst zu tun, und mit der Angst kam auch gleich der Wadenkrampf. Was Napoleon erspart geblieben war, sollte mir zustoßen? Elba sehen und sterben? Jetzt?

Dr. Sommer von der ›Bravo‹ kam mir in den Sinn. Ich hatte immer noch keinen Sex im juristischen Sinn gehabt. Wie peinlich wäre das denn, wenn das bei der Obduktion herauskäme? Was würde Dr. Sommer sagen, wenn meine Mitschülerinnen ihm schrieben, dass eine Achtzehnjährige unberührt in den Tod gegangen war? Mit Klopapier an der Hand?

Ich legte mich auf den Rücken und griff den Ereignissen etwas vor, ich machte den »toten Mann« und ließ mich treiben, bis der Krampf nachließ. Dann drehte ich mich um und sah nach vorne.

Das Ufer war schon viel näher, aber auf einmal hell erleuchtet und am Strand standen Touristen und Einheimische mit verschränkten Armen. Nacktbaden war auf Elba zu dieser Zeit streng verboten, was wir natürlich nicht gewusst hatten.

Im Meer war die ganze Truppe und wartete auf eine günstige Gelegenheit, das Wasser zu verlassen. Da die Promenade sehr lang und taghell war, gab es die aber nicht.

Ich schwamm vorsichtig und hinter den Rücken meiner Mitschüler zu der Seite, wo das Boot lag, und schaffte es, mich auf allen vieren in Sicherheit zu bringen. Als ich nach meinen Klamotten tastete, um mich damit abzutrocknen, schoss ein wohlbeleibter Hintern an mir vorbei.

Der Hintern gehörte unserem Biolehrer.

Er sah sich um und unsere Blicke trafen sich.

Nein, liebe Leser, ich habe bei ihm nicht nach unten geschaut – so groß war der Notstand nun auch wieder nicht und ich träumte ja von dem schönen Klaus. Auch der Biolehrer verhielt sich so anständig wie das in einer solchen Situation möglich ist, und sah mir nur ins Gesicht

Diesen Blickkontakt werde ich nie vergessen. Er enthielt Verheißungen und Drohungen. Die Verheißung auf eine gute Note für den Ausflug und die Drohung mit Mord, sollte ich den Zwischenfall je erwähnen. Ooops!

Ich habe ihn nie erwähnt und den Namen des Biolehrers inzwischen ehrlich gesagt vergessen, es war ja der vom Nachbarkurs.

Auf unserer Reise haben wir natürlich auch fleißig fotografiert, um die Daheimgebliebenen neidisch zu machen. Ich hatte die alte Kamera meines Vaters um den Hals. Ich liebte diese Kamera, weil sie einfach war und sogar einen technischen Vollpfosten wie mich vor keine unlösbaren Aufgaben stellte.

In den 80er-Jahren galt bei Kameras: Mehr ist mehr und viel mehr ist noch besser. Meine Klassenkameraden, die alle aus wohlhabenden Familien stammten, hatten Kisten mit Equipment dabei, die einem Fernsehteam des öffentlich-rechtlichen Fernsehens alle Ehre gemacht hätten. Objektive, die in ihrer Länge so extrem waren, dass die stolzen Fotografen fast nach vorne kippten.

Und so saßen wir in Elba am Strand. Wir sahen aus wie Agenten, die mit ihren gewaltigen Abhöreinrichtungen Korsika ausspionieren wollten. Und ich dazwischen mit der kleinen Kamera meines Vaters. Der einzige Spiegelreflex, den meine Kamera erzeugen konnte, war, wenn ich sie im Sonnenschein vor dem Spiegel reflektieren ließ.

Die Belichtung, die ja das Komplizierteste bei einem guten Fotoapparat darstellt, war bei meiner Kamera ganz einfach. Es gab eine Sonne, eine Sonne mit halber Wolke, eine ganze Wolke und einen Blitz. Der war nicht für Gewitter, sondern für den Blitzwürfel, den man umständlich auf die Kamera schrauben musste. Für die Entfernung gab es nah, mittel, fern.

Wie haben meine Klassenkameraden gelacht, als ich ihnen meine Kamera zeigte. Als wir nach der Reise unsere Fotos verglichen, mussten sie neidvoll anerkennen, dass ich das schönste Sonnenuntergangsfoto geschossen hatte.

Wie hatte ich das nur angestellt?

»Ganz einfach, ich habe auf Sonne und weite Entfernung eingestellt«, erklärte ich stolz.

Einige meiner Klassenkameraden brachen daraufhin in Tränen aus.

Auf der Heimfahrt verfuhren wir uns und landeten in Frankreich statt in der Schweiz – wir hatten den falschen Tunnel genommen. Da war es wiederum gut, dass die Streber schon die ersten Kreditkarten hatten, mit denen sie unser Essen bezahlten. Dafür durften sie unsere Pflanzen behalten. Als wir nach Hause kamen, hatten wir zwar nichts gelernt, waren aber um eine Erfahrung reicher: Wir wussten, dass wir auch unter extremen Bedingungen überleben konnten.

Das war wahrscheinlich die beste Vorbereitung auf die Abiturprüfung, die wir bekommen konnten: Nahtoderfahrungen, wenig Schlaf und viel Alkohol, also Nerven aus Stahl. Wir haben alle bestanden.

Aus die Maus

Schon während meiner gesamten Oberstufenzeit war mir klar, dass ich Journalistin werden wollte. Mit freundlicher Unterstützung durch den Chefredakteur bewarb ich mich als Volontärin beim Verlag, der die ›Odenwälder Zeitung‹ herausgab. Mein Vorstellungsgespräch brachte ans Tageslicht, dass der ältere des Verlegerbrüderpaares große Bedenken hatte, eine junge Frau einzustellen. Ich könnte ja schwanger werden, was ich im zarten Alter von 18 Jahren nicht für immer ausschließen mochte.

Das verstand der Verleger nicht. Wahrscheinlich war er nicht sehr religiös. Ich stellte mir zu diesem Zeitpunkt wirklich vor, dass für mich nur eine unbefleckte Empfängnis in Frage käme, weil ich einfach keinen Mann fand, der mich interessierte *und* der mich überhaupt beflecken wollte.

Der jüngere der Brüder hätte mich gerne eingestellt. Er hatte zu virtuellen Kindern wohl ein besseres Verhältnis. Das Ganze war, wie sich später herausstellte, ein Bruderkonflikt und er wurde auf meinem Rücken ausgetragen.

Auch in der Redaktion standen alle auf meiner Seite. Es waren Empfehlungen ausgesprochen worden. Das war nicht selbstverständlich, weil ich in den drei Jahren meiner Mitarbeit häufiger unter Beweis gestellt hatte, dass ich manchmal mehr Meinung als Ahnung hatte.

In der Nachbarredaktion der ›Weinheimer Nachrichten‹ nannte man mich »Die Dame mit der spitzen Feder« – jedenfalls wenn ich anwesend war. Wie sie mich nannten, wenn ich nicht anwesend war, mag ich mir lieber nicht vorstellen. Journalisten können grausam sein, das kann Exbundespräsident Christian Wulff bestätigen.

Die Redaktion hatte mich das ein oder andere Mal aus einer prekären Situation retten müssen. Strafrechtliches war aber nie dabei. Gut, einmal wurde es knapp.

Das war, als ich meine ältere Schwester Gabi besuchte, die in Darmstadt am Stadttheater ihre Ausbildung zur Maskenbildnerin absolvierte. Ich durfte mit in den Schminkraum und von der Seitenbühne zuschauen. ›Die vier Jahreszeiten‹ standen auf dem Programm und ich war von allem tief beeindruckt. Ich durfte das Töpfchen mit Mastix halten, mit dem blitzartig Perücken und anderes angeklebt wurden.

Leider war ich so sehr fasziniert, dass ich den Mastix unachtsam verschüttete. Als der Tänzer, der umgeschminkt werden sollte, herbeitanzte, fing ich ihn ab, um ihn vor dem Kontakt mit dem Kleber zu bewahren. Das hat den guten Mann ziemlich erschreckt. Er hatte mich vorher nicht gesehen und als die große dunkle Gestalt einfach so aus dem Schatten trat und ihn an ihre Brust riss, wurde der Arme ziemlich blass.

Das war aber leider noch nicht alles.

Ich lehnte mich an.

Das ist etwas, was man in einer Seitenbühne, auf, hinter oder vor der Bühne nie tun sollte. Ich lehnte mich an ein Drahtseil. Damit wurde der Abend für die Tänzer im wahrsten Sinne des Wortes zu einem Drahtseilakt, da ich an der Vorrichtung für den eisernen Vorhang lehnte.

Der eiserne Vorhang heißt nicht umsonst so. Im Feuerfall wird er schlagartig herabgelassen. Es gibt in Theatern sehr viele brennbare Materialien, weshalb allerstrengstes

Rauchverbot herrscht. Ein Dummheitsverbot gibt es leider nicht.

Der schreckensblasse Inspizient entfernte mich vom Draht und alle bekamen ihr Fett weg. Meine Schwester, weil sie mich unangemeldet mitgebracht hatte, ich, weil ich überhaupt da war, wegen Mastixpfütze, geschocktem Tänzer und dem Beinahemord an zehn Tänzern, und die ›Odenwälder Zeitung‹, weil ich dem Inspizienten erklärt hatte, dass ich eventuell eine Reportage über das Innenleben des Darmstädter Stadttheaters machen wollte, was ihn komischerweise gar nicht zu freuen schien.

Einige Tage später saß ich im Zimmer des Chefredakteurs. Hans Todt ist der liebenswürdigste und intelligenteste Mann, den man sich vorstellen kann, und er hat die tiefstmögliche Stimme. Das merkt man vor allen Dingen dann, wenn er böse wird.

Das kannte ich vorher noch nicht.

Er und sein Stellvertreter Hans Hildenbeutel saßen mir gegenüber und sie schonten mich nicht.

»Na gut, wir werden zur Staatsanwaltschaft müssen, um die Fragen zu klären«, brummte der Chefredakteur, sein Stellvertreter nickte eifrig.

»Unbedingt. Du gehst da hin – du bist ja der Chef und ich gehe mit Fräulein (!) Friedl (Mädchenname) solange einen Kaffee trinken.«

»Träum weiter, Hans!«

Es ist jetzt ein bisschen schwierig, die Konversation exakt wiederzugeben. Zum einen, weil es viele Jahre zurückliegt, und zum anderen, weil beide Hans heißen. Aber da müssen wir jetzt gemeinsam durch.

Hans Todt: »Nein, auf gar keinen Fall! Du gehst zur

Staatsanwaltschaft und *ich* gehe mit Fräulein Friedl einen Kaffee trinken.«

»Wieso muss ich überhaupt mit?«, fragte ich ängstlich unter meinen Stirnfransen hervor.

Mein Pony war gerade ein bisschen lang, aber das war gut so. Ich saß auf dem Besucherstuhl und schämte mich entsetzlich. Bestimmt würde ich meinen Job verlieren. Adieu, zehn Pfennig pro Zeile!

»Nein, ich gehe mit ihr einen Kaffee trinken, Hans. Du bist der Chefredakteur – ich bin doch nur der Stellvertreter.«

Langsam kam mir dieser Streit verdächtig vor und ich blickte vorsichtig nach oben und in die breit grinsenden Gesichter der beiden Herren Hans, die sich ganz offensichtlich sehr darüber amüsierten, wie ich elendiglich vor ihnen auf dem Stuhl kauerte.

Das Darmstädter Stadttheater durfte ich vorerst nicht mehr betreten und noch heute habe ich ein etwas gestörtes Verhältnis zu Theatern und jedes Mal ein schlechtes Gewissen, wenn ich einen eisernen Vorhang nur von Weitem sehe.

Doch die Herren Hans waren loyal. Sie verteidigten mich gegenüber der Verlagsleitung und nicht nur da. Auch als mal der Schulleiter meiner ehemaligen Realschule beim Verleger angerufen hatte, um ihm mitzuteilen, dass ich als Berichterstatterin nicht erwünscht sei, und sich der Direktor vom Gymnasium gleich anschloss, hatte Hans Todt Rückgrat bewiesen. Er akzeptierte den Wunsch der Schulleiter.

Die nächste Veranstaltung kam, und als die Herren sich in der Redaktion meldeten, bedauerte er zutiefst, dass nicht berichtet werden könne.

»Wieso denn nicht?« Direktor Breitwieser (Realschule) war entsetzt.

»Sie akzeptieren Fräulein Friedl nicht. Das ist Ihr gutes Recht. Sie ist aber unsere Korrespondentin für Wald-Michelbach. Deshalb kann leider niemand kommen.«

Das war das.

Es war ein wahrhaft großer Moment, als ich beim nächsten Schulfest der Realschule in der ersten Reihe saß und persönlich begrüßt wurde. Direktor Breitwieser hatte eine schön tiefrote Gesichtsfarbe, von der eine holländische Tomate nur träumen kann. Ich hatte fast Angst um ihn, aber er erfreut sich als Pensionär wohl immer noch guter Gesundheit.

Dennoch war es am Ende meine Gebärfähigkeit, die meine Festanstellung verhinderte. Das ging damals vielen jungen Frauen so, weshalb die Emanzipationsbewegung der 80er so wichtig war.

Als kurz vor meinem Abitur die Absage kam, hörte ich schweren Herzens bei der OZ auf und kümmerte mich um mein Abitur.

Startbahn West

Vor meinem Abschied bei der ›Odenwälder Zeitung‹ machte ich mit dem Jungredakteur jedoch noch einen denkwürdigen Ausflug nach Wiesbaden. Heinz Lopuszansky war ein lustiger Typ mit langen Locken, vielen kreativen Talenten und der allererste Vegetarier, den ich traf. Er war ein Grüner der ersten Stunde – damals formierten sie sich erst so langsam aus der Anti-AKW-Bewegung heraus. Helmut Schmidt hat damals nicht verstanden, warum es diese Bewegung gab. Man klebte noch Plakate, auf denen eine glückliche Familie vor ihrem geliebten AKW herumtanzt – strahlend quasi. Die Atomkraft galt als sauber und sicher.

Als Heinz einmal mit unserem Fotografen Kopetzky senior zu einem Termin unterwegs war, hielt der an einer Weide an.

Heinz sah ihn fragend an.

»Ich dachte, Sie würden vor dem Termin noch etwas essen wollen«, sagte Fritz Kopetzky senior und deutete einladend auf die Weide.

Er versicherte mir später, er habe einfach nicht gewusst, wie Vegetarier sich ernähren.

Das Hüttendorf an der Startbahn West und die fast zehn Jahre andauernden Proteste gegen das Projekt prägten die 80er-Jahre. Ihren Höhepunkt fand die Bewegung in einer großen Demonstration am 14. November 1981 in Wiesbaden, bei der die Stimmen für ein Volksbegehren an die hessische Landesregierung übergeben wurden. Mit dem Volksbegehren sollte der Bau der Startbahn verhindert werden. Da ich gerade kein Auto hatte, erklärten sich Heinz und seine Freundin bereit, mich mitzunehmen.

In der Redaktion durfte niemand etwas von unserem Ausflug zur Demo wissen, weil es nicht gerne gesehen wurde, wenn sich Journalisten, die ja bekanntlich neutral sein sollen, politisch engagierten. Also war unser Ausflug konspirativ.

Wir trafen uns in der Wohnung der beiden. So etwas hatte ich noch nie gesehen. Es war so alternativ! Aufgewachsen in reinstem Gelsenkirchener Barock, konnte ich mich nicht sattsehen an den flauschigen Sitzkissen aus Samt, den mit Tüchern verhängten China-Lampen, der Mischung aus Sperrholzmöbeln und schönen alten Truhen. Und dann erst der Duft nach Vanille und Patschuli!

Ich hingegen wurde von den beiden kritisch gemustert.

Sie schüttelten die Köpfe: »Helene, das geht so nicht. Du wirst erfrieren.«

Ich zuckte nur hilflos mit den Schultern. Bisher war ich erst auf einer Demo gewesen, dabei ging es um Kürzungen am Landesbudget für die Schulen. Wir zogen damals durch die Straßen von Wald-Michelbach. Wir waren bestimmt 40 Schüler, die nachher alle einen Eintrag ins Klassenbuch bekamen, weil wir für die Demo den Unterricht geschwänzt hatten. Irgendwelche Krankheiten vorzuschieben war nicht möglich, da der gesamte Ort interessiert aus den Küchenfenstern heraus verfolgt hatte, wie wir mit einem Schild durch die Straßen liefen. Natürlich sah nur der weibliche Teil des Ortes zu, weil die Männer ordentlich ihrer Arbeit in Weinheim oder bei der Firma Coronet nachgingen.

Die Frauen wussten ohnehin besser Bescheid als die Männer und wir wurden alle sofort identifiziert. Eine rief uns aus dem Fenster zu: »Ihr sollt lerne und net demonstriere!«

Wir antworteten: »Solidarisieren! Mitmarschieren!«

Sie antwortete: »Geht ihr Rotzlöffel erst mal was schaffe!«

Da ahnte ich, dass das gemeine Volk nicht so leicht für Themen zu begeistern war, die jenseits des eigenen Tellerrandes stattfanden.

Umso erstaunlicher war, wie sehr sich die Menschen – in Hessen – gegen die Startbahn West engagierten und wie viele den Antrag für das Volksbegehren unterzeichneten. Wurden genügend Unterschriften gesammelt, musste die Landesregierung einen Volksentscheid durchführen.

Im Odenwald half sicherlich die Tatsache, dass uns bei schönem Wetter tagtäglich tieffliegende Düsenjets terrorisierten und sich jeder ausrechnen konnte, was erst los wäre, wenn die Startbahn in Frankfurt gebaut würde.

Meine Oma litt sehr unter dem Fluglärm. Sie wollte jedes Mal in den Luftschutzkeller, den wir nicht besaßen, und hortete noch mehr Lebensmittel unter ihrer Matratze als üblich. Auch Lumpi konnte den Lärm nicht ertragen und versuchte, sich durch den Boden an der Wohnungstür zu graben.

Ich kann das natürlich nicht beweisen, bin aber sicher, dass diese dauernden Schocks mit Schuld daran trugen, dass unsere schusselige, aber sehr geliebte Oma im Winter 1981 an Herzversagen starb. Sie hatte in Ungarn am Kriegsende schlimme Erfahrungen mit Soldaten der Roten Armee gemacht, über die sie kaum sprach. Die permanente Furcht vor einem neuen Krieg war zu viel für ihr krankes Herz. Das arme Viecherl war da zäher, es überlebte bis 1990. Als die Mauer am 9. November 1989 fiel, stand er fast blind und ziemlich taub vor dem Fernseher und hat wie verrückt gebellt. So viele neue Beine – so wenig Zeit!

Ihm half beim Überleben sicherlich, dass er im Alter so schlecht hörte. Mein Vater sah ihn manchmal neidisch an, wenn er einmal wieder schweigsam am Abendbrottisch saß, während seine fünf Frauen um ihn herum wild durcheinanderredeten.

Unsere Demo in Wiesbaden sollte an der Staatskanzlei enden, wo der damalige Ministerpräsident Holger Börner die Demonstranten erwartete. Diese Zusage war ungewöhnlich für den gelernten Betonfacharbeiter, der gegen die Startbahn-West-Gegner mit Dachlatten vorgehen wollte, wie er einmal im Zorn sagte. Den Namen »Dachlatten-Börner« wurde er nicht mehr los. Die Sitten waren halt rauer in den 80ern.

Der Tag der Demo war kalt. Ich hatte meinen falschen Schimanski-Parka an und die enge Jeans, weil ich Eindruck schinden wollte. Leider hinterließ die Jeans eher Eindruck auf meinen Hüften. Sie kniff fleißig. Egal – es ging ja zur Demo und Protest bedeutete Leiden.

Natürlich trug ich auch keine langen Unterhosen, das war bei der Jeans völlig utopisch. Meine Gastgeber ließen jedoch nicht locker, bis ich mich aus der Hose pellte und wenigstens noch eine Strumpfhose darunterzog.

Obenrum ging dagegen noch eine Menge. Was unten fehlte, wurde oben überkompensiert. Also wurden mir über mein Fischerhemd zwei warme Strickpullover angezogen und ein Lodencape übergeworfen. Ich war so warm und eng eingepackt, dass ich aussah wie das Männlein, das im Wald steht.

Wir stiegen in den R4 und da zeigte sich, dass die beiden erfahrene Protestierer waren. Sie hatten einfach an alles gedacht. Thermoskanne mit heißem Vanilletee, Käsebrötchen, Obst – alles dabei.

Die Demo in Wiesbaden verlief als Sternmarsch auf die Innenstadt, wo die Demonstranten dem Ministerpräsidenten die 220 000 gesammelten Unterschriften überreichen wollten, weit mehr, als für ein Volksbegehren erforderlich waren. Alle waren deshalb guter Dinge, den Ausbau der Startbahn stoppen zu können.

Jüngere fragen mich heute, wieso der Ausbau überhaupt gestoppt werden sollte. Nun, es war die Zeit des NATO-Doppelbeschlusses, der eine massive Aufrüstung der NATO mit zeitgleichen Verhandlungen über Abrüstung vorsah.

Ja, das klingt auch heute noch absurd.

Die Startbahn West war als ungewöhnlich lange Startbahn geplant und allen halbwegs politisch Interessierten war klar, dass sie vor allem für militärische Zwecke genutzt werden sollte.

Warum auch nicht, würde man heute fragen, aber die Zeiten waren anders. Wir lebten in permanenter Angst vor dem Erstschlag. Über dem Odenwald übten nicht nur unsere amerikanischen Freunde Tiefflüge, dass uns die Frisuren verwuschelten, es gab zudem dauernd Probealarm. Wir waren also gegen die Startbahn und die Wiesbadener Bevölkerung war es auch.

Die Anwohner kamen auf die Straße, um uns mit Tee und Kaffee zu versorgen. Manche brachten auch heiße Suppe. Leider brachte niemand eine Toilette. Und wir gut getränkten Demonstrierer mussten zusehen, wie wir das mit der Notdurft erledigten.

Die Stimmung bei der Demo war aber großartig – alle waren guter Dinge. Und dann ließ Holger Börner die Bombe platzen, indem er verkündete, dass nur der Bund für den Flugverkehr zuständig sei und damit die Landesregierung Hessen für das Volksbegehren gar nicht der richtige Adressat.

Das führte zum Aufruf des Veranstalters, am nächsten Tag den Flughafen zu besetzen. Man hatte das Hüttendorf friedlich räumen lassen, sich demokratisch untadelig benommen und alle Zeit und Energie investiert, um die 220 000 Stimmen für das Volksbegehren zu sammeln und nun das! Die Empörung war grenzenlos.

Am nächsten Tag kam es zu gewalttätigen Auseinandersetzungen mit unzähligen Verletzten. Wir waren nicht dabei, weil Heinz sich klugerweise weigerte, noch mal hinzufahren.

Nachts sah ich in der ARD einen blutüberströmten Reporter, der von bayerischen Polizisten, die als besonders schlagwillig galten, niedergeknüppelt worden war. Er berichtete, dass die Einsatzkräfte auch vor Rollstuhlfahrern, alten Menschen, Frauen und sogar Kindern nicht Halt gemacht hatten. Schluchzend erklärte er, dass für ihn das Ende der Demokratie gekommen sei.

Dieser Filmbeitrag wurde nicht wiederholt. Es war wohl nur der späten Stunde zu verdanken gewesen, dass er ungefiltert gesendet wurde. Ich saß daheim weinend vor dem Fernseher. Und dann war ich froh, dass ich nicht als wehrloser Brummkreisel in diese Prügelhölle geraten war.

Die Startbahn West war der Beginn einer radikaleren Widerstandsbewegung, die die 80er-Jahre geprägt hat. Mich auch. Ich war nach diesen Wochen das politisch radikalste Landei, das man sich vorstellen konnte: Kein Volontariat stand meinem Engagement im Wege, und meine von endlosen Diskussionen erschöpften Eltern winkten erleichtert dem bepackten Auto meiner ältesten Schwester hinterher, als ich endlich fortging.

Stadtluft macht frei oder Die Universität ruft

Da es mit der journalistischen Karriere erst einmal nichts wurde, kamen Entscheidungen auf mich zu. Die Uni rief. Bei der ›Odenwälder Zeitung‹ waren alle traurig, dass ich ging – ich selbst war am traurigsten. Nachdem mein Chefredakteur mir aber glaubhaft versichert hatte, dass ich ohne akademische Ausbildung im Journalismus nicht sehr weit käme, war ich überzeugt.

Also: ZVS-Unterlagen bestellt und am Griffel genagt.

Schließlich wurde es ein Studium der Soziologie, Politikwissenschaft und Germanistik an der Uni Bonn. Das war praktisch. Bonn war ja noch Bundeshauptstadt, alle Politiker waren da und natürlich auch alle Journalisten.

Die freie Zeit bis zum Studienbeginn nutzte ich, um bei der Firma Freudenberg meine Brötchen zu verdienen. Das war hart. Um 3.30 Uhr war die Nacht zu Ende. Müdigkeit war im Ferienjob mein zweiter Vorname.

Um 3.30 Uhr in der Früh schlafen die Vögel noch und der Odenwälder Himmel ist schwarz wie die Nacht. Weil es Nacht ist. Um 3.30 Uhr kann man nichts erleben, was sich irgendwie als »Morgenstunde« definieren ließe – auch im Sommer nicht.

Mein stiller Vater lief während dieser Wochen zur Höchstform auf. Er fand es einfach schön, nicht alleine aufstehen zu müssen, und bedachte mich jeden Morgen mit einem guten Frühstück, Kaffee, Ei, Aufschnitt; nur frische Brötchen gab es nicht, die Bäcker hatten um diese Zeit ja gerade mal die Backstube betreten.

Ich konnte das leider nur sehr schlecht würdigen, weil ich es kaum sah. Die Augen waren noch mehr oder weniger geschlossen und ich tapste erst einmal in Richtung Bad, wo ich meine Tagescreme auf die Zahnbürste gab und die Zahnpasta in mein Gesicht schmierte. Das passierte mindestens einmal pro Woche. Obwohl ich so früh raus musste, war es mir einfach unmöglich, früh schlafen zu gehen. Vor Mitternacht kam ich nicht ins Bett – auch deshalb, weil ich fast jeden Abend mit meinem Vater auf dem Balkon saß, rauchte und Wein trank.

Das war unsere schönste Zeit, nie wieder war ich meinem Vater so nahe.

Nach drei Wochen hatte ich dann meinen Tiefpunkt. Ich kam von der Arbeit, legte mich ins Bett und schlief bis zum Morgen durch. Das ist krass: Man kommt von der Arbeit und geht gleich wieder hin.

Einmal fuhr ich alleine zur Arbeit, weil mein Vater krank war. Die Straße war herrlich ruhig und ich freute mich, dass ich endlich einmal so gut durchkam und nicht in den täglichen Stau geriet. Als ich am Werkstor anlangte, stellte ich fest, dass Sonntag war.

Das geht jedem Akkordarbeiter irgendwann so, vor allem denjenigen, die in Wechselschicht arbeiten müssen. Der Körper kann sich nie an einen Rhythmus gewöhnen. Ich möchte mich aber an dieser Stelle bei der Firma Freudenberg entschuldigen, weil ich bestimmt mit Restalkohol im Blut den einen oder anderen Dichtungsring verschnitten habe.

In der Fabrik lernte ich zwei Dinge: wie schwer es sein kann, Geld zu verdienen, wenn man das im Akkord tun muss, und wie wenig die Arbeit von Frauen in unserer Gesellschaft wert ist. Wir waren alle Angehörige der »Leichtlohngruppe« und wurden richtig schlecht bezahlt. Dabei ging es mir als Werksstudentin noch ganz gut, weil ich einen Basislohn bekam, im Unterschied zu den Arbeiterinnen, die unbedingt den Akkord einhalten mussten und wie verrückt schufteten.

Wir saßen alle an Schneidemaschinen, deren gefährliche Messer überflüssiges Material an den Dichtungsringen abschnitten. Damit es dabei sicher zuging, gab es zwei Knaufe, die gleichzeitig gedrückt werden mussten, um die Messer in Bewegung zu setzen. Damit versuchte der Hersteller auszuschließen, dass sich jemand verletzte.

Wenn man sich an diese Regeln hielt, machte man alles richtig, es war aber unmöglich, den Akkord zu erreichen. Also lehnten wir alle mehr oder weniger auf den Sicherheitsknöpfen, um wertvolle Zeit zu sparen. Wenn da für einen Moment die Aufmerksamkeit nachließ, war es schnell passiert, dass das scharfe Messer in die Finger oder in die Hand fuhr. Fast jede Frau trug einen Verband an einem Finger.

Die männlichen Vorarbeiter gingen spazieren und passten auf, dass die Frauen keine Fehler machten. Wir mussten nett zu ihnen sein, weil wir sonst so schwierige Materialien bekamen, dass wir den Akkord keinesfalls schaffen konnten. Manche Kollegin ließ den Klaps auf den Po über sich ergehen, um auf ihre Stückzahlen zu kommen.

Wir Schüler und Studenten waren bei der Belegschaft nicht wohlgelitten, weil wir mit jungen Kräften hinkamen, die Vorgaben hochtrieben und dann musste die Stammbelegschaft mit den neuen Stückzahlen leben.

Bei mir bestand die Gefahr nicht – ich war einfach zu

müde. Außerdem war ich zu neugierig. Ich hatte im Vorfeld meines Studiums schon ein oder zwei Soziologiebücher gelesen und dabei erfahren, dass Fabrikarbeit entfremdete Arbeit ist. Um diesem Entfremdungsprozess vorzubeugen, pflegte ich zu fragen, wofür die einzelnen Teile denn konkret waren. »Konkret« war zu dieser Zeit ein Wort, mit dem man sich als möglicher Linksterrorist und RAF-Sympathisant outete. Vielleicht lag es ja daran, dass ›Konkret‹ der Name der Zeitschrift war, für die Ulrike Meinhof gearbeitet hatte, bevor sie in den Untergrund ging.

Also fragte ich den Vorarbeiter. Der wusste es nicht und fragte den Meister. Der wusste es nicht und fragte den Abteilungsleiter, sodass am Ende alle wussten, dass ich ein zu neugieriger Mensch war.

Mein Vater hatte mir eingebläut, dass ich – egal was ich auch immer im Leben machen würde – nicht zur grauen Truppe gehen sollte. Das war eine sehr treffende Beschreibung, denn vor allem die Arbeiterinnen sahen wirklich grau aus.

Bis auf eine. Sie war ein Star! Herausgeputzt, als ob sie zu einer Verabredung gehen würde, war sie, und sie war die Schnellste von allen. Ich werde niemals vergessen, wie die feinen Gummiringe durch ihre Hände und über das Werkzeug zu schweben schienen – blitzgeschwind. Es sah aus wie Zauberei. Dann schnitt sie sich auch und war wieder eine von uns.

Meinen Respekt vor Fabrikarbeitern habe ich bis heute behalten und wenn wir manchmal im Kollegenkreis über Gagen stöhnen, die zu gering sind, denke ich an die Damen von der Leichtlohngruppe.

Um mich in Bonn zu immatrikulieren, musste ich meine Werktätigkeit für einen Tag unterbrechen. Das war ja sooo aufregend!

Nach der Frühschicht ging ich etwas verschwitzt und im alten Fischerhemd zum Bahnhof in Weinheim an der Bergstraße. In meiner großen Umhängetasche hatte ich einen Wecker. Ich würde in Bonn in der Jugendherberge übernachten und wollte natürlich den Einschreibetermin nicht verpassen.

Meine Tasche tickte laut, als ich am Schalter stand und eine Rückfahrkarte nach Bonn verlangte. Der Mann hinter dem Schalter sah mich lauernd an. Zu dieser Zeit lief immer noch die Fahndung nach RAF-Mitgliedern der zweiten Generation. Christian Klar war noch nicht gefasst. Wären wir uns zu diesem Zeitpunkt begegnet, wäre das Treffen schlecht für mich ausgegangen, weil das arme Viecherl daheim warten musste.

Der Mann hinter der Scheibe musterte mich weiterhin skeptisch.

»Sie wollen nach Bonn? Warum denn?«

Ich war es von meinem Vorstellungsgespräch mit den Verlegerbrüdern noch gewöhnt, indiskrete Fragen zu beantworten.

»Ich will mich an der Uni einschreiben.«

»An der Uuuniii?«, fragte er ungläubig und betrachtete mein nun ja, sagen wir mal schlichtes Outfit.

»Ja, an der Uni.«

»Was es nicht alles gibt«, murmelte er, während er mir die Fahrkarte ausstellte.

Als ich ging, bemerkte ich, wie er aufstand und mir misstrauisch nachstarrte. Damals waren die Fahrkartenschalter der Bahn noch hinter Panzerglas. Was hätte ich ihm denn tun sollen? Ihm meinen Wecker um die Ohren schlagen? Ihn wecken? Aber so war das damals. Im Zuge der hysterischen RAF-Prozesse konnte der Besitz eines Weckers schon zu langjährigen Haftstrafen führen.

Ich bedauerte in diesem Moment fast, dass ich meinen Hund nicht dabeihatte. Der hätte schon einen Weg hinter das Panzerglas gefunden.

Von Frankfurt aus ging es weiter. Ich versuchte mich am Frankfurter Hauptbahnhof unauffällig zu verhalten, da ich bisher mit dem Verreisen von Frankfurt aus keine guten Erfahrungen gemacht hatte. Also verbrachte ich die Wartezeit damit, den Fahrplan zu studieren. Ich lernte verschiedene Zugverbindungen auswendig, um Zeit totzuschlagen. Da stand plötzlich ein älterer Mann neben mir und strahlte mich an.

»Na? So alleine am Bahnhof?«

Ich guckte ihn nur verdutzt an. Der Bahnhof war voller Menschen. Was sollte ich antworten?

Er kam näher und sein nach Alkohol duftender Atem strich über mein Gesicht.

»Hör mal, Süße, du brauchst ganz offensichtlich Geld und ich habe ein dickes Spesenkonto. Wie wäre es, wenn wir beiden Hübschen das nachher im Hotel auf den Kopf hauen – nur wir beide?«

Noch nie hatte mir jemand so einen Vorschlag gemacht. Da war sie also, die Gelegenheit, meinen fraulichen Status zu verändern.

Ich betrachtete den Mann stumm.

Er war ein Geschäftsmann in Anzug und Krawatte und hatte wohl schon einiges getrunken. Alles an ihm saß ein bisschen schief, auch die Brille. Das spärliche Haar war streng gescheitelt. Er sah aus wie eine sehr wenig gelungene kleinere Kopie vom großen Komiker Heinz Erhardt, den ich sehr verehrte. Er war aber nicht Heinz Erhardt, obwohl ich auch mit dem nur auf einen Kaffee hätte gehen wollen.

»Ich fahre in zwanzig Minuten nach Bonn.«

Lahmer ging es ja wohl nicht. Obwohl es wahr war. Mein Zug fuhr in zwanzig Minuten. Es war langsam an der Zeit, ans Gleis zu gehen.

»Was willst du denn in Bonn, Mädchen? Komm, wir machen uns einen schönen Tag im Hotel. Es soll dein Schaden nicht sein.« Er zwinkerte mir zu und machte mit der Hand das internationale Zeichen für Geld.

Der Kerl hielt mich für eine Nutte. Für eine abgebrannte Nutte.

Ich sah an mir herab. Das T-Shirt war schweißnass und ich trug keinen BH. Nicht aus Protest, sondern weil sich das definitiv nicht lohnte. Die Größe »Nussschale« gab es nicht. Man hätte an meiner Oberweite ein Schild hinstellen können: »Hier plant die Natur irgendwann die Errichtung eines Busens. Vielleicht.«

Heute würde ich sagen: Ich fühlte mich wie der Berliner Großflughafen BER – es war völlig unklar, wann ich in Betrieb gehen würde.

Der Mann am Frankfurter Hauptbahnhof wurde immer aufdringlicher und malte mir aus, wie toll es sein würde, gemeinsam am nächsten Morgen im Bett zu frühstücken.

»Ich kenne da ein tolles Fünf-Sterne-Hotel, Süße.«

Dabei sah er mich mit einem abschätzenden Blick an, der besagte, dass eine Absteige in meinem Fall wohl auch reichen würde.

Ich schüttelte seine Hand ab und warf meine Tasche über die Schulter.

»Nein, danke. Sie müssen alleine frühstücken«, warf ich ihm zu und ging.

In Bonn wäre ich fast nicht ausgestiegen, weil der Bahnhof mir für die Bundeshauptstadt viel zu mickrig vorkam. Das konnte nicht sein. Der Bahnhof war kleiner als der in Weinheim! Erst im letzten Moment sprang ich aus dem Zug, die tickende Tasche über der Schulter. Ich musste zur Jugendherberge und hatte keine Ahnung, wo die war. Also wollte ich ein Taxi nehmen. Vor dem Bahnhof stand eine ganze Reihe davon. Ich sah mir alle Fahrer ganz genau an und suchte mir den vertrauenswürdigsten aus. Ich öffnete den Schlag.

Er fragte mich, wo ich hinwollte.

»Zur Jugendherberge.«

»Im Taxi? Wieso nimmst du nicht den Bus?«

Ich schüttelte nur den Kopf, und so war ich einer der wenigen Gäste, die im Taxi an der Jugendherberge vorfuhren.

Um das Aufwachen hätte ich mir keine Sorgen machen müssen – morgens um 7 Uhr wurden wir mit lauter Radiomusik geweckt. Ich teilte das Zimmer mit Schülerinnen. *Ich* war ja fast schon Studentin und kam mir sehr erwachsen vor. Die Mädchen hatten einen Mitschüler im Schrank versteckt, und als die Lehrerin kam, um nachzufragen, versicherte ich, dass mir ein junger Mann im Zimmer ja wohl aufgefallen wäre.

Die Mädchen waren erleichtert und natürlich war alles ganz harmlos.

Dann war der große Moment da.

Ich stand vor dem Hauptgebäude der Universität Bonn, einem prachtvollen Schloss. Ich lief durch das Portal, über dem die Mutter Maria mit dem Jesuskind thronte. Ich lief über den Hof und hinten wieder hinaus.

Wo ging es nur zum Sekretariat?

Letztlich war es einfach, ich musste nur der Masse von jungen Studenten folgen, die in einer Schlange standen, die sich fast um das ganze Hauptgebäude zog.

Irgendwann wurde die Zeit knapp. Ich musste ja wieder zum Zug.

Als ich endlich dran war, legte ich alles vor: mein Abiturzeugnis, meinen Personalausweis und meine Immatrikulationsbescheinigung. Die Dame am Schalter tippte stoisch in ihre Schreibmaschine, ohne aufzuschauen.

»Geboren?«

»Wald-Michelbach.«

»Wo?«

»Wald-Michelbach.«

»Kreis?«

»Bergstraße.«

»Nicht die Adresse, der Kreis bitte.«

»Bergstraße. Das ist der Kreis.«

»Neee.«

Ich schaffte etwas, was bisher wohl keinem gelungen war: Die stoische Dame sah von ihrer Schreibmaschine auf und rückte ihre Brille zurecht. Ihre Haare hatte sie aufwendig geföhnt und sie sah fast aus wie Farrah Fawcett – aber halt auch nur fast.

Sie nahm mein Abiturzeugnis und hielt es gegen die Lampe.

»Das Wasserzeichen des Landes Hessen scheint echt zu sein.«

Ich wurde rot.

»Wo ist das denn? Dieser Kreis Bergstraße?«

»Im Odenwald.«

»Odenwald? Nie gehört. Liegt aber in Deutschland, was? Haha.«

So wurde ich immatrikuliert.

Als sich zwei Jahre später mein früherer Mitschüler Christoph dort einschrieb, geriet er wohl an dieselbe Dame.

»Kreis?«

»Bergstraße.«

»Das ist doch ... Ne, klar, da hatten wir schon mal jemanden! Das gibt es also wirklich!«

Auf der Rückfahrt versuchte ein braungebrannter junger Mann mich davon zu überzeugen, mit ihm nach Indonesien zu fliegen, um gemeinsam Edelsteine zu schmuggeln. Viel Kohle – kein Risiko. Ob ich meinen Pass dabeihätte?

Zuerst dachte ich, dass es an meinem schlechten Schulenglisch lag, aber er meinte es ernst. Als der Wagen mit Erfrischungen vorbeikam, bezahlte er meine Cola mit einem Hundertmarkschein, den er aus einer dicken Rolle mit Geldscheinen zog. Ich war tief beeindruckt und eine kleine innere Stimme erinnerte mich daran, dass ich am nächsten Morgen wieder um 3.30 Uhr aufstehen und zur grauen Truppe zurückkehren musste. Die innere Stimme fuhr fort, dass das jetzt noch sechs Wochen so gehen würde. Der Typ sah außerdem sogar besser aus als Charlie.

Ich habe es nicht getan.

Was hatte ich nur an mir, dass ich dauernd solche Offerten bekam? Waren es die geflochtenen Zöpfe? Der unschuldige Blick? Das Fischerhemd? Heute glaube ich, dass es einfach meine unfassbare Naivität war, die mir aus den Augen starrte. Selbst der Taxifahrer, der mich kopfschüttelnd zur Jugendherberge gefahren hatte, wünschte mir »Gottes Segen«. Und den brauchte ich wirklich.

Meine Eltern wunderten sich, als ich die ganze Geschichte erzählte, bevor ich ins Bett ging. Sie hat ihnen bestimmt eine schlaflose Nacht bereitet.

Um 3.30 Uhr rief mein Vater vor der Tür wie immer leise meinen Namen, weil ich das Zimmer mittlerweile mit meiner jüngeren Schwester teilte.

Dann schmierte ich mir im Badezimmer wieder Zahnpasta ins Gesicht und spätestens das scharfe Brennen der Zahncreme auf meiner Haut weckte mich aus meinen Träumen.

Die scheue WG

John le Carré hat über Bonn gesagt: »Entweder es regnet oder die Schranken sind zu« und: »Bonn ist nur halb so groß wie der Friedhof von Chicago – dafür aber doppelt so tot.«

Beide Sätze stimmen nicht. Ich habe immer wieder erlebt, dass es regnete, *während* die Schranken geschlossen waren, und tot ist Bonn nicht. Oder besser gesagt, es war es nicht, bevor Parlament und Regierung nach Berlin zogen. Dafür sorgten auch die 40 000 Studenten der Universität. Und ich war eine davon.

Die Zimmersuche war mehr als schwer. Viele Studenten mussten am Anfang des Semesters in Zelten übernachten, wie sie bei Katastrophen aufgestellt werden. Etliche Bonner betrachteten uns auch wirklich als Katastrophe, weil wir noch das letzte bisschen Wohnraum wegnahmen. Die Preise waren Wucher und so manche Vermieter verhielten sich unanständig – in jeder Hinsicht.

Einer wollte mir Herrenbesuch erlauben, aber nur über Nacht und dann beim Frühstück mit mir über meine Erlebnisse plaudern. Das Zimmer war ein ehemaliges Kinderzimmer mit Pferdchentapete an der Wand. Frau und Kinder hatten ihn verlassen und nach weniger als zehn Minuten verstand ich auch, warum. Als er mir bei der Besichtigung des Balkons in den Po kniff, war die letzte Frage beantwortet. Ich brachte den Laufzettel, der mehr als dreißig Stempel hatte, zur Studentenvermietung zurück und sprach Klartext. Das Angebot wurde gestrichen. Keine der dreißig Damen, denn er wollte nur an solche vermieten, hatte etwas gesagt. Vielleicht waren wir doch nicht so emanzipiert, wie wir dachten? Ich brauchte immer dringender ein Zimmer, und es musste bezahlbar sein.

Also griff ich zu illegalen Mitteln.

Dabei angeleitet hat mich Eduardo, ein netter Student aus Ecuador, den ich gerade kennengelernt hatte. Ein Ausländer! Wie aufregend! In Wald-Michelbach gab es nur unsere Nachbarsfamilie, die Odabasis. Das waren aber keine Ausländer, sondern Türken. Eduardo also hatte mir gezeigt, wie ich einen Aushang manipulierte, indem ich alle Zettelchen mit der Telefonnummer abriss. Ich hatte ein schlechtes Gewissen, aber bald auch ein Zimmer in einer Damen-WG. Die war in Bonn-Tannenbusch – das klang gut. Schön grün.

Es war dann leider ein Neubaugebiet, das mit bis zu zehnstöckigen Wohnhäusern aufwartete, alle in grauem Beton. Nun, die Leser aus dem deutschen Osten werden jetzt müde mit den Schultern zucken, aber es war ja auch Bonn. 300 000 Einwohner, so viel hat Neukölln alleine. Die Häuser sahen aus, als ob man Marzahn zu heiß gewaschen hätte. Für mich Provinzlerin war es ein Schock.

Aber es war auch toll, weil ich zum ersten Mal ein eigenes Zimmer hatte. Nur für mich. Meine gutbürgerlichen Kommilitonen verstanden meine Begeisterung nicht ganz und übten Nachsicht.

Mein Jahr in der WG war anstrengend. Alles Mädels – es war fast wie zu Hause. Aber sie waren extrem scheu, das unterschied sie. Wenn ein Mann die Wohnung betrat, musste ich alles regeln, egal ob Handwerker oder Nachbar. Meine Mitbewohnerinnen verschwanden hysterisch kichernd in ihren Zimmern. Auch das war wie zu Hause, mit dem Unterschied, dass jede ein eigenes Zimmer hatte und nirgendwo die Osmond Brothers von den Wänden grinsten. Das war der Fortschritt.

Meiner Vormieterin hatten fast alle Möbel und Lampen in der Wohnung gehört. Nach ihrem Auszug war diese also ziemlich leer. In der Küche improvisierten wir mit Steinen und zwei Türen ein Regal. Alles war zusammengestückelt und von den Decken baumelten die nackten Glühbirnen. Wir waren sehr unterschiedlich, und Einigkeit herrschte nur über eines: dass niemand für den Abwasch zuständig war. Wir waren emanzipiert und das Geschirr schmutzig. Interessanterweise wohnte über uns eine Männer-WG. Einmal waren wir bei ihnen zu Besuch. Es war picobello aufgeräumt und sehr gemütlich.

Das brachte uns zu dem Schluss, dass die vier Jungs schwul sein mussten, und wir brachen den Kontakt ab. Wir waren nämlich alle vier auf Männersuche, auch wenn wir das nicht zugeben wollten und drei von uns zu scheu waren, um Männer kennenzulernen.

In meinem Zimmer musste ich die Wandmalereien der Tochter meiner Vormieterin überpinseln. Das Kind war autonom und selbstverwirklicht erzogen. Es durfte alles beschmieren, aber keine Medikamente nehmen oder Märchen hören. Die Farben ihrer kreativen Hinterlassenschaft waren sehr leuchtend. Kein Wunder. Sie hatte sie wohl im Fieberwahn gemalt.

Damals wusste ich noch nichts von deckender Farbe, und so schleppte ich Eimer um Eimer heran, und immer tauchten die riesige bunte Tulpe und die Sonnenblume wieder auf. Ich kann leider auch nicht malern, und so war ich von oben bis unten gesprenkelt, als ich gegen Abend noch mal losging, um einen weiteren Eimer weißer Farbe zu holen.

Die Hecken, die hohen Häuser, die Anonymität von Tannenbusch bedrückten mich. Der Eimer wog schwer, als ich ihn nach Hause trug. Die Straßen waren sehr ruhig in dieser Siedlung, weil die meisten Menschen mit der Bahn und dem Bus fuhren. Die Vögel zwitscherten im Gebüsch. Erst viel später habe ich erfahren, dass das keine Vögel waren, sondern Ratten, die sich zum Date trafen. Peinlich für jemanden vom Land mit Biologieleistungskurs.

Ich bog erschöpft keuchend um die letzte Ecke, als eine ältere Dame mit Hund und Einkaufstasche plötzlich vor mir stand. Sie schrie auf, als sie mich sah, und hob die Hände.

»Tun Sie mir nichts!«

Ich blieb verblüfft stehen und stellte den Farbeimer keuchend ab. Wissen Sie, wie weh es tut, wenn man diese Zehnliter-Farbeimer schleppen muss? Wer hat sich diesen bitterbösen schmalen Metallgriff ausgedacht, der in die Hand schneidet wie ein Messer? Marquis de Sade?

Ob ein Mensch leidend oder aggressiv ist, kann man in der Abenddämmerung schwer erkennen. Der Gesichtsausdruck ist ähnlich.

Die Dame suchte zitternd in ihrer Handtasche. Ich kam langsam zu Atem und wollte ihr erklären, dass ich ihr natürlich nichts tun würde und nur Farbe gekauft hatte. Sie behielt mich im Auge. Dann drückte sie mir einen Fünfzigmarkschein in die Hand, die ich ausgestreckt hatte, um sie zu beruhigen.

Ich schüttelte den Kopf. Auch das deutete sie falsch und drückte mir noch einen Schein in die Hand.

»Reicht das?«, flüsterte sie ängstlich.

Völlig verdattert zuckte ich mit den Achseln – da war sie auch schon weg. Den Hund hatte sie sich unter den Arm geklemmt, und ich hätte ihr nicht zugetraut, dass sie so schnell laufen konnte.

Natürlich wollte ich ihr das Geld zurückgeben und nahm mit meinem Farbeimer die Verfolgung auf. Da schrie sie aber so erbärmlich, dass ich es lieber bleiben ließ. Alle Indizien sprachen gegen mich. Ich hatte ihr Geld und ihr dann noch nachzurennen, würde wohl niemand als Versuch anerkennen, das Geld zurückzugeben.

Es ging aber leider auch umgekehrt.

Gegenüber dem U-Bahnhof »Tannenbusch Mitte« gab es einen Eisenbahnwagen, in dem eine Kneipe war. Er stand auf einem Stück Schiene und war sehr originell. Einmal ging ich mit einer meiner Mitbewohnerinnen auf ein Bier hin. Sonnenblume und Tulpe waren auf meiner Zimmerwand mittlerweile nur noch zu erahnen, und das wollten wir feiern. Ulrike war die Älteste von uns und nach mir die Furchtloseste. Sie ging einer Arbeit nach und kam aus dem Ruhrgebiet, war somit sehr zupackend.

Wir saßen also in diesem Wagen bei einem Kölsch und merkten bald, dass dort eine Gesellschaft verkehrte, mit der wir nichts zu tun haben wollten. Alle guckten kriminell und tuschelten. Überall Tätowierungen. So etwas hatte ich bisher nur auf unserer Berlinreise gesehen. Ich war beeindruckt.

Wir gingen dann aber doch lieber so rasch wie möglich. Wer mich jetzt für ein hysterisches Landei hält, das bei ein paar Tattoos in Panik ausbricht, hat recht. Fast jedenfalls.

Ein paar Wochen später spazierte ich spätabends alleine von der Bahnstation nach Hause. Die Tür der Kneipe öffnete sich, ein Mann kam heraus und ging mir hinterher. Nun führen die Wege in Tannenbusch zu vielen großen Häusern und ich dachte mit noch nicht so viel dabei, war aber wachsam. Als ich in den ruhigen Memelweg einbog, in dem wir wohnten, hatte ich Gewissheit. Der Mann meinte mich, denn nun fing er an, mich in eindeutiger Absicht anzusprechen.

Ich hatte ein Problem – nämlich keinen Schlüssel. Mein nachgemachter Schlüssel hatte sich immer verhakt, deshalb war ein neuer in Arbeit, aber noch nicht fertig. Das wurde mir bewusst, als der Typ, der sehr groß und kräftig wirkte, näher kam und in seiner Ansprache noch klarer wurde. Als er vom Vögeln sprach, meinte er wohl nicht die Amsel, die morgens vor meinem Fenster sang.

Die letzten hundert Meter nahm ich im Sprint. Als eher unsportlicher Mensch war ich sehr überrascht, wie schnell ich rennen konnte, und musste an die alte Dame mit dem Hund denken. Energydrinks gab es damals noch nicht, aber ich kann versichern, dass blinde Panik denselben Effekt hat. Ich flog den Bürgersteig entlang und klingelte mit beiden Händen bei allen 28 Parteien unseres Hauses gleichzeitig. Gott sei Dank schien jemand direkt an der Tür zu stehen und auf jemanden zu warten. Der Summer kam sofort, ich stürzte hinein und schlug die Tür gerade noch dem Mann vor der Nase zu …

Er trollte sich und da erst bemerkte ich, dass die Tür gar nicht zu war. Mir blieb fast das Herz stehen.

Unsere Nachbarn mochten uns nicht, weil wir Studentenpack waren und den Hausflur nur unregelmäßig putzten. Außerdem waren wir ihnen zu transparent – man konnte uns in die Fenster sehen. Sie hetzten also ihre Kinder gegen uns auf, und die ließen dann die Luft aus unseren Fahrrädern. Das wäre ja noch nicht so schlimm gewesen, aber sie stahlen auch unsere Ventile.

Mittlerweile zählte ich wieder zu den Radfahrern. Seit dem Unfall in meiner Kindheit hatte ich kein Rad mehr bestiegen, doch da Bonn keine starken Steigungen hat, traute ich mich und kaufte mir ein kleines, sehr gebrauchtes Damenfahrrad. Es war für mich natürlich viel zu winzig, ein großes kam aber wegen meiner Finanzen nicht in Frage. Meine scheuen WG-Damen konnten sich kaum halten vor Lachen, wenn sie mich auf dem Fahrrad sahen. Es sah wohl sehr ungerecht aus, wenn ich mich in meiner vollen Länge auf das kleine Fahrrad faltete und es mit heftigen Tritten zwang, mich durch die Stadt zu fahren.

Eines Morgens war mein Fahrrad gestohlen. Ich stand im Hof unseres Hauses und konnte es nicht glauben. Es war weg. Während meine Mitbewohnerinnen mit stoischer Ruhe ihre Räder aufpumpten und mit neuen Ventilen ausstatteten, schaute ich fassungslos auf die freie Stelle im Fahrradständer.

Also fuhr ich wohl oder übel mit der Bahn zur Universität. Das Stehlen von Fahrrädern ist in jeder Universitätsstadt ein Problem. In Bonn wurde die Klauerei perfektioniert. Vor der juristischen Fakultät war eines Tages während der Vorlesungszeit ein großer LKW vorgefahren. Ein paar Männer in Arbeitskleidung stiegen mit großen Zangen bewaffnet aus, klemmten die Fahrräder ab und nahmen sie mit. Alle. Das Institut für Soziologie befand sich nebenan. Die meisten unserer Fahrräder waren schrottreif und auch nach der Aktion noch vollständig vorhanden. Wir kicherten heimlich, dass es die arroganten Juristen getroffen hatte. Immerhin konnten die Jurastudenten perfekte Strafanträge gegen Unbekannt formulieren.

Tja, und diesmal war ich selber betroffen und fand das Ganze natürlich nicht mehr so lustig.

Vor dem Eingang zur Uni, wo die Madonna mit dem Kind thronte, war auch der Fahrradparkplatz. Alle stellten ihre Räder gleich vor der Tür ab, weil sie hofften, dass Diebe nicht so dreist waren, vor den Augen der Mutter Gottes ein Fahrrad zu klauen. In diesem Fall hatte es wirklich geholfen. Mein Fahrrad stand noch da, wo ich es am Abend zuvor vergessen hatte.

War ich jetzt froh? Irgendwie schon. Irgendwie auch nicht. Ich fühlte mich verschmäht. Die Diebe nahmen sonst alles mit. Nur *mein* Fahrrad nicht.

Vanilletee oder Ich werde fast autonom

Wir waren eine Herde und manchmal eine Horde, egal in welchem Fach. In der Politikwissenschaft gab es fünf Parallelkurse à 60 Studenten. Das sollten Seminare sein. Die reichten aber immer noch nicht, und die Fachschaft musste die Institutsleitung zwingen, einen weiteren Einführungskurs anzubieten, damit auch alle anfangen konnten zu studieren. Schließlich musste auch für ein bisschen Bafög nachgewiesen werden, dass man seinem Studium treu nachkam. Sonst wurde das bisschen gestrichen.

Bonn hat eine schöne Uni, ist aber auch sehr bürgerlich. Kinder von Diplomaten studierten hier Politikwissenschaft, Jura und Geschichte, um ihren Eltern nachzufolgen. In der Germanistik warteten junge, wohlerzogene Damen mit Kaschmirpullover und Perlenkette darauf, einen dieser angehenden Diplomaten zu heiraten. Sie studierten das Fach, um ihren Kindern später erfolgreich vorlesen zu können – vielleicht sogar etwas Selbstgeschriebenes?

Dann gab es noch die andere Seite. Da war etwa das sogenannte Autonome Frauenreferat, in dem darüber diskutiert wurde, ob man statt »man« »frau« sagen sollte und ob Gott – wenn es sie gab (ja genau) – nicht weiblich sein musste. Denn als Gott den Mann schuf, übte sie nur. Ich war von Natur aus neugierig, immer ausgeschlafen – im wahrsten Sinne des Wortes – und interessierte mich mit noch aktiver journalistischer Neugier für unbekannte Welten. Also auch für diese.

Alles war lila im Autonomen Frauenreferat. Auch die Frauen. Bis auf die Haare. Die meisten trugen stoppelkurze signalrote Haare und lila Latzhosen. Dazu bequeme Schuhe, weil man ja immer bereit sein musste, vor vergewaltigenden Männern wegzulaufen.

Alle Männer waren potenzielle Vergewaltiger. Sex musste aggressionsfrei sein. Eine Erektion war da schon eine Bedrohung. Weil ein erigierter Penis aussieht wie eine Rakete. Das passte nicht zur Friedensbewegung. Männer sollten gefälligst lernen, Sex ohne Erektion zu haben. Schließlich hatten Frauen ja auch oft keinen Orgasmus. Fair ist fair. Überhaupt: Wer sich noch in eine Beziehung mit einem Mann einließ, hatte wohl nicht verstanden, wie die patriarchalische Gesellschaft funktionierte.

Und wenn es schon sein musste, weil der Mann sich mit dem Trinken von zehn Hektoliter Vanilletee leidensbereit gezeigt hatte und mit verbundenen Augen am Geruch erkennen konnte, ob das Räucherstäbchen aus Patschuli oder Moschus bestand, und wenn er dann noch unter Beweis gestellt hatte, dass er einen Norwegerpullover mit mindestens vier Farben und einem komplizierten Muster stricken konnte: Dann würde frau sich mit ihm ins Bett begeben. Sie musste allerdings oben liegen – alles andere war Unterwerfung.

Ich saß dabei, trank Vanilletee, obwohl ich wusste, dass ich davon zuverlässig Durchfall bekam, und hörte mir alles an. Die anderen Frauen musterten mich argwöhnisch.

Ich war damals rank und schlank. Dabei half, dass ich sehr wenig Geld hatte und es irgendwie schicker fand, in der Mittagspause nur einen Kaffee zu trinken als etwas zu essen. Das war meine Idee von Bohème. Selbstgedrehte Zigarette dazu und fertig.

Allerdings trug ich mein Haar ellenbogenlang und hennarot. Es war das falsche Rot und es war die falsche Länge. Am schlimmsten fanden alle mein kurzes schwarzes T-Shirt-Kleid, das knapp über dem Knie endete, und die Pumps. Ich lief damals einfach sehr gerne in Pumps rum. Weil ich leicht genug dafür war.

Zumindest waren meine Beine nicht rasiert, was Frauen in den USA und Großbritannien wohl machen mussten, um für ihre Männer attraktiv zu sein. Die Frauen erzählten sich betroffen von der deutschen Austauschschülerin in den USA, die aus dem Unterricht nach Hause zu ihrer Gastfamilie geschickt wurde, damit sie sich unter den Achseln rasierte.

»Das ist Körperverletzung«, schrien alle Frauen wie im Chor.

Ich nippte an meinem Tee.

»Was sagst du dazu, Helene?«, fragte mich die Vorsitzende. Sie hatte schwarzumrandete Augen, kurze schwarze Haare und trug schwarzes T-Shirt, schwarze Hose und schwarze Stiefel, obwohl Sommer war.

Sie war sehr düster und auch gepierct, was damals noch gar nicht so modern war. Sie sah ein bisschen aus wie Lisbeth Salander in Stig Larsons Trilogie.

Und sie war eine bekennende Lesbe, die erste, die ich je getroffen habe. Skurrilerweise hörte sie auf den Namen »Blondie«. Als Blondie zur Toilette ging, weihten mich die anderen Frauen mit verschwörerischer Miene in das Geheimnis ein. Der Name war eine Provokation, weil Hitler seine Schäferhündin Blondie genannt hatte. Niemand wusste, wie Blondie wirklich hieß. Faszinierend.

Als Blondie zurückkam, nahm sie mich genauer ins Visier.

»Bist du etwa heterosexuell, Helene?«

Ich nickte.

»Hast du einen Typen?«

Ich schüttelte den Kopf.

»Hast du es schon einmal mit einer Frau versucht?«

»In meinem Leben gab es bisher fast nur Frauen – da vergeht einem, glaube ich, die Lust«, antwortete ich tapfer. »Bei uns daheim ist sogar der Hund kastriert.«

Diese Bemerkung fanden die meisten Frauen lustig – Blondie nicht. Sie sah mir tief in die Augen. Kajal kannte ich natürlich – aber so viel und so dunkel ... ich schluckte.

»Warum hast du noch nie mit einer Frau geschlafen?«

Ich zuckte mit den Schultern.

»Ich habe doch fast mein ganzes Leben mit Frauen geschlafen.« Ich musste an die lange Zeit denken, als ich mit meiner Schwester Gabi sogar ein Doppelbett teilte. Näher ging ja wohl kaum. Das fand meine Schwester auch immer. Weil ich die Eigenart hatte, nachts im Schlaf nicht nur zu sprechen, sondern auch zu schlafwandeln, baute sie jeden Abend eine Mauer aus Büchern und Kissen zwischen uns auf. Am nächsten Morgen bot sich immer das gleiche Bild: Die Mauer war heruntergerissen und ich lag quer über meiner Schwester. Kein Wunder, dass sie heute noch sagt, dass sie sich bedrückt fühlt, wenn sie mich sieht.

Ich schilderte diese Erlebnisse und das Autonome Frauenreferat kam zu dem Schluss, dass ich eine verhinderte Lesbe sei. Wie eigentlich alle Frauen. Ich konnte dem auch nicht widersprechen, weil ich mir darüber nie Gedanken gemacht hatte. Und ich war damals immer noch Jungfrau – das erwähnte ich lieber erst gar nicht.

Lesben gab es im Odenwald nicht. Nur Mannweiber und späte Mädchen. Backfische, Blaustrümpfe und Dorfmatratzen. Eine Dorfmatratze war jede Frau, die mit mehr als drei Männern Sex gehabt hatte, ohne mit ihnen verheiratet oder wenigstens verlobt zu sein. Damit war der Ruf ruiniert.

Ich erinnere mich dunkel an eine etwas dümmliche, aber gutherzige Blondine, die ziemlich offen erzählte, mit wem sie wo was gemacht hatte. Sie hatte zudem die Eigenart, die häufig in der freien Natur befindlichen Plätze nachher zu fotografieren. Eigentlich schade. Sie hätte mit diesem speziellen Interesse sicherlich eine Karriere bei der Spurensicherung der Kriminalpolizei machen können. In Wald-Michelbach gab es aber keine Kriminalpolizei. Nur die normale Polizei, und die hatte über sehr lange Zeit ihr Quartier am Ortseingang, wo die Polizisten gern zum Fenster hinaussahen. Das genügte zur Observation des Ortes. Schließlich musste an ihnen ja jeder vorbei.

Man kannte sich untereinander. Es gab einen Alkoholiker, der jeden Tag in der kleinen Parkanlage am Rande der Hauptstraße saß und schon vor dem Mittagessen Bier trank. Er tat das ganz bewusst an einem Ort, wo ihn jeder sehen würde. Das war seine Rolle. So hatte jeder einen Grund, sich darüber aufzuregen, dass es Leute gab, die nichts arbeiteten, von der Gemeinde lebten und schon tagsüber Bier tranken.

Unerhört.

Er bekam dann hin und wieder vom Sozialamt die Auflage, eben jene Grünanlage zu reinigen, und wenn die Anwohner ihn dann sahen, wie er mit dem Mülleimerchen und einer Zange seine eigenen Kippen entsorgte, war der Gemeindefrieden wieder hergestellt.

Aber Lesben, nein Lesben gab es nicht. »Eiserne Junggesellen« hingegen schon. So wurden, wie ich finde sehr höflich, Schwule bezeichnet.

Und auf dem Land hat sich nicht viel verändert. Als ich 1990 einen Briten heiratete, der einen schwulen Bruder hat, war meine Mutter ganz entzückt. Christopher ist aber auch ein sehr eleganter und attraktiver Mann.

Ich versuchte meiner Mutter den Zahn einer angedachten Doppelhochzeit zu ziehen, indem ich ihr erzählte, dass Chris der straighteste Schwule sei, den ich jemals getroffen hatte. Was stimmte. Ich vermute, dass sogar seine Windeln pink waren. Es gab nicht einmal eine Testphase in Richtung des anderen Geschlechts.

»Na ja«, meinte meine Mutter damals optimistisch, weil sie so einen kapitalen Hirsch nicht kampflos aufgeben wollte: »Wenn er einmal die richtige Frau trifft …«

»Genau, Mum«, erwiderte ich. »Und wenn du die richtige Frau triffst, wirst du eine Lesbe.«

Damit war meine Mutter geschockt und das Thema vom Tisch. Einem alten Pferd bringt man eben keine neuen Kunststücke bei.

Nun saß ich also als junges, aber hoffnungsloses Pferd bei meiner garantiert tödlichen dritten kleinen Tasse Vanilletee im Autonomen Frauenreferat und versuchte, durch die Nebelschwaden des Patschuliräucherstäbchens und vieler Zigaretten hindurch den finsteren Blick von Blondie zu deuten.

Ich sah die anwesenden Frauen an und zuckte mit den Schultern.

»Nein, ich habe darüber noch nie nachgedacht.«

Das war dann erst einmal mein emanzipatorisches Todesurteil. In jeder Hinsicht. Ich musste auch bald los, weil der Vanilletee mich wieder verlassen wollte – und nicht nur durch die Blase. Das wurde natürlich als feiger Rückzug gedeutet.

Das Autonome Frauenreferat habe ich nur noch einmal betreten, als alle Frauen der Uni Bonn eingeladen waren, Themen einzubringen. Es kamen aber nicht viele und am Ende saß fast die alte Besetzung um das Stövchen herum.

»Helene, nicht wahr?«

Ich hatte mich dieses Mal passender angezogen und trug Jeans. Da ich mich als Hungerkünstlerin erprobte, passte sie wie angegossen und machte keinen Ärger mehr. Dazu ein T-Shirt in einer neutralen Farbe und Samtballerinas.

Der Blick von Blondie ruhte mit Wohlgefallen auf meiner Erscheinung. Irgendwie kam ich mir ein wenig wie beim Passieren einer Baustelle vor. Ich fühlte mich taxiert, wusste aber nicht, wie ich das mitteilen sollte.

Bei Bauarbeitern war das einfacher. Als ich ein paar Tage zuvor an einer Baustelle vorbeigelaufen war, pfiff einer der Herren. Ich war eine junge Stadtrevolutionärin und schon auf der großen Friedensdemo und auf der Bafög-Demo gewesen. Mir machte man nichts mehr vor, ich war politisiert.

Also blieb ich stehen und fragte freundlich, wer mir denn hinterhergepfiffen hätte. Die Männer zeigten sich solidarisch und deuteten einhellig auf einen älteren, ziemlich dicken Mann, der mit bloßem Oberkörper arbeitete und damit ein sehr großes Selbstvertrauen bewies.

»Sie haben also gepfiffen?«, fragte ich freundlich.

Er bekam Oberwasser und nickte.

»War ja ein Kompliment«, murmelte er.

»Danke schön! Aber ganz ehrlich …« Ich musterte ihn langsam und gründlich von oben bis unten. »Wenn ich Sie so anschaue, muss ich offen sagen: Ich würde Ihnen nie hinterherpfeifen.«

Die anderen Männer lachten laut und der Mann wurde puterrot. Damals fand ich das revolutionär, heute tut mir der Mann eher leid. Und ich bin ein bisschen beleidigt, wenn keiner pfeift. So ändern sich die Zeiten.

Aber zurück zu Blondie.

»Du hast dich also entschieden, nicht mehr wie eine Nutte herumzulaufen? Bravo, Helene.«

Dann bekam ich einen Vortrag über den Pumps als Symbol der Unterdrückung der Frau und dass ich mich nicht wundern müsste, vergewaltigt zu werden, wenn ich im T-Shirt-Kleid herumlief.

Ich hörte mir alles brav an.

»Darf ich ein Thema einbringen?«, fragte ich schließlich, denn deshalb war ich ja gekommen.

»Was denn?«, fragte Blondie misstrauisch.

»Wie wäre es, wenn wir für gleichen Lohn für gleiche Arbeit kämpfen und gegen Leichtlohngruppen, die nur dafür da sind, Frauen bis zum Extrem auszubeuten? Auch sexuell.« Ich sah Blondie fest in die Kajalaugen, während ich erzählte, was ich in der Fabrik erlebt hatte und auch wieder erleben würde, wenn ich in ein paar Wochen dort meinen Ferienjob antrat.

»Warum arbeitest du denn in der Fabrik? Du studierst doch.« Blondie betrachtete mich ungnädig.

»Meine Eltern haben nicht viel. Deshalb.«
»Dann verklag deine Alten – die müssen für dich sorgen.«
»Und was ist mit dem Thema?«, hakte ich nach.
Die Frauen sahen sich ratlos an.
»Das betrifft *uns* doch nicht«, beschied Blondie dann.

Als Terroristin im Irak

Zur Terroristin wurde ich aber nicht wegen der revolutionären Blondie, sondern wegen dem Irak. Das ging so:

Ich wollte zur Studentenberatung, weil meine WG-Mitbewohnerinnen fanden, dass das sinnvoll sei. Ich hatte nämlich nicht nur keinen Orientierungssinn, sondern auch keinen Plan. Wie alle Studienanfänger hatte ich mir den Stundenplan wie in der Schule vollgeklotzt. Das funktionierte nicht, weil ich nie an die Bücher rankam, so viele Bücher auch gar nicht lesen konnte und heillos überfordert war. Die Hofgartenwiese gewann an Attraktivität. Ich war immer unterzuckert und erlitt in der germanistischen Sammlung eine Kontingenzerfahrung. Der Philosoph und Soziologe Niklas Luhmann hat – salopp formuliert – damit die Erfahrung beschrieben, dass wir vor der unendlichen Fülle an Informationen, die auf uns einstürzen, kapitulieren und am Ende nur das herausfiltern, was wir verarbeiten können. Sonst würden wir zusammenbrechen. Die germanistische Sammlung der Uni Bonn ist eine der größten Deutschlands und erstreckt sich über ein gesamtes Stockwerk des Hauptgebäudes. Und da stand ich und wusste, dass ich es niemals schaffen würde, alle Bücher zu lesen, und wenn ich mein Lebtag nichts anderes mehr tat. In der Unibibliothek dagegen bestellte man nach Zettelkästen und hatte nur Zufallstreffer, weil auf den Kärtchen lediglich Autor, Titel und das Erscheinungsjahr angegeben waren. Das musste reichen.

Die Bücher konnte man erst am nächsten Tag abholen, musste sie dann aber auch mitnehmen, weil man sie frühestens am übernächsten Tag wieder zurückgeben konnte. So verbrachte ich mindestens ein Semester damit, Bücher herumzutragen, die ich gar nicht gebrauchen konnte. Ein weiteres Semester verbrachte ich mit Kopieren. Wir haben kopiert wie die Weltmeister. Die Fotokopie war der Download der 80er-Jahre. Ich habe ein Vermögen ausgegeben, und es ist bestimmt kein Zufall, dass zu dieser Zeit erstmals Meldungen über das Waldsterben in den Medien auftauchten. Ich bin mindestens schuld am Verschwinden eines mittelgroßen Waldgebietes. Die Bücher der Präsenzbibliotheken waren immer schon vergeben und die Wochenendausleihe brachte nicht viel, weil man da dann doch etwas anderes vorhatte.

Also begab ich mich in die Lennéstraße zur Studentenberatung. Unterwegs musste ich nur vier Leute fragen. Bonn-Kenner werden jetzt fassungslos den Kopf schütteln, aber so ist das nun einmal.

Außer Straßennamen und Himmelsrichtungen finde ich es auch schwierig, mir Hausnummern zu merken. Telefonnummern hingegen vergesse ich nie, dafür aber die dazugehörigen Namen und Gesichter. Anstatt »Memory« oder »Trivial Pursuit« zu spielen, rufe ich manchmal alte Telefonnummern an, um herauszufinden, wem sie gehören. Dabei ist es hilfreich, dass bei meinem Telefon die Nummer unterdrückt ist.

In der Lennéstraße angelangt, machte ich mich auf die Suche nach dem richtigen Gebäude. Da sah ich die Hausnummer, an die ich mich zu erinnern glaubte. Die riesige Fahne, die über dem Eingang schwebte, bemerkte ich nicht.

Ich lief die Außentreppe hoch und wunderte mich über die vielen Kameras, die auf die Eingangstür gerichtet waren. Nun ja, Christian Klar war inzwischen gefasst, aber die Fahndung nach anderen Mitgliedern der RAF lief noch. Sicherheit wurde in der Bundeshauptstadt bestimmt besonders großgeschrieben. Ich öffnete die Tür, die nur angelehnt war, und ging hinein. Überall teure Teppiche. An den Wänden und auch auf dem Boden. Über mir schimmerte ein Kronleuchter.

Das war ja einmal eine schicke Studentenberatung.

Da kam ein Mann die Treppe heruntergerannt. Er trug kurzes schwarzes Haar und einen gepflegten Bart, fuchtelte mit etwas herum, was verdächtig wie ein Revolver aussah, und schrie mich in einer mir bis dato unbekannten gutturalen Sprache an.

Was er schrie, konnte ich zwar nicht verstehen, aber aus dem Kontext seiner Gestik, der Waffe und der Aufgeregtheit musste ich schließen, dass es im Gegensatz zu seinem gepflegten Äußeren stand. Das war wohl nicht die Studentenberatung.

Ich traute mich auch nicht, diese Frage mit ihm ernsthaft zu diskutieren, und trat den Rückzug an. Ich lächelte und murmelte eine Entschuldigung auf Englisch. Das schien den Mann nicht zu besänftigen. Er wurde immer schneller und ich gab Fersengeld.

Wie ein geölter Blitz rannte ich aus dem Gebäude raus und die Straße hinunter und verschwand zwischen den Kastanienbäumen, die die Hofgartenwiese umsäumen. Dahinter versteckte ich mich und lugte um den Stamm. Da sah ich die Fahne über dem Eingang. Warum sie mir vorher nicht aufgefallen war, weiß ich bis heute nicht.

Ich war in die Botschaft des Irak gegangen und der Irak befand sich im Krieg mit dem Iran.

Vor meinem geistigen Auge sah ich die Schlagzeile im ›Kölner Express‹: »Dümmste Studentin Deutschlands lässt sich in irakischer Botschaft erschießen. Sie dachte, es sei die Studentenberatung. In Bonn wurde ein Studienplatz in Soziologie frei.«

Zu meiner Ehrenrettung: In früheren Jahren war das ein Gebäude der Universität gewesen und später wurde es ein Studentenwohnheim. Ich hatte unglücklicherweise die Zeit dazwischen erwischt.

Eines wurde mir klar, als ich hechelnd vor Angst hinter dem Kastanienbaum auf der Hofgartenwiese stand: Für eine Karriere als Terroristin fehlten mir die Nerven.

Das Seminar strickt und die Männer werden Softies

Spätestens mit dem Amtsantritt von Helmut Kohl kam die geistig-moralische Wende, von der er so gerne sprach. Kein Geist und keine Moral.

Um dem etwas entgegenzusetzen, wollte ich mich engagieren. Nachdem das Autonome Frauenreferat nicht so ganz meiner Kragenweite entsprach, ich mich aber unbedingt einbringen wollte, schloss ich mich der Fachschaft der Soziologie an.

In der Politikwissenschaft konnte ich nicht punkten, weil da ohnehin alle engagiert waren. Entweder wollten die Kommilitonen selber Politiker werden oder Journalisten, die später über die Politiker berichten würden. Da war es hilfreich, wenn man sich früh kennenlernte. Das zeigte sich auch im ASTA, dem Allgemeinen Studentenausschuss. Der ASTA bestand aus Juristen und Politikwissenschaftlern.

Die Juristen waren vom RCDS (Ring Christlich-Demokratischer Studenten), also der CDU, und die Politikwissenschaftler von der Juso-Hochschulgruppe, also der SPD. Dann gab es noch die MG, die Marxistische Gruppe. Die wurde von der DDR gesteuert. Sie fiel auf, weil sie offenbar viel Geld hatte und dauernd Flugblätter in Umlauf brachte, deren Herkunft dubios war. Außerdem trat sie sehr aggressiv auf. Die MGler, wie wir sie kurz nannten, schmuggelten sich gerne in Proseminare des Grundstudiums, weil sie hofften, junge beeindruckbare Gemüter vorzufinden, die sie für ihre Sache begeistern konnten. Sie waren keine regulären Studenten. MGler hießen sie auch deshalb, weil sie wie Maschinengewehre ihre Statements herunterrasselten und sich an der Seminararbeit nur mit Stellungnahmen und nicht mit Diskussionsbeiträgen beteiligten, wobei die Stellungnahmen oft gar nichts mit dem Thema zu tun hatten. Eigentlich nie. Das sorgte unfreiwillig für viel Komik, die die MGler aber nicht verstanden. Die Revolution ist nun mal nicht komisch.

Allerdings hatten meine Stellungnahmen auch oft nichts mit dem Thema zu tun und ich wurde nicht von der DDR gesteuert.

Nie werde ich das Proseminar in Politikwissenschaft vergessen, das sich mit dem Thema »Interventionismus« beschäftigte. Die MG war da und ich lernte meine beste Freundin Andrea kennen. Außerdem Heinz und Ewald, mit denen wir eine Arbeitsgruppe bildeten. Der Dozent hatte das ausgeheckt, weil wir zu viele waren, um Einzelreferate zu halten. Bei 80 Teilnehmern hätte das Seminar sonst zwei Jahre gedauert. Außerdem hatte er wohl die Hoffnung, dass in Vierergruppen immer wenigstens eine/r sein würde, die/der halbwegs Bescheid wusste.

Das war bei uns Heinz. Heinz wusste Bescheid. Ewald sah gut aus und Andrea und ich waren sehr nett.

Dann kam unsere große Stunde. Gemeinsam hielten wir das Referat – wir sprachen nicht im Chor, sondern hatten das Thema aufgeteilt. Ich referierte über die kubanische Verfassung, in der sich die USA schon 1901 ein Interventionsrecht festgeschrieben hatten.

Bevor ich anhub, hatte sich eine andere Gruppe bis auf die Knochen blamiert und die MGler hatten bereits ihren Senf dazugegeben. Sie sprachen über die kapitalistische Produktionsweise und warum die DDR der bessere Staat war.

Unser Dozent war sehr genervt.

Er sah über seinen Brillenrand: »Ich schwöre Ihnen, das hier hat gar keinen Sinn, wenn Sie nicht wenigstens grundlegende Kenntnisse in Geschichte mitbringen.« Und zu den MGlern gewandt: »Und in Realität.«

Er lehnte sich resigniert zurück und rief mich auf.

Ich erklärte die Details der Verfassung von Kuba.

»Und warum hat die USA sich dieses Recht in der kubanischen Verfassung vorbehalten?«

»Für den Fall, dass Kuba sich an die UdSSR annähern würde.«

Alle schwiegen, sogar die MGler.

Ich hatte das Meisterstück abgeliefert. Da konnte keiner mithalten, was auch die schlimmsten Vollpfosten des Kurses neidlos anerkennen mussten.

Ich dachte nach.

»Oh.« Ich lächelte entschuldigend: »Die UdSSR gab es damals ja noch gar nicht.«

Der Dozent nickte anerkennend. Man merkte ihm an, dass er von mir keinen Geistesblitz mehr erwartet hatte.

»Hmmm.« Ich wurde rot. »Na ja, ist ja auch egal.«

Und setzte mich wieder.

Mein Ruf war zementiert, genau wie die Freundschaft mit Ewald, Heinz und Andrea. Abends saßen wir vier beim Griechen und haben über die Geschichte so gelacht, dass Ewald aufstehen musste, weil das quiekende Meerschweinchen offenbar aus seinem großen Körper herauswollte und der Wirt immer neue Runden Ouzo brachte. Ewalds Lachen stand im Gegensatz zu seiner Erscheinung. Gebaut wie ein Musketier, lachte er wie ein Meerschweinchen, das gequält wird.

Jahre später traf ich den Dozenten auf der Straße. Er hatte inzwischen den Job gewechselt und war in die Wirtschaft gegangen. Wer kann es ihm verübeln. An mich konnte er sich leider noch erinnern.

Er vertraute mir an, dass es unser Proseminar gewesen war, das ihn zu der Überzeugung gebracht hatte, seinen Berufsweg zu ändern.

Dann drückte er mir die Hand: »Sie haben mich erleuchtet – vielen Dank.«

Das hätte ich nun wirklich nicht gedacht.

Natürlich hätten sich aus Ewald, Heinz, Andrea und mir theoretisch zwei wunderbare Paarungen ergeben können, aber es wurde nie etwas daraus – Freundschaft und Sex sollte man auch trennen.

Wobei der schöne Ewald der eigentliche Grund war, warum ich mich in der Fachschaft Soziologie engagierte. Ich weiß, sehr emanzipiert klingt das nicht, aber so war es halt.

Leider blieb Ewald nicht lange in der Fachschaft, und so konnte ich mich mit ihm in wichtigen Fragen nicht beraten. Denn auch wenn der Weltfrieden bedroht war, hatten wir am Institut für Soziologie noch ganz andere Sorgen. Und so musste ich mich alleine mit der Frage herumschlagen, ob man nur während der Vorlesungen oder auch in den Seminaren stricken durfte. Die Diskussion führten die Männer, weil sie das immer taten und auch am fleißigsten strickten. Damals wurde mir eines klar: Für Sex tun Männer einfach alles.

Es war in den 80ern üblich, dem Liebsten oder natürlich auch der Liebsten einen Norwegerpullover zu stricken. Die waren politisch korrekt. Das Muster musste angemessen schwierig sein und ständiges Maschenzählen erfordern. Die Passform war natürlich auch wichtig. Die Männer waren da leicht zufriedenzustellen, weil sie einfach anzogen, was nicht weglief. So sahen sie jedenfalls aus. Bei Frauen war das heikler. War der Pullover zu klein, waren sie für immer beleidigt, war er zu groß, natürlich noch mehr.

Herbert aus der Fachschaft war ein klassischer Softie. Er

strickte für seine Sabine einen wunderschönen Pullover. Kompliziert natürlich. Leider hatte Herbert nicht so viel Geduld, immer die Fäden zu spannen. Er schnitt sie lieber ab und verwahrte sie. Dann kam der große Tag.

Im Studentenkino lief ›Die Weiße Rose‹ und wir waren alle vom Mut der Geschwister Scholl tief beeindruckt und schworen, Faschismus in Deutschland nie wieder zuzulassen.

Herbert und Sabine saßen vor mir und knutschten, während Sophie Scholl verhört wurde. Da fiel mir auf, dass Sabines Pullover sich veränderte. Er schien sich irgendwie zu bewegen. Er bildete Löcher. Am Ende des Films fühlte sich Sabine bloßgestellt, und das war keine Einbildung. Sie musste zwei Jacken tragen, um zu verbergen, dass es nichts mehr zu verbergen gab.

Herbert war nach diesem Abend Single – und dafür hatte er zwei Semester gestrickt. Sabine las lieber ›Der Tod des Märchenprinzen‹ von Svende Merian und gab das Buch später an mich weiter. Es ist eine Anklage gegen egoistische Männer, die sich nicht um die Verhütung kümmern wollen und nicht zu ihrer Beziehung stehen. Ganz bitterer Stoff. Weil sie nicht mit ihm reden kann und er ihr nicht zuhört, schreibt sie ihm ellenlange Briefe, im Glauben, dass er sie liest. Das »S« in Svende wird mit einem Frauensymbol garniert. Das Buch war der Hammer und Gesprächsstoff für eine ganze Frauengeneration. Sogar im Unterricht wurde darüber diskutiert.

Ich verstand es leider nur bedingt, weil ich mir nicht erklären konnte, dass sie so viel Zeit und Energie für ein offensichtliches Arschloch verbrauchte.

Eine Frau bekennt Farbe

Ich genoss inzwischen die männliche Aufmerksamkeit der Studentenstadt in vollen Zügen und mein Statusproblem löste Costas. Genau, ein Grieche!

Er zeigte, dass Griechen viele gute Seiten haben. Leider ließ er sich dann von seiner Mutter erpressen, die nicht einsehen wollte, dass er mit einer Deutschen ausging. Das war bemerkenswert, weil sie selber eine Deutsche war. Costas stammte aus einer einflussreichen Familie, die auch in den letzten Jahren vermutlich nicht unter den Rettungsschirm schlüpfen musste.

Costas wohnte in einer Dachmansarde und seine Vermieterin erlaubte keinerlei Damenbesuch. Deshalb gingen wir hintereinander schrittgleich die Treppen hinauf und hinunter. Das war schön und ich war in Costas verliebt.

Als er sich zwischen mir und der finanziellen Unterstützung durch seine Eltern entscheiden musste, entschied er sich für die Kohle. Das brachte ihm aber kein Glück. Die Dachmansarde brannte eines Nachts komplett aus und mit ihr der Füllfederhalter, mit dem einmal der griechisch-türkische Friedensvertrag von 1922 unterzeichnet worden war. Ich will mich nicht dazu versteigen zu behaupten, dass seitdem die Unruhen zwischen beiden Staaten wieder schlimmer geworden wären, aber gut ist die Lage nicht. Und an allem ist Costas schuld, weil er meine Liebe verraten hat. Zum Abschied schenkte er mir einen wunderschönen schmalen Silberring mit einem kleinen Rubin, der in einer Silberblume ruhte. Es war ein filigranes Kunstwerk griechischer Silberschmiedekunst, und ich liebte diesen Ring.

Dann kamen die Ferien und mit ihnen mein alljährlicher Aufenthalt in der Fabrik. Mir ging es etwas wie Harry Potter – ich konnte den Ferien bei meiner Familie auch nichts abgewinnen.

Silber ist weich und das permanente Schlagen auf die Knöpfe der Schneidemaschine muss ihn verbogen haben. Als ich mir dann wieder einmal am heimischen kleinen Waschbecken die Haare wusch und mich aufrichtete, blieb der Ring an der Trockenleine hängen, die meine Mutter dort aufgespannt hatte, weil es in einer großen Familie immer etwas zu waschen gab.

Der Ring zersprang in tausend Stücke.

Das war das Ende meiner ersten großen Liebe. Sie ging gleich zweimal in die Brüche.

Angefangen aber hatte alles mit Freddie, er war in Bonn mein erster Schwarm. Freddie war groß und hatte kupferfarbenes Haar, das immer so aussah, als ob er morgens zum Frisieren die Finger in die Steckdose stecken würde. Freddie war einfach klasse.

Wir lernten uns im ersten Semester kennen. Ich saß in einem winzigen Seminarraum mit irre vielen Studenten und fragte mich, ob die wirklich alle Journalisten werden wollten, als ein freundliches Gesicht mit Sommersprossen auftauchte, eine große Nase und warme braune Augen sich in mein Sichtfeld schoben und der dazugehörige Mund mich fragte, ob der Platz neben mir frei sei.

War er und der Platz in meinem Herzen gleich mit.

Am Ende der ersten Sitzung hatte ich mich in Freddie komplett verknallt und vor allem ihm ist zu verdanken, dass ich keine Stunde dieses gähnend langweiligen Seminars verpasste. Mitbekommen habe ich allerdings nicht sehr viel. Ich war von Freddie zu fasziniert.

Wegen einer dringend erforderlichen Nasenoperation musste ich ein paar Monate später für eine Woche ins Krankenhaus. Freddie und ein paar andere Kommilitonen kamen vorbei, brachten mir ›Mad‹-Heftchen mit und versuchten nicht zu lachen, weil ich aufgrund der Tamponade in meiner Nase aussah wie der Schauspieler Karl Malden in ›Die Straßen von San Francisco‹ und klang wie Micky Mouse. Das war sehr tapfer von ihnen.

Man glaubt ja gar nicht, wie viel Zellstoff in eine Nase passt, wenn der HNO-Arzt das will. Lachen durfte ich auf gar keinen Fall, weil sonst die OP-Wunden aufgehen konnten. Das war schwer – die ›Mad‹-Hefte musste ich ungelesen zurückgeben. Freddie war übermütig. Beim ersten Besuch fand er mein Zimmer zu langweilig und schob mich auf den Flur.

»Freddie, das ist keine gute Idee.«

Wenn Sie diesen Satz laut vor sich hinsprechen und sich dabei die Nase zuhalten, haben Sie einen Eindruck, wie das klang. Freddie versuchte, nicht zu lachen, was seinem Naturell genauso widersprach wie meinem.

»Hmmm hmmmmm!«, protestierte ich.

Er schob mich quietschvergnügt den Gang hinunter.

»Wir gehen jetzt ein Kölsch trinken«, beschloss er.

»Ich glaube nicht, dass ich das darf«, gab ich zu bedenken.

Da sprang eine Schwester alarmiert aus dem Schwesternzimmer auf den Flur.

»Was machen Sie da mit der Patientin?«, herrschte sie Freddie an.

»Ich dachte, ich darf sie schon mitnehmen«, versicherte Freddie treuherzig.

Die Schwester lächelte verzeihend. Niemand konnte Freddie ernsthaft böse sein.

»Mitsamt dem Bett?«, fragte sie mit kokettem Augenaufschlag.

»Sie sagt, es ist so bequem und Sie haben doch so viele davon.«

Freddie strahlte die Schwester an.

»Schieben Sie sie wieder zurück und wir vergessen den Vorfall.«

Die Schwester spielte mit einer Haarsträhne. Mich würdigte sie keines Blickes.

Freddie schob mich wieder ins Zimmer, begleitet von unseren kichernden Kommilitonen, und stellte mich ab. Falsch herum.

»Freddie, fällt dir was auf?«, nuschelte ich.

»Ein schöner Rücken kann auch entzücken, meine liebe Helene.« Dann drehte er das Bett doch noch herum. Ordnung muss sein.

Leider hörte Freddie nach dem ersten Semester auf zu studieren, weil ihm das Universitätsleben nicht so recht gefiel. Er wollte lieber ein Held werden. Feuerwehr, Polizei, FBI – so in diese Richtung.

Wie ich kürzlich erfahren habe, ist er heute der Herausgeber des Bundesanzeigers. Jetzt zu lachen, wäre gemein. Dieses Blatt herauszugeben ist heldenhaft, weil jeder im öffentlichen Dienst es im Schrank stehen hat, es aber von niemanden gelesen wird.

Auch wenn ich ihn jetzt nur noch selten sah, liebte ich ihn doch sehr. Vor allem seine roten Haare. Sie waren wirklich kupferfarben und schimmerten und glänzten. Ich verglich sie mit meiner eigenen aschblonden langweiligen Mähne und in mir reifte ein Plan. Als ich das nächste Mal nach Hause fuhr, kaufte ich im kleinen Drogeriemarkt Henna. Ich wollte erst einmal zu Hause probieren, wie es aussah, ehe ich meinen Schopf in Bonn zeigte.

Ich färbte mein blondes Haar rot. Abends stand ich vor dem Spiegel im Flur und sah: nichts. Unser Flur war schwach beleuchtet. Meine Mutter war grundsätzlich gegen rotes Haar und murmelte, dass man so etwas wie mich früher auf dem Marktplatz verbrannt hätte. Mein Vater war da positiver und behauptete, einen leichten Mahagonischimmer zu entdecken. In Wahrheit sah er auch nichts.

Ich ging frustriert ins Bett. Als ich am nächsten Morgen aufwachte, lag ich inmitten einer Flammenhölle.

»Feuer!!«, schrie ich entsetzt und meine jüngere Schwester Heidi fuhr mit einem Schrei aus dem Schlaf.

Es brannte aber nicht, und ich stürzte in das Badezimmer. Im Spiegel starrte mir ein vom Schlaf verquollener Feuermelder entgegen. Ich beschloss, das Haus nie wieder zu verlassen, was unmöglich war, weil ich am nächsten Tag zurückfahren musste. Meine Mitbewohnerin Bettina, die mich mit dem Auto vom Bonner Bahnhof abholen wollte, fuhr zuerst an mir vorbei.

Ich hatte mich dann aber bald mit meiner Haarfarbe abgefunden und war eigentlich ganz stolz, dass ich jetzt endlich aussah wie Freddie. Meine Nase war wieder normal und ich durfte lachen, so viel ich wollte.

Freddie begegnete ich ein paar Wochen später in der Cafeteria des Hauptgebäudes, wo er noch regelmäßig vorbeischaute.

Er sah mich betroffen an.

Ich strahlte verliebt.

Sein Blick verfinsterte sich.

»Rote Haare? Wie konntest du das nur tun, Helene. Ich habe deine schönen blonden Haare so geliebt. Ich hätte sie stundenlang anschauen können. Bist du verrückt geworden? Du siehst jetzt aus wie eine Hexe. Das steht dir überhaupt nicht.«

Damit ging er.

Henna hat mir die Tür zu Freddies Herz zugeschlagen. Immerhin war der Käsekuchen meiner Mutter dieses Mal unschuldig.

Das wahre Studentenleben

Das Erste, was ich im Soziologiestudium feststellen musste, war, dass es verfrüht gewesen war, nach meiner letzten Matheklausur auf dem Schulhof die Flasche Sekt zu öffnen. Ich hätte mich vielleicht besser informieren sollen – uns erwartete eine Menge Statistik und Empirie. Ein großer Teil der Soziologie besteht aus Mathe. Und ich musste das große Latinum nachholen, weil ich in NRW studierte, aber in Hessen Abitur gemacht hatte. Hier ein kleines Plädoyer für die Abschaffung dieses föderalen Unsinns im Schulwesen. Beispiel: In Hessen wurde uns gesagt, dass das Latinum *nur* für Medizin, Pharmazie und Jura nötig sei. In NRW brauchten wir das große Latinum für alles *außer* Medizin, Pharmazie und Jura.

Solche Blüten treibt dieses verrückte System. Ich bin sofort bereit, meine Demoschilder wieder auszupacken und zu einer Demo zu gehen, die sich für die nationale Vereinheitlichung unseres Bildungssystems einsetzt, wie es sonst überall auf der Welt üblich ist. Auch auf die Gefahr hin, dass ich mich wieder in meinem Sandwich-Schild verheddere. So eines hatte ich mir für die Bafög-Demo im Herbst 1983 gebastelt. Eine der ersten Amtshandlungen vom jungen Bundeskanzler Helmut Kohl war es, das Studenten-BaföG auf Volldarlehen umzustellen. Zuvor musste man nur einen Teil zurückzahlen, nun alles.

Das war beunruhigend. Noch schlimmer war, dass ich anfangs gar keins bekommen sollte. Mein Vater verdiente zu gut – als Arbeiter. Ich war natürlich gegen diese Regelung und meine Freunde kamen aus Solidarität mit. Ich hatte mir ein Sandwich gebastelt, also zwei große Schilder mit Schnüren verbunden, und in der Mitte steckte ich.

Vorne drauf hatte ich »No Bafög« und hinten »No Future« geschrieben. Das hatte zur Folge, dass mich alle für bekloppt hielten. Wer mich von vorne sah, dachte, ich will kein Bafög, und die von hinten, dass ich eine No-Future-Tussi bin. Außerdem war ich in dem Ding komplett eingeklemmt. Auf der Kennedybrücke kam ein starker Wind auf und ich wurde gefährlich in Richtung Brückengeländer gedrückt. Meine Freunde retteten mich, indem sie mich schützend in ihre Mitte nahmen. So hörte auch das Kopfschütteln der anderen Demonstranten auf.

Bald schon wurde ich professioneller. Ungeschickter ging ja auch kaum. Bei der großen Friedensdemo schmückten wir das gesamte Universitäts-Hauptgebäude mit blauweißen Friedenstauben-Plakaten und waren dafür in aller

Herrgottsfrüh aufgestanden, was mir, glaube ich, am wenigsten ausmachte – ich war das ja von meinen Ferienjobs gewöhnt.

Während wir das Gebäude friedlich dekorierten, gestalteten wir auch die Flure etwas um. Werbungen von Burschenschaften gingen den Weg allen Papiers. Die Aushänge fielen fast von selbst von den Flurwänden, wahrscheinlich beeindruckt von unseren friedlichen Absichten. Die Demo 1983 war die vielleicht größte der Friedensbewegung. In ganz Deutschland gingen mehr als eine Million Menschen auf die Straße, um die Umsetzung des Nato-Doppelbeschlusses zu verhindern. Eine Menschenkette von 150 000 Menschen stand um das Regierungsviertel, ein Menschenstern aus 400 000 Leuten verband die Botschaften der fünf Atommächte.

Mit all dem Blau-Weiß der Friedenstauben sah die Uni am Ende aus wie eine Werbung für das Münchner Oktoberfest und so war auch die Stimmung – nur ohne Alkohol. Stundenlang wurde eine große Weltkugel über der Menschenmasse balanciert: »We are the world« – das war das Gefühl und es war wunderschön.

Es war unglaublich beeindruckend, Willy Brandt reden zu hören und Heinrich Böll. Die Polizei verhielt sich vorbildlich. Die Beamten hatten die Helme abgenommen und Blumen in der Hand, und die Veranstalter sorgten dafür, dass mögliche Randalierer abgedrängt wurden.

300 000 Einwohner und 550 000 Demonstranten. Ich kann mir heute in Berlin nicht vorstellen, wie die Stadt 6,4 Millionen Demonstranten wuppen würde. Vermutlich gar nicht. Ich geriet einmal in Berlin in eine Hundertschaft, die in der Rigaer Straße in voller Kampfmontur aufmar-

schiert war. Als ich fragte, was denn los sei, erklärte mir einer der Beamten, man habe sie wegen einer Ruhestörung gerufen – eine Party sei zu laut. In Berlin geht man eben mit dem Gewehr zum Messerkampf.

In meinen Bonner Anfangsjahren war ich sehr glücklich. Wir retteten die Welt und nahmen das Studium nicht ernster als erforderlich. Und ich wohnte nach einem Jahr in der WG endlich im Heim! Das Studentenwohnheim war *meine* Welt!

Ich lernte Studenten aus anderen Ländern und anderen Fachrichtungen kennen. Es war so hochinteressant, dass mein eigenes Studium manchmal etwas ins Hintertreffen geriet. Aber ich habe es trotzdem erfolgreich abgeschlossen – das muss hier ja auch einmal in aller Deutlichkeit gesagt werden.

Meine Ferienjobs hatten zur Folge, dass ich mich während des Semesters etwas ausruhen musste. Nie Urlaub zu machen war das eine, aber man konnte sich ja auch das Semester ein bisschen angenehmer gestalten. Dabei halfen mir die Herren der Schöpfung gerne, was ich natürlich sehr genoss.

Im Odenwald wäre ein solches Verhalten nicht ohne soziale Folgen geblieben. In Bonn war das anders, Stadtluft macht frei.

In Bonn diskutierten wir alle die Thesen der Frauenbewegung und waren ganz angetan und offen, und daheim ging es mehr oder weniger fröhlich zur Sache. Wer »links« war, praktizierte »Petting statt Pershing«. Und ehrlich – bei manchen Typen wäre mir bei aller Friedensbewegtheit Pershing lieber gewesen. Dennoch: Es waren leidenschaftliche

Zeiten, voller Eifersuchtsdramen und Missverständnisse und experimentierfreudiger Erotik.

Wir waren jung und Aids war noch nicht wirklich ein Thema. Die Frauen nahmen die Pille und damit war für die Männer das Thema Verhütung erledigt. Dass wir nicht alle an Syphilis gestorben sind, wundert mich bis heute. Sogar die Geschlechtskrankheiten waren damals harmloser. Studentinnen bekamen die Pille oft kostenlos, wenn sie als Probandinnen an Umfragen teilnahmen – so war allen gedient.

Doch so wild mein Liebesleben war, ganz wahllos war es nicht. In unserem Studentenwohnheim lebten rund 80 junge Menschen und ein Hausfaktotum namens Ernst, dem das Studentenwerk einfachheitshalber lebenslanges Wohnrecht eingeräumt hatte. Ernst trank zum Frühstück ein Bier und später noch eines und so weiter. Wir hatten einen Getränkeautomaten im Wohnheim und Ernst sorgte dafür, dass das Bier sein Haltbarkeitsdatum nicht überschritt.

Eines frühen Morgens saß ich beim Frühstück, als Ernst kam und mir mit einem Bier und einem Marmeladebrot Gesellschaft leistete. Ich hatte gerade wieder meine Sommerschichten abgerissen und war einfach noch gewohnt, früh aufzustehen. Da war 5.30 Uhr schon eine lecker späte Zeit.

Jedenfalls setzte sich Ernst dazu. Ernst hatte eine besondere Art, junge Studentinnen moralisch unter Druck zu setzen, mit ihm zu schlafen. Ja, das geht. Wenn man auf Mitleid macht. Ernst war sehr viel älter und suggerierte den Damen, dass sie ihm ihre Toleranz und Nachsicht beweisen könnten und auch müssten, indem sie mit ihm ins Bett stiegen.

Er machte Gedichte – das war die Belohnung. Als ich ihm einmal beim Bier meine tiefe Verachtung für diese Vorgehensweise erklärte, brachte mir das ein böses Spottgedicht ein. Das war aber nicht so schlimm. Mit dem etwas wenig gepflegten Ernst das Bett zu teilen, war für mich so attraktiv, wie als Kind einen Regenwurm zu essen. Das galt ja oft als Mutprobe.

Mehrfach wurde mir ein sich krümmender Wurm vor die Nase gehalten: »Helene, iss das jetzt oder du bist ein Feigling.«

»Dann bin ich halt ein Feigling – aber du bist ein Würmerfresser.«

So war das auch bei Ernst – lieber war ich ein böser Menschenfeind als in Ernsts Bett.

Noch mehr Sex

›Road to Nowhere‹, ›Living in a Box‹, ›Such a Shame‹ oder ›Walk Like an Egyptian‹, ›Hang the DJ‹: Das waren unsere Sonnenscheinlieder. Die 80er-Jahre hatten die besten Tanzlieder, aber sie waren auch ein Ausdruck der Verzweiflung. Wenn wir schon alle vaporisiert werden und untergehen würden, dann wenigstens mit einem letzten Drink und noch ein bisschen Sex.

Damit sind wir wieder (prima) beim Thema. Ich wette, Sie alle haben bis hierher vorgeblättert, nachdem Sie das Inhaltsverzeichnis studiert haben. Tstststs.

Was erwarten Sie? Bekenntnisse der Art, dass ich nackt

vom Kronleuchter baumelte, während er Champagner aus meinem Nabel schlürfte? Leider nein. Auch in puncto Sex war unser Motto: Masse statt Klasse. Wir trieben es wie die Karnickel. Wir waren inspiriert von ›Miami Vice‹, von ›Dallas‹ und ›Denver‹. Die zeigten ja auch nicht gerade moralische Größe – außer die Guten natürlich, und die wurden dann reihenweise aufs Kreuz gelegt, von JR Ewing oder Alexis, dem Biest. Denken wir nur an Fallon, die es einmal mit einem ganzen Footballteam trieb. Das ist wahre Größe! Das ist Demokratie. Eine für alle!

Offiziell suchten wir natürlich alle eine feste Beziehung – das Problem war nur die Frage, ob das wirklich jeweils die optimale Beziehung für die letzten Tage der Menschheit war. Also blieben wir bei der Suche. Und die war viel anstrengender als heute. Wir hatten ja nüscht. Es gab kein Internet. Man lernte sich bei den großen Demos kennen – das war optimal, weil man nie wieder so viele Menschen auf einmal traf. Oder man ging zu einem Proseminar. Die waren immer so überfüllt, dass man sich zwangsläufig näherkam.

Das erklärt auch die Mode. Die Schulterpolster waren dafür da, um uns etwas Raum zu verschaffen. Außerdem ließen große Schulterpolster die Taille sehr schmal wirken. Ich trug deshalb riesige Schulterpolster, die mich aussehen ließen wie einen Klingonenhäuptling bei ›Raumschiff Enterprise‹. So betrieben wir Abgrenzung: durch Kleidung.

Unsere Befürchtungen, dass es zu einem großen Knall kommen könnte, waren nicht einmal unbegründet. 1983 gab es einen Beinahe-Zwischenfall, als ein russischer Offizier über Satellit an der amerikanischen Westküste ungewöhnliche Lichterscheinungen beobachtete, die auf einen

Raketenstart hindeuteten. Gott sei Dank war der Mann besonnen und wartete erst einmal weitere Auswertungen ab, bevor er Alarm schlug. Bei dem Lichtsignal handelte es sich dann doch nur um einen besonders klaren Sonnenaufgang.

Wir waren der NATO und dem Warschauer Pakt ausgeliefert. Aber es gab auch gute Nachrichten. Wir hatten Franz Josef Strauß als Kanzler verhindert und die Grünen hatten den Sprung in den Bundestag geschafft. Das waren unsere Helden: Petra Kelly und Gert Bastian. Vor allem der ehemalige General stand exemplarisch für den guten Militär, der den Untergang der Welt verhindern wollte. Gert Bastian erschoss im Oktober 1992 zuerst Petra Kelly und dann sich selbst. Es ist eine Ironie der Geschichte, dass das berühmteste Paar der Friedensbewegung auf so gewalttätige Weise starb.

Wir feierten in den 80er-Jahren im Schatten der Bombe Partys. Das war nicht so lustig, wie es klingt.

Erst saßen alle Kerle in den Ecken und tranken flaschenweise Bier zu Nudel- und Reissalat, während die Mädels wie auf einem orientalischen Bazar tanzten. Sehr viel später, wenn es bis auf die große Korbflasche, in der eine Tropfkerze steckte, dunkel war und alle angemessen betrunken waren, gab es dann Annäherungsversuche, die an Blitzkriege erinnerten. Das Ganze hatte die Romantik eines nächtlichen Militäreinsatzes.

Und der größte Feind dieser biergeschwängerten Erotik war das Tageslicht. Die Sonne bringt es an den Tag. Das ist das Einzige, was sich über die Jahre nicht verändert hat. So wurde der One-Night-Stand erfunden. Er heißt ja nicht umsonst so und nicht One-Day-Stand.

Es waren ruhelose Zeiten und dann kam auch noch Jake. Jake war die menschgewordene Vokuhila. Er sah dabei umwerfend aus – ein bisschen wie Sting, nur hübscher. Er trug die damals so populären engen gestreiften Hosen, die an Burt Lancaster in ›Der rote Korsar‹ erinnerten.

Meine besten Männer habe ich stets im Schlaf kennengelernt. Das liegt daran, dass ich katholisch erzogen wurde. Steht es nicht schon in der Bibel? Den Seinen gibt's der Herr im Schlaf.

Bei Jake war das auch so.

Es geschah auf einer dieser langweiligen Studentenpartys. Es war Karneval und wir hatten uns alle geschminkt. Ich ging als Ying und Yang und hatte mein Gesicht in den Farben Schwarz und Weiß bemalt. So sah ich von beiden Seiten bedrohlich aus, aber von vorne ging es wohl.

Ich war zu dieser Zeit immer müde, weil es an der Uni viel zu tun gab und ich alles auf den letzten Drücker ablieferte. Deshalb hatte ich mich irgendwann auf das bequeme durchgesessene Ledersofa in der Ecke des Raumes verzogen und war eingeschlafen. Ich kann bei Lärm hervorragend schlafen. Wach wurde ich, weil mir jemand eine Zigarette zwischen die Lippen zu schieben versuchte.

Ich weiß, was das für eine Symbolik hat, allerdings ist mir das erst spät aufgegangen. So wie meine Augen an jenem Abend.

Ich öffnete also die Augen und sah den bestaussehenden Mann, den die 80er-Jahre zu bieten hatten. Was für eine schicke Vokuhila. Hinten schön lang und vorne blond und stachelig – so wie es sein musste. Jake sah nicht nur sehr gut aus, er war auch wahnsinnig nett und interessant. Und er wollte mich kennenlernen.

Ein Tipp für die jetzt völlig ungläubige Damenwelt. Es nützt gar nichts, sich aufzubrezeln. Im Gegenteil. Das wirkt wie ein Warnsignal auf Männer. Das ist so, als ob das Reh dem Jäger nachläuft und sich mit seinem Gewehr erschießt. Frauen sind natürlich das einzige Wild, das seinem Jäger auflauert, das ist wahr. Der Trick ist, dass der Jäger es nicht merken darf.

Wir trafen uns ein paar Mal und verbrachten unter anderem einen ungeheuer romantischen Abend auf einem Kinderspielplatz. Wir knutschten wie die Weltmeister.

Ja, das war toll – aber Sex hatten wir nicht.

Jake lebte bereits in einer Dreiecksbeziehung, von der er mit Stolz erzählte. Er war mit zwei Frauen zusammen, die wiederum miteinander befreundet waren. Alle verstanden sich wohl prächtig. Ich war zutiefst beeindruckt. Bis dato war ich nur seriell monogam gewesen – also einer nach dem anderen. Wie sich das gehört. Was Jake da erzählte, war ein komplett neues Modell. Das musste ich auch probieren.

Ich hatte mich damals gerade von Helmut getrennt beziehungsweise er sich von mir. Wir kannten uns vom Studium, aber Helmut hat die Uni dann bald verlassen, weil er Schauspieler werden wollte. Wer sich den Film ›Der bewegte Mann‹ noch einmal anschaut, kann ihn sehen. Helmut ist einer aus der Männergruppe, die beim Tee sitzt. Bevor Helmut Schauspieler wurde, wollte er Bundespräsident werden. Er fand allerdings, dass ich zu schusselig für eine First Lady war. Helmut könnte recht gehabt haben. Jedenfalls hatte ihm dieses Abenteuer den Rest gegeben:

Eines Sonntagmorgens im Januar war ich in den Rheinauen unterwegs, um die Enten zu füttern. Ich trug einen langen Seemannspullover, den ich von meinem Vater geerbt hatte, einen schwarzen Filzhut und grüne Stiefeletten – und natürlich Jeans, die mit dem gefährlichen Knopf. Da ich aber wie gesagt gerade sehr dünn war, bestand keine Gefahr für andere.

Auf dem Weg traf ich Monika, die mit dem Fahrrad von einem Besuch nach Hause radelte. Monika war eine sehr liebe Mitbewohnerin. Ich fragte, ob sie mitkommen wollte, und sie schloss sich an.

Monika stellte sich direkt auf die Steine der Uferbefestigung der Teichanlage, die von einer Bundesgartenschau übriggeblieben ist. Ich hielt respektvollen Abstand zum Wasser. Wir fütterten die Enten mit altem Brot und alle kamen hungrig herbeigeschwommen.

»Sei vorsichtig, Monika! Nicht, dass du ausrutschst und ins Wasser fällst!«

Ich bin immer sehr besorgt um meine Mitmenschen und Monika beugte sich wirklich gefährlich weit nach vorne in ihrem Bemühen, alle Enten fair mit Brot zu versorgen.

In diesem Moment rutschte ich aus dem Stand heraus aus, dann waren die Steine hinter mir und »Platsch!« saß ich im Wasser. Das Brot schwamm davon, die Enten flüchteten laut schnatternd, und Monika wäre vor lauter Lachen fast auch ins Wasser gefallen.

Im Wasser war es wärmer als draußen, aber ich konnte ja nicht ewig sitzenbleiben. Wir hatten ungewöhnlich niedrige Temperaturen. Im Rheinland gilt sonst folgende Wetterregel: Warmer Regen = Sommer, kalter Regen = Winter.

Monika bot mir an, das Fahrrad zu nehmen, aber die Jeans gefror schon an meinen Beinen. Also gingen wir so schnell wie möglich nach Hause und ich unter die warme Dusche. Als ich wieder herauskam, warteten ein heißer Tee mit Rum, Monika und das halbe feixende Studentenwohnheim auf mich.

Helmut war über den Vorfall so entsetzt, dass er mit mir Schluss machte. Schließlich wollte er ja Bundespräsident werden. Die Vorstellung, dass seine First Lady die Treppe der Bundeswehrmaschine herunterrollt, war ihm unangenehm.

Aber zurück zu Jake: Nachdem er mir von seinem polygamen Lebensstil erzählt hatte, wollte ich das, wie gesagt, auch mal erleben. Also bandelte ich mit zwei Herren an – einem aus dem Wohnheim und einem von außerhalb. Weil das Experiment ja auch überprüft werden wollte – wozu ist man schließlich Soziologin in Ausbildung? –, erzählte ich den beiden Herren voneinander. Sie machten sofort beide mit mir Schluss und fühlten sich verarscht.

Das verstand ich nicht.

Ein paar Wochen später traf ich Jake wieder bei einer Party. Die Vokuhila saß nicht so schön wie früher. Er wirkte verhärmt.

Ich fragte ihn, was los sei, und er erzählte mit Grabesstimme, dass ihn beide Frauen rausgeworfen hatten und gerade dabei waren, in einem feministischen Zirkel ihre lesbische Liebe zueinander zu entdecken, während er im Auto schlafen musste.

»Stell dir vor, Helene, Beate hat mir erzählt, dass sie sich nackt auf Spiegel gesetzt haben, um ihre Vagina zu sehen. Wir abartig ist das denn?«

Jake war ehrlich entsetzt.

Ich fand das auch skurril – aber interessant.

»Nun ja, Jake, wenn du ehrlich bist …«

»Neee!«, ereiferte er sich wütend. »Das ist doch völliger Blödsinn! Wie oft habe ich den beiden angeboten, ihre Muschis zu fotografieren – aber sie wollten das ja nicht! Jetzt auf einmal hocken sie auf Spiegeln rum. Doofe ...« Das letzte Wort soll unzitiert bleiben, das überlasse ich Ihrer Fantasie.

Jake war für mich natürlich komplett entzaubert. Er hätte mir ja auch vorher sagen können, dass sein Experiment missglückt war; das hätte mir zwei bitterböse Abschiedsszenen erspart.

Nun zur Qualität des Sexes – Sie wollen das bestimmt wissen, haben aber nicht zu fragen gewagt, und um es mit dem Helden meiner Jugend, Thomas Magnum, zu sagen: Sie haben recht, wenn Sie lieber nicht fragen.

Sie war eigentlich erschütternd. Die 80er-Jahre waren erotisch aufgeladen. Wir durften nicht nur Sex haben, wir mussten. Überall gab es Sexshops, in denen sich Männer mit Aktentaschen an der Seite hinein- und eine halbe Stunde später mit der Aktentasche vor dem Schritt wieder herausschlichen. Als müssten sie ihrem Penis das Auge zuhalten wegen der schlimmen Dinge, die er da gesehen hatte.

Ich war lange der Überzeugung, dass Pornofilme sehr traurig sein mussten, weil mir eine Freundin, die in einem solchen Laden gearbeitet hatte, erzählte, dass die Kabinen am Abend immer voller Taschentücher lagen. Oder dass sie Allergien auslösen und alle furchtbar niesen müssen. Das ist die katholische Variante.

Die Freundin arbeitete nicht sehr lange in dem Laden. Sie hatte Albträume von Riesendildos, die sie ins Politikseminar verfolgten, und einige der Kunden schienen zu denken, dass sie zum Angebot dazugehörte, und versuchten, mit ihr den Spruch »Make love – not war« in die Tat umzusetzen.

Das war natürlich verstörend. Ich versuchte, sie zu trösten, indem ich ihr versicherte, dass ein paar Dildos unter den Dödeln der MG gar nicht so auffallen würden.

Das Sexgeschäft war schmuddelig – außer im Quelle-Katalog. Da war alles ordentlich. In diesem Katalog gab es die Abteilung »Ehehygiene«. Jetzt werden alle Ehefrauen sagen: »Tja, tja. Das ist ein heikles Thema für meinen Mann – seit unserer Hochzeit wäscht er sich seltener als seinen Wagen.«

Nein, liebe Leserinnen – damit ist Sex gemeint. Im Quelle-Katalog gab es Kondome und Anregungsmittel wie »Spanische Fliege«. Am besten war aber der Massagestab. Den hielt eine Blondine an ihre Schläfe und zwinkerte dem Betrachter zu. Was wollte sie uns damit sagen? Dass ein Massagestab gut gegen Migräne ist? Ja, bestimmt, aber setzte sie ihn richtig ein?

Und so war der Sex in den 80ern. Von zu vielen Pornos uninspiriert.

Heute gibt es Pornos im Internet und man kann sich herrlich über die unfreiwilligen Pannen amüsieren. Sie sind meist selbstgefilmt – das lässt sie schon mal menschlicher wirken. Aber damals waren es »Foxy Lady« Teresa Orlowski und Beate Uhse, die den Markt bestimmten. Beate Uhse tat es natürlich für die Paarbindung, die Foxy Lady sah das etwas großzügiger.

Als wir in den 90ern im Bundestag Internet bekamen, wollte ich natürlich sofort etwas Pikantes sehen und gab »Foxy Lady« ein. Ich bekam aber nur einen Hinweis auf den Fuchsschutzbund Deutschland. Gott sei Dank! Ich wusste damals nichts von Cookies, die man hinterlässt. Da wäre mein damaliger Abgeordneter in schwere Wasser gekommen und niemand hätte geglaubt, dass es die Mitarbeiterin war, die die einschlägigen Seiten besucht hatte.

Zurück zum Sex der 80er. Sie merken, er war zwar experimentierfreudig, aber oft auch so trist, dass ich gar keine rechte Lust habe, davon zu schreiben. Es war frustrierend. Es muss wirklich den einen Film gegeben haben, der den Männern suggerierte, dass die Frau kommt, wenn er nur hart genug rammelt.

Diese Männer glänzten mit Ahnungslosigkeit. Für sie war Klitoris eine griechische Insel und Cunnilingus ein Pastagericht. Aber ehrlich. Selbst wenn man von der weiblichen Physis wusste – wie hinkommen? Wie finden? In diesem Dschungel aus Haaren? Da meistens beide langhaarig waren, war auch noch der Blick versperrt. Das konnte ja nix werden. Wir sahen aus wie Wischmopps beim Ringkampf.

Und wir Frauen waren keinen Deut besser. Nein, für uns war eine Erektion eine lästige Herausforderung und selten eine lüsterne Chance. Wir fühlten uns verpflichtet, wieder gutzumachen, was wir »angerichtet« hatten. »What goes up must come down« – dieses Zitat aus ›Pyramids‹ von Alan Parsons Project bringt es auf den Punkt. Gut, es geht da um Pyramiden – aber so mancher Mann präsentiert sein bestes Stück ja so stolz, als ob es eigentlich in der ägyptischen Wüste stehen müsste, und wundert sich dann, wenn er von seiner Angebeteten später genau dahin geschickt wird.

Drugs!

Bonn war nicht der Odenwald. Wo es Studenten gibt, gibt es auch Drogen, und die holländische Grenze war nicht sehr weit entfernt. Um die Ecke quasi. Dort war der Verkauf und Genuss von Cannabis seit 1976 legal.

Dennoch war es damals nicht so einfach, an Cannabis heranzukommen. Auch in Holland nicht. Und schon gar nicht in Amsterdam. Der dortige Markt hatte sich nämlich auf ahnungslose Studenten aus Deutschland eingestellt, denen man schon mal wirkungsloses Zeug andrehte. Beliebt war Gras in Tüten, das echtes getrocknetes Gras war.

Das war aber in einem Fall am Ende ein Segen, weil mein Kommilitone mit einer buntbemalten Ente nach Holland gefahren war. Bei der Rückfahrt wurde er natürlich gründlichst gefilzt und wäre das echte Zeug garantiert wieder losgeworden und hart bestraft worden noch dazu.

Im Studentenwohnheim wurde auch gekifft. Das gehörte einfach dazu. Ulrike, eine gute Freundin, lud mich ein. Ich hatte es ein paar Mal probiert, aber außer an dem Abend mit Charlie war nichts geschehen. Ich war wohl immun gegen THC. Ulrike baute einen Joint, der einen Elefanten umgelegt hätte. Sie wollte es wissen. Und in der Tat – der Abend wurde immer lustiger. Ich wusste plötzlich wieder, was »stoned« heißt, denn ich wurde immer schwerer und saß am Ende auf dem Boden ihres Zimmers. Ulrike machte uns Tee. Als ich mit dem Löffel in der schönen rauchfarbenen Teetasse umrührte, fiel sie auseinander. Leider in echt. Das fanden wir auch sehr komisch. Nachher wurden wir sehr sehr hungrig. Wir aßen viele Brötchen.

Da wusste ich, dass das keine Droge für mich war. Besser nicht. Trotzdem war es ein unvergesslicher Abend. In jeder Hinsicht.

›Wir Kinder vom Bahnhof Zoo‹ war 1981 verfilmt worden und die beste Warnung vor Heroin. Dennoch haben viele härtere Sachen probiert. Heute ist der THC-Gehalt der Cannabis-Pflanzen um ein Vielfaches höher als früher. Die Mischung aus Energydrinks, Wodka, Joints und Ecstasy ist meines Erachtens viel bedrohlicher als die Joints, die wir heimlich rauchten. Wir tranken Bier und Wein. Auf Klassenfahrten wurde der Cola ein Schnaps beigemischt. Das waren unsere Alcopops.

Es waren letztlich doch sehr behütete Zeiten.

Ich habe mich einmal in meiner Zeit als Mitarbeiterin im Abgeordnetenbüro in einer Kneipe zum Probieren von Kokain überreden lassen. Es brachte … nichts. Ich war an dem Abend durch mehrere Cocktails schon so ausgelassen – wo hätte es hingehen sollen?

Am nächsten Tag schwamm ich fünf Minuten schneller und am übernächsten Tag fand Ulrich Meyer von Sat.1 angeblich Koks auf einer Bundestagstoilette.

Das war natürlich ein Fake. Jeder Drehtermin im Parlament muss angemeldet und genehmigt werden. Dass ein Kamerateam »zufällig« über eine koksbedeckte Toilette stolpert und – na so was – alles dabei hat, um eine Probe zu nehmen, ist nicht sehr wahrscheinlich.

Der damalige Bundestagspräsident Wolfgang Thierse reagierte prompt und regte an, dass alle Mitarbeiter sich testen lassen sollten. Mir blieb vor Schreck fast das Herz stehen und ich war drauf und dran, mir mit einem Bartschneider das Haar abzurasieren, weil man Kokain ja im Haar nachweisen kann. Dann wurde aber schnell klar, dass solch eine Anordnung nicht ohne Weiteres erfolgen konnte, und ich behielt meine Frisur. Das wäre um ein Haar schiefgegangen. Und ich war vom Koks kuriert.

Drogen waren aber auch schon früher ein Thema. Als ich Ende der 80er-Jahre bei ARD und ZDF in Bonn hospitierte (nacheinander natürlich), wurde in der Lobby des Plenarsaales die Sendung ›Plusminus‹ gezeigt, bei der es um Drogenmissbrauch unter Abgeordneten ging. Vor allem ein Abgeordneter der FDP machte auf sich aufmerksam, weil er so sturzbetrunken am Pult stand, dass er seine Rede abbrechen musste. Über Tabletten und andere Drogen wurde viel gemutmaßt; mehr ging nicht, denn das sieht, hört und riecht man ja kaum.

Die Empörung der Abgeordneten war sehr groß und anschließend ging man in die hausinterne Ossis Bar (nicht Ossi wie bei Ossis und Wessis – Oswaldo war Italiener und ein sehr feiner Mensch) und ließ sich aus Protest ordentlich volllaufen, und um zu beweisen, dass man kein Alkoholiker war. Ich trank nur einen Kaffee, weil ich noch zu einem Termin sollte. Die Gespräche in der Bar verstummten, als ich das Kännchen Kaffee bestellte. Alle sahen mich prüfend an. Dann wurde hinter den Bier- und Weingläsern getuschelt. Man war sich einig, dass ich wohl Alkoholikerin sei, weil ich offenbar nichts mehr trinken durfte. Und es wurde mit schwerer Zunge über die Jugend geschimpft, die sich »Haschisch spritzt«.

Wir spritzten aber kein Haschisch, sondern engagierten uns – vor allem für Menschenrechte. Natürlich waren nicht alle Studenten links. Die eher konservativen unterstützten die Internationale Gesellschaft für Menschenrechte IGFM. Während Amnesty International vor allem Menschenrechtsverletzungen in rechtstotalitären Staaten anklagte, waren die anderen auf Menschenrechtsverletzungen in linksradikalen Systemen spezialisiert, vor allem dem Ostblock.

Ein Mitstudent aus Polen benutzte alle paar Wochen den Gemeinschaftsraum im Keller des Studentenwohnheims, um Spendenpartys für die IGFM zu veranstalten. Wir Mitbewohner waren dazu nicht nur nicht eingeladen, wir wurden regelrecht ausgeladen.

Das war natürlich schwer zu ertragen.

Man konnte den Partykeller kostenlos mieten, aber es war ein ungeschriebenes Gesetz, dass die Mitbewohner mitfeiern durften. Das taten sie in aller Regel nicht, weil jeder seine eigenen Pläne hatte, aber es war ein Angebot. Janosz hielt sich nicht daran.

Nun hatten wir auch einen Studenten aus Togo im Haus, Jean. Jean war schwarz wie die Nacht und für jeden Spaß zu haben. Unser Hausmeister (auch ein Student mit Bierdurst) drehte die zentrale Sicherung heraus. Jean lief in dunklen Klamotten nach unten und nutzte den Moment tiefster Dunkelheit, um sich und uns mit Getränken zu versorgen. Bis das Licht wieder an war, hatten wir oben alle ein Bier in der Hand. Ernst hatte zwei.

Das finden Sie rassistisch? Nein, wirklich nicht. Jean war ein Typ, der die Frauen fragte, ob sie Negerküsse mögen (ja, die hießen damals noch so). Wenn sie bejahten, gab er ihnen einen Kuss. Fertig. Ernst hat aus Dankbarkeit für die vielen Biere ein Gedicht für Jean gemacht: »Negerkuss auf der Schaumkrone«.

So war die Lage.

Trampen als Notwendigkeit

Da das Studentenwohnheim im Süden der Stadt lag, durch die nicht nur die Eisenbahnschiene, sondern auch die berüchtigte B9 führt, trampten wir durch Bonn. Diese Bundesstraße definierte den Begriff Stau neu. Sie war immer voll. John Le Carré hat sie eindeutig vergessen, als er nur von geschlossenen Bahnübergängen sprach. Wobei die mich auch ein Semester gekostet haben. Nehmen wir also ein Semester Bücher tragen, ein Semester Fotokopieren und ein Semester an der Schranke stehen – da werde ich im Nachhinein doch noch zur Blitzstudentin. Und dann war da noch ein Jahr bei Maggie Thatcher – aber dazu komme ich später.

Wir trampten zur Universität, und das ging auch ganz gut. Autofahrer nahmen uns gerne mit, um uns auszufragen oder auch zu belehren, wie gefährlich das Trampen sei, was natürlich ein seltsames Licht auf diese Autofahrer warf.

So manches Mal hatte ich den Griff der Autotür in der Hand und überlegte, ob es nicht besser wäre, mich bei 60 km/h einem ungewissen Schicksal auszuliefern, als von einem Spießer vergewaltigen zu lassen, der nachher wahrscheinlich behaupten würde, dass er das nur zum Zwecke der Belehrung getan hat. Doch meistens waren die Fahrer und Fahrerinnen sehr freundlich und eines Tages war es supertoll.

Ich stand mit einer Mitstudentin an der Straße und eine Bekannte von ihr hielt an. Das war noch nicht alles. Sie fuhr einen offenen Jeep – so einen hatte ich seit dem Urlaub auf Djerba nicht mehr zu Gesicht bekommen, und dieser schien auch noch fahrtüchtig zu sein. Wir also rein in den Jeep – war das klasse! Der Fahrtwind im Haar, die Sonne im Gesicht. Die universelle Aufmerksamkeit aller anderen Verkehrsteilnehmer. Wir waren jung, wir waren hübsch und endlich einmal nicht politisch korrekt, sondern einfach nur keck!

An der Uni hielt die Bekannte, um uns rauszulassen. Wir stiegen also frisch und fröhlich aus dem Wagen. Was ich nicht wusste, war, dass sich der Reißverschluss meines Klammerrocks, den ich immer noch in Ehren hielt, langsam aber sicher im Fahrtwind geöffnet hatte.

Als ich ausstieg, fiel er einfach runter.

Mitten auf der Straße.

Alle guckten.

Am nächsten Tag ging es ihm wie Helmut Schmidt im Herbst 1982 – ich sprach ihm mein Misstrauen aus und der Rock wanderte in die Mülltonne.

Nein, nicht in die Altkleidersammlung. Arme Menschen haben es schon schwer genug, da müssen ihnen nicht auch noch die Klamotten von der Hüfte fallen.

In den Fängen von Maggie Thatcher

1985 war das Erasmus-Programm für den internationalen Austausch von Studenten noch der Traum einer Handvoll Professoren. Davon ließen meine Freundin Andrea und ich uns aber nicht abhalten. Wir hatten auch einen Traum – nicht so bedeutend wie der von Martin Luther King, aber immerhin.

Andrea und ich wollten eine Zeit lang in York leben. Dank eines Austauschprogramms zwischen den Universitäten Bonn und Sheffield trafen wir Politikwissenschaftler uns zwei Mal im Jahr – im Sommer im Westerwald und im Winter auf einem Landsitz in der Nähe von Sheffield. Es gab da eine kleine Diskrepanz in der Wohnqualität. In Bad Marienberg waren wir in einem Schullandheim untergebracht, in Sheffield in einem hochherrschaftlichen Anwesen. Der dazugehörige Earl war so rücksichtsvoll gewesen, seinen Landsitz zu versaufen. Der britische Gewerkschaftsbund kaufte ihn und machte daraus ein Heim, in dem sich Arbeiter im Sommer erholen durften. Im Winter wurde es an ahnungslose Firmen vermietet, die dort Konferenzen abhielten und sich in dem alten, schlechtgeheizten Bunker die Hintern abfroren. Oder eben an Studenten. Es gab mindestens zehn Mahlzeiten am Tag und wir alle aßen, was ging, weil Fett vor Kälte schützt. Besonders lustig war der Tag, an dem das Wasser ausfiel und vier Kommilitonen gerade eingeseift unter der Dusche standen. Viele kleine Fläschchen Mineralwasser mussten herhalten, und auf den Köpfen fühlte sich das an wie Duschen mit sehr kaltem Sekt.

Ich weiß, was Sie jetzt denken, und Sie haben ausnahmsweise unrecht. Ich war keine der Betroffenen, weil ich gerne früh aufstehe und bereits geduscht hatte – einmal im Leben muss auch ich gewinnen, oder?

Bei einem Tagesausflug nach York verliebten Andrea und ich uns in die Stadt und beschlossen, an der dortigen Universität zu studieren. Also schrieb Andrea, die auch Anglistik studierte, die Unis an, und ich kopierte die Bewerbungsbögen. Zu unser beider Rettung kamen wir aber an zwei verschiedene Universitäten. Ich landete in York und Andrea in Keele. Keele wird wie Kiel ausgesprochen, sodass viele Leute später Andrea gar nicht glaubten, dass sie in England studiert hatte, sondern dachten, sie hätte nur extrem schlechte Geografiekenntnisse.

Die größte Schwierigkeit für mich war die Sprache. Der Unterschied zwischen dem, was man im Odenwald im Englischunterricht lernt, und wie in England wirklich gesprochen wird, könnte nicht größer sein. Ich verstand kein Wort. Das war aber nur fair, denn die Engländer verstanden mich auch kein bisschen.

Es war, als ob ich taub und stumm wäre. Es ist ja so: Wenn die Menschen einander nicht verstehen können, neigen sie zum Anschreien, so als ob alles kein Problem der Sprache, sondern des Gehörs wäre. In Deutschland ist das jedenfalls so. Da werden wir alle zu Odenwäldern.

Dafür sind die Briten zu höflich. Sie wiederholen alles – nur leise. Sie nuscheln es so lange vor sich hin, bis man aufgibt. Der Alltag war dadurch sehr problematisch. Wie sollte ich überleben?

Es war ein schieres Wunder, dass ich in der Cafeteria keinen Schuh serviert bekam. Wahrscheinlich stand der nur nicht auf der Karte. Das Essen in britischen öffentlichen Institutionen ist genau so, wie man es sich vorstellt. Nur schlimmer. Ich werde nie verstehen, dass eine Nation, die über so viele Jahrhunderte ihr Vermögen unter anderem mit dem Handel von Gewürzen gemacht hat, nie auf den Gedanken gekommen ist, sie auch zu verwenden.

Auch das Studium stellte mich anfangs vor unüberwindliche Schwierigkeiten. Dass ich keine Credits bekommen würde, die Noten also nicht anerkannt würden, glaubte mir niemand beziehungsweise hielt es jeder für ein Missverständnis, weil mein Englisch so schlecht war. Außerdem dachten die meisten, ich sei dumm. Das hatte natürlich ein bisschen damit zu tun, dass ich in der ersten Woche mit dem Campus-Plan vor der Nase in den Universitätssee gefallen war. Das wirkt in keiner Sprache intelligent.

Das mit den Credits stimmte aber leider. Da ich nicht Anglistik studierte, musste ich allen Institutionen – von der Uni bis zum Bafög-Amt – plausibel machen, warum ein Jahr in England für mein Studium der Soziologie und Politikwissenschaft richtungsweisend sein würde. Dass es fürs Germanistikstudium hilfreich sein würde, versuchte ich gar nicht erst zu behaupten.

Es gab damals kaum deutsche Studenten auf dem Campus und die paar, die da waren, blieben nur bis Ostern, weil sie das Sommersemester in Deutschland nicht verpassen wollten. Ich blieb bis zum Sommer. Meine Leidensbereitschaft war ungebrochen und ich hatte nichts zu verlieren.

Die Universität York bildet ein Gegengewicht zur wunderhübschen mittelalterlichen Stadt. Der Campus ist eine Monstrosität aus Beton und Teichlandschaften. Schön war nur die Heslington Hall, weshalb da auch die Verwaltung residierte. Wir Studenten wurden in verwinkelte Betonklötze gesperrt. In diesen Colleges wurde auch unterrichtet. Die Universitätsleitung fand es aber besser, dass die Studenten in einem anderen College wohnten als dort, wo sie unterrichtet wurden. Dem kann ich nur beipflichten.

Mein Zimmer hatte ein Fenster, das fast bis zum Boden reichte. Als ich eines Morgens schlaftrunken und ganz in Gedanken den Vorhang öffnete, schaute ich in die Augen der Teilnehmer eines Seminars für Erziehung, die sehr interessiert zurückschauten. Ich war nackt.

Durch diese Aufteilung von Wohn- und Unterrichtscolleges sollte ein Austausch entstehen und das funktionierte auch – ich musste mich den ganzen Tag durchfragen. Es gab überdachte Wege, auf denen man niemals Fahrrad fahren durfte, und es gab viele Enten und Gänse, die die wahre Vorherrschaft auf dem Campus hatten. Den Enten und Gänsen ein Leid zuzufügen war ein schweres Vergehen und konnte mit dem Ausschluss von der Universität bestraft werden. Umgekehrt galt das nicht.

Enten sind ein friedliches Völkchen. Mir taten nur die Entenweibchen leid, wenn gleich drei Ganter hinter ihnen her waren. Es ist nicht ungefährlich, als Frau eine Ente zu sein. Wenn es eine Überpopulation in einem Ententeich gibt, kommt es oft zu einem Gangbang durch junge flegelhafte Ganter. Dabei ertrinkt das Weibchen nicht selten.

Die Gänse gingen normalerweise ihrem Gänsealltag nach. Dass Gänse aufmerksame und wehrhafte Tiere sind, wussten schon die alten Römer zu schätzen, die das Kapitol in Rom gegen Feinde von ihnen bewachen ließen. Das hat funktioniert. Gänse kann man im Unterschied zu Wachhunden nicht mit manipulierten Fleischködern hereinlegen. Gänse sind unbestechlich.

Wenn sie brüten, sind sie außerordentlich aggressiv. Und sie haben Kindergärten. Enten wie Gänse. An diesem Kita-Konzept hätten sich Mitte der 80er-Jahre und eigentlich bis heute die Westdeutschen echt noch eine Scheibe abschneiden können.

Wir sahen eine Entenmutter, die 28 Küken betreute. Sie wurde dabei immer dünner, aber die Küken haben alle überlebt. Und ich bemerkte, dass auch Vögel dunkle Ringe unter den Augen haben können.

Die Brutgemeinschaften der Gänse konnte man von den überdachten Wegen aus nicht sehen, was von den Gänsen auch so beabsichtigt war. Sie brüteten an den Ufern, und wenn ein Mensch den Fehler machte, in ihren Brutradar zu geraten, konnte es eng werden.

Im Institut für Soziologie, das übrigens als einziges Institut eine eigene Kaffeebar hatte, beobachteten wir in der Pause, wie einer der Professoren um sein Leben rannte – verfolgt von einer Horde aufgebrachter Graugänse, die zischend und mit klappernden Schnäbeln nach seinen Beinen schnappten. Er rannte wie ein Reh auf der Flucht und ich musste daran denken, wie mein Hund einmal von einem Schwan komplett eingeschüchtert worden war.

Woher der Ausdruck »mein lieber Schwan« kommt? Keine Ahnung. Ich halte das für reine Ironie.

In York lernte ich aber nicht nur jede Menge Federvieh, sondern auch ein effizientes Studiensystem kennen; es war voll verschult und wir hatten Seminare mit maximal 13 Studenten. Wenn es mehr wurden, wurde der Kurs wegen Überfüllung geteilt. Ich wusste nicht, ob ich darüber lachen oder weinen sollte, wenn ich an unsere Seminare dachte, in denen sich oft 60 und mehr Studenten drängelten.

Hier war alles anders. Die Bücher waren frei zugänglich und die Professoren auch. Während in Bonn Anmeldelisten an den verschlossenen Bürotüren hingen, in die man sich hoffnungsvoll eintragen musste, um dann nach ein bis zwei Stunden Wartezeit eine Audienz von fünf Minuten zu erhalten, waren die Professoren in York ansprechbar. Die Türen standen offen und man konnte jederzeit anklopfen.

Wenn die Tür geschlossen war, war der Professor zu Tisch, auf der Toilette oder in einem Gespräch mit einem anderen Studenten. In Bonn musste ich meinem Professor für Politikwissenschaft bei der Prüfungsanmeldung ein Passbild von mir geben, damit er auch sicher war, die richtige Studentin zu prüfen – in York wurde ich nach ein paar Monaten auf dem Campus mit Namen gegrüßt.

Das Studium kostete etwas, ich bezahlte ordentlich Studiengebühren, aber es war jeden Pence wert.

Aufgrund eines Verwaltungsfehlers hatte ich zwei akademische Supervisoren, die mir beide nicht glaubten, dass ich für das Jahr in York keine Anerkennung in Bonn bekommen würde. Deshalb ließen sie mich wie verrückt arbeiten. Zehn Referate und drei große Essays krönten die neun Monate an der Uni – und das, obwohl ich anfangs nur Bahnhof verstand.

An meinen Sprachkenntnissen musste ich arbeiten und das ging so: Abends lag ich in meinem Bett im College und führte imaginäre Gespräche. Wenn ich ein Wort nicht wusste, machte ich das Licht an und schlug das Wort im großen Wörterbuch nach. Dann wieder Licht aus und weiter im Text. Und so fort.

Ein Beobachter hätte den Eindruck bekommen, dass hier ein extremer Phlegmatiker versuchte, Morsezeichen per Licht zu senden. SSSSSS OOOOOOO SSSSSS – so in der Art.

Das stimmte auch irgendwie – die ersten drei Monate war ich in einer andauernden SOS-Situation, dann wurde es besser und am Ende des akademischen Jahres sprach ich sogar sehr gut Englisch. Das merkte ich, als ich zum ersten Mal in einer vollen Kneipe einen Witz erzählte, bei dem meine Mitstudenten über die Pointe lachten und nicht über mein unbeholfenes Englisch.

Mich in der Kneipe mit mehreren Leuten zu unterhalten, klappte anfangs gar nicht. Da verstand ich nix. Allerdings habe ich mit der Zeit festgestellt, dass Alkohol Sprachbarrieren überwindet. Jedenfalls solange man nur angesäuselt ist. Ist man hingegen sehr betrunken, sind die Sprachbarrieren bei allen gleich hoch. Dann sprechen alle »Desperanto«.

Ruiniert habe ich meinen Ruf durch die Affäre mit einem der Professoren. Der hatte zu der Zeit ein Forschungsjahr. Das ist ein Sabbatjahr, also ein Jahr voller Samstage. Er unterrichtete mich nicht, war unverheiratet und einer der begehrtesten Junggesellen auf dem Campus. Das verziehen mir meine Mitstudentinnen nicht. Und der Lehrkörper verzieh ihm auch nicht. Ich war nämlich hübsch.

In England kann man nach ein paar Jahren der Berufstätigkeit auch ohne Abitur an der Uni studieren. Das fand ich damals schon ganz toll. Diese Senior Students hatten einen privaten Kreis, wo man sich abwechselnd bekochte. Ich war mit dabei, obwohl ich erst 21 Jahre alt war. Im Vergleich zu den sehr kindlich wirkenden Studenten kam ich mir allerdings auch sehr erwachsen vor.

Dort lernte ich den Professor kennen. Trevor. Er war da und na ja – ich hatte Heimweh, fühlte mich einsam und so. Trevor war nicht schön, nicht treu und nicht unterhaltsam, was ich erst bemerkte, als mein Englisch besser wurde. Aber er war Junggeselle und deshalb per se begehrt, was auch damit zu tun hatte, dass er eine Lebensstellung an der Universität hatte. So etwas ist selten und macht attraktiv. Trevor war eine Notlösung. Ich für ihn auch, er war nämlich in eine Frau in London verliebt, die ihn aber nicht erhörte. Wahrscheinlich hatte sie selber eine Lebensstellung und war auf Trevor nicht angewiesen.

Trevor hatte einen seltsamen Ruf, weil er Wellensittiche hielt. Briten sind ja für ihre Exzentrik bekannt – aber das Halten von Vögeln in Käfigen ist gesellschaftlich verpönt, während es als völlig normal gilt, sich auf dem Spaziergang die ganze Zeit mit dem Hund zu unterhalten.

Snowy und Fred waren ein problematisches Vogelpaar. Das lag an Snowy, die eine furchtbare Zicke war. Sie unterdrückte Fred nach Leibeskräften. Wenn es Hirsestränge gab, verknotete sie beide Stränge und ließ Fred nicht an das Futter. Snowy starb unter mysteriösen Umständen, als Trevor verreist war und sein Freund und Kollege Phil – ein bekennender Chauvinist – auf Haus und Vögel aufpassen sollte.

Wir hegten alle den Verdacht, dass Phil das Weibchen aus Hass umgebracht hatte. Er bewahrte den kleinen Leichnam im Gefrierfach auf, damit Trevor eventuell eine Autopsie veranlassen konnte. Das machte Phil in meinen Augen nur noch verdächtiger.

Einmal hatte ich Besuch aus Bonn – ein großer blonder Kerl, der ein weiches Herz hatte, aber aussah wie ein Auftragsmörder. Ich nahm ihn mit zu Phil ins Seminar und bat ihn, Phil die ganze Zeit drohend anzuschauen. Phil wurde immer blasser um die Nase, es war herrlich. Womöglich hätten wir ihm sogar ein Geständnis zum Thema Vogelmord abpressen können.

Phil erzählte Trevor bei dessen Rückkehr, dass ich offenbar mit einem Nazi liiert sei. Das hat Trevor geschockt, aber Notlösung bleibt Notlösung. Und der Ruf war ja hin.

Der Dekan meines Colleges lud alle ausländischen Studenten zu sich zum Tee ein außer mir. Ich sei ja schon sehr gut integriert, wie er gehört habe. Selten war ich so verletzt.

Also, Mädels: Finger weg von Dozenten in GB – da hört die Freundlichkeit der Briten auf. Und wenn es sein muss: Sucht euch einen Typen, der den Skandal auch wert ist. Und der keine Vögel hält.

Seit Königin Viktoria alle Königs- und Fürstenhäuser Europas mit ihrem inzestuösen Nachwuchs überschwemmte, den sie mit ihrem Cousin Albert gezeugt hatte, und gleichzeitig der halben Welt ihre konservativen Moralvorstellungen aufdrückte, haben die Briten ein Problem mit theoretischer und gelebter Moral.

Normale Beziehungen gibt es im Bürgertum nicht, man verlobt sich gleich, auch wenn man nie die Absicht hat zu heiraten. Beim Zerbrechen einer Beziehung ist der Mann erleichtert. Die bürgerliche Frau muss mindestens ein halbes Jahr lang Valium nehmen, um nicht als leichtfertig zu gelten. In der Arbeiterklasse ist das etwas anders, wie die Filme von Ken Loach zeigen. Diese Frauen dürfen risikobereit sein. Nicht nur in der Liebe. Auch gesundheitlich. Diese Frauen tragen immer Pumps und nie Strumpfhosen – auch nicht im Winter. Ich habe nie so viele Frauen mit blaugefrorenen Beinen in High Heels gesehen wie in dieser Zeit. Alle hatten natürlich dauernd Erkältungen und Blasenentzündungen, aber das gehörte zum guten Ton.

Überhaupt war die medizinische Versorgung nicht nur auf dem Campus ein Abenteuer. Die Briten haben den National Health Service. Der ist steuerfinanziert und kostet den Einzelnen keinen Penny. Das ist super, solange man nicht krank ist. Wir hatten keine freie Arztwahl, sondern mussten zum Arzt auf dem Campus gehen. Oder zur Nurse. Man musste in beiden Fällen stets genau wissen, was einem fehlte, und selbst dann stimmten die Diagnosen nicht.

Zu Beginn ihrer Regierungszeit bewunderte ich Maggie Thatcher sehr – schon alleine deshalb, weil sie die erste Regierungschefin Großbritanniens war. Dann begann sie, die Kohleminen zu schließen und die Schwerindustrie abzuschaffen. Frau Thatcher war der Meinung, eine Volkswirtschaft ganz auf dem Dienstleistungssektor aufbauen zu können. Da sie in einem Krämerladen aufgewachsen war und der die Familie ernährt hatte, musste das ja auch bei allen anderen funktionieren. Es kam zu dem längsten Streik in der Geschichte Englands, er dauerte ein Jahr bis zum März 1985 und riss ganze Familien auseinander. Bis Maggie Thatcher mit einem juristischen Trick nach den Kassen der Gewerkschaften griff und deren Macht endgültig zerstörte. Sozialer Ausgleich war kein Thema für Frau Thatcher.

Der Winter 1985 war nicht nur politisch einer der kältesten in Europa. Im Odenwald fuhr mal wieder nur der Lada meines Vaters den Berg rauf, in den Gängen des Colleges zog es wie Hechtsuppe, und die *old age pensioners*, die nur eine Art Alters-Hartz-IV erhielten, erfroren in ihren winzigen Bungalows. Da half auch der Rat der Regierung nicht viel, sich Zeitungspapier unter die Bettdecke zu stecken, wenn man keine Kohle mehr hatte. Maggie Thatcher war eine Hardlinerin. Erinnern Sie sich an ihre Frisur? Wie aus Beton, sogar die Locken vorne wirkten bedrohlich. Sie waren so geformt, dass sie mit Sicherheit die SS20 Raketen der Russen zurückgeschossen hätten. Frau Thatcher schlug schon mal ihre Minister mit der Handtasche und wollte von der EU »my money back«. Seither gibt es einen Britenrabatt. Niemand legte sich mit der Eisernen Lady an. Und sie privatisierte, was ging.

Ein paar Mal besuchte ich eine meiner englischen Freundinnen in London. Sie bewohnte eine Mietwohnung, was in England sehr ungewöhnlich ist. »My home (und zwar das eigene) is my castle« und wenn die Wand zum nächsten Reihenhaus auch so dünn ist, dass man die Nachbarn denken hört. Von anderen Dingen ganz zu schweigen.

Valery wohnte in einer Wohnung im armen Südosten Londons, die mich stark an den Film ›Brazil‹ von Terry Gilliam erinnerte. Im Badezimmerfenster fehlten Scheiben, das privatisierte Wasser war braun und der Drugstore machte seinem Namen alle Ehre und ließ abends ein schweres Gitter herunter. Irgendwann muss jeder baden, und so ließ ich beherzt etwas von der braunen Brühe in die Badewanne ein und setzte mich voller Gottvertrauen auf mein Immunsystem hinein. Ich war mir nicht sicher, ob ich sauberer oder schmutziger wurde, und verspürte das starke Bedürfnis, wie im Film meinen Rücken mit einer Zahnbürste zu schrubben, während die Wärme des brackigen Wassers durch das zerstörte Fenster dampfte. Im College waren die Badezimmer zwar so dunkel, dass man den Sauberkeitszustand der Wanne nur ahnen konnte, aber das Wasser blieb wenigstens warm.

In York lernte ich zu meiner Freude auch zwei deutsche Studenten kennen: Karl aus Konstanz und Norbert aus Aachen. Norbert hatte seinen Renault 4 mitgebracht und wir machten Ausflüge, was sehr schön war, weil wir rauskamen und uns endlich einmal auf Deutsch unterhalten konnten. Wir fuhren in den Lake District, eine der schönsten Gegenden Englands. Dort gibt es sehr viele Schafe und Karl, der vom Bauernhof stammte, wollte uns zeigen, wie gut er mit Tieren umgehen konnte. Ein Schafflüsterer sozusagen.

Die Schafe betrachteten ihn ruhig. Dann kamen sie zu der Ansicht, dass wohl Feierabend sei und Karl sie nach Hause bringen würde. Sie folgten Karl. Überallhin.

Es waren viele Schafe und keines wollte zu spät kommen. Sie bedrängten Karl durch ihre schiere Masse.

Karl fing an zu rennen. Die Schafe auch.

Karl rannte schneller. Die Schafe hielten locker mit.

Ich sah ein Schaf, das aus dem Stand über eine Steinmauer sprang – Karl auch. Karl rannte um sein Leben – die Schafe rannten fröhlich blökend hinterher.

Am Ende rettete ihn ein kühner Sprung über ein großes Gatter. Das Laufen mussten wir aber beibehalten, weil der erboste Bauer angerannt kam und eine Flinte schwenkte.

Karls Ruf an der Uni hingegen habe ich ruiniert. Karl war sparsam. Er hatte dunkle, dichte Locken und bat mich eines Tages, ihm die Haare zu schneiden, damit er sich das Geld für den *campus hairdresser* sparte. Ich tat, wie mir geheißen.

Unglücklicherweise wurde zu dieser Zeit in York ein Vergewaltiger gesucht. Es gab ein Fahndungsplakat mit Phantomzeichnung und nach meinem Haarschnitt sah Karl aus wie der Kerl auf dem Plakat.

In der darauffolgenden Woche wurde Karl drei Mal verhaftet. Dann entschloss er sich, für den Rest der Zeit an der Uni eine Pudelmütze zu tragen.

Ich war traurig, als Karl und Norbert vor Ostern weggingen.

In den Osterferien wollte ich alleine verreisen. Das sah die Uni gerne. Die Privatisierungen von Maggie Thatcher machten nämlich auch vor den Universitäten nicht halt. Sie waren gezwungen, Gewinne zu erwirtschaften. Die meisten Studenten mussten in den kurzen Trimesterferien schlagartig ihre Zimmer räumen, da die Colleges für Konferenzen vermietet wurden. Die ausländischen Studenten durften bleiben, wenn sie das wollten, und wurden deshalb von der Verwaltung als Ärgernis betrachtet. Nun war ich auch so eines, weil das Wetter und der Spartrieb meiner Mutter meine Reisepläne verhinderten. Es regnete ununterbrochen und Mutter meinte, mir nur einen Teil meines Bafögs überweisen zu müssen, weil man an Ostern ja nicht so viel braucht.

So blieb ich im College, und es war immer eine Überraschung, was mich erwartete, wenn ich meine Zimmertür öffnete. Einmal fand ich mich inmitten einer Gruppe fröhlicher, turbantragender Sikhs wieder. Immerhin: Es gab während der Ferien besseres Toilettenpapier. Das andere war so knisternd hart – damit konnte man ein Butterbrot einpacken, aber sich keinesfalls den Hintern abwischen.

Der Nachteil war, dass man in den Ferien nicht in die Collegebar durfte, weshalb es leider nicht möglich war, mir das Wetter schönzutrinken, und ich war froh, als das letzte Trimester begann.

Natürlich gleich mit einer Party.

Die Partys waren die besten meines ganzen Lebens. Nie wieder habe ich so gefeiert, nie wieder so getrunken und geflirtet. Alle tanzten, alle hatten Spaß. Niemand war zu intellektuell, um zu feiern. Auf unserem Flur im College veranstalteten wir Dinnerpartys. Reihum wurde gekocht. Das Ergebnis war wie immer in England: entweder furchtbar oder sehr gut. Ich kochte auch und alle waren begeistert.

Nein, ich schreibe das nicht nur so – ich kann das wirklich. Schauen Sie mich an.

Mein Abend uferte etwas aus. Jeder brachte Alkohol mit und wir spielten gewagte Spiele: Blinde Kuh auf dem Flur und Eierlaufen, was mit zunehmendem Alkoholkonsum schwieriger wurde. Nachbarn kamen, um sich über den Lärm zu beschweren, und blieben, um zu feiern. Der Abend ging bis in den frühen Morgen und ich wachte mal wieder im falschen Bett auf. Aber noch Wochen später hörte ich Studenten auf dem Campus respektvoll murmeln über diese Party, wo es ungarisches Gulasch gab, bevor alles etwas aus dem Ruder lief.

An der Uni ging es zu wie im Hamsterkäfig, aber heimlich, weil jeder einen Ruf zu verlieren hatte. Meiner war schon ruiniert und so lebte und liebte es sich für mich sehr ungeniert. Sollte der Chef vom College seinen Tee doch alleine trinken!

Am bemerkenswertesten fand ich an der Uni York den Raffle Day. Das ist ein Tag im Zeichen der Wohltätigkeit.

Es gab ein Raffle Office, in dem man für Leute, die man nicht mochte, eine Erbspüreetorte bestellen konnte, die ihnen dann ins Gesicht geworfen wurde. Man konnte aber auch gegen Gebühr erfragen, ob eine Torte für einen selbst bestellt worden war, und sie zurücksenden. Was ich daraus lernte, war, wachsam zu sein und dass das Erbspüree damals seiner einzig wahren Bestimmung zugeführt wurde.

Man konnte einer Angebeteten auch einen Martini während des Unterrichts servieren lassen, von einer hübschen Hostess auf Rollschuhen.

Eine Professorin wurde von einer Gruppe Zwerge begleitet. Sie folgten ihr den ganzen Tag und warteten sogar geduldig vor der Toilettentür. Am Ende des Tages hatte sie ein nervöses Zucken am Augenlid.

Abends gab es dann einen *three-legged pub crawl*. Je zwei Studenten wurden an einem Bein aneinandergebunden und so gingen oder vielmehr hüpften sie von Pub zu Pub. Sie wurden natürlich überall eingeladen, und je später der Abend, desto mehr four-legged waren sie dann.

Wir haben aber auch sehr viel gelernt. Ein Kommilitone sollte die »kapitalistische Produktionsweise« erläutern. Er kam mit einer großen Packung Toastbrot und zehn Messern in den Unterricht.

»So, das Brot ist der Rohstoff, die Messer sind die Werkzeuge, die ich zur Verfügung stelle. Ihr seid meine Arbeiter.«

Jeder erhielt eine Scheibe Weißbrot, die wir in vier Teile schnitten. Einen bekamen wir, den Rest unser Arbeitgeber. Dann gab er uns zwei Scheiben Brot. Wieder zerteilten wir sie und durften drei Teile behalten, weil wir so gut gearbeitet hatten. Am Ende hatten wir wenig Brot und er sehr viel.

»Und das ist die kapitalistische Produktionsweise«, schloss er seinen Vortrag und bekam dafür eine Eins. Anschließend gingen wir zusammen Enten und Gänse füttern. Die hatten inzwischen mit dem Brüten aufgehört und benahmen sich wieder normal.

Als mein letztes Trimester gerade so richtig in Schwung gekommen war, ereignete sich in Tschernobyl der schwerste Kraftwerksunfall seit Beginn der zivilen Nutzung der Atomenergie.

Deutschland stand kopf. Zum Essen gab es statt Béchamel nur noch Becquerel, normale Menschen kauften Geigerzähler. Vorgärten wurden umgegraben, Milch blieb ungetrunken und Obst und Gemüse verschwanden aus westdeutschen Geschäften, um in der DDR wieder aufzutauchen. Dort freute man sich über die ungewohnt gute Versorgungslage. Westdeutschland hingegen griff zum Dosenobst.

In England hörten wir auch von der Katastrophe, und Maggie Thatcher beruhigte ihre Untertanen, die radioaktive Wolke hätte sich über dem Kontinent ausgeregnet. Mir kam die Vorstellung komisch vor, dass die radioaktive Wolke vor Großbritannien quietschend bremst und umkehrt. Allerdings hatten wir alle keine Erfahrung mit dem Abregnen von radioaktiven Wolken. Und England ist schließlich eine Insel.

Damals gab es den Tunnel zwischen Dover und Calais noch nicht. Wenn der Sturm im Ärmelkanal tobte und der Schiffsverkehr eingestellt werden musste, hieß es in den Nachrichten »continent cut off«. So sind sie, die Briten. Die Stimmung zwischen Großbritannien und Frankreich war damals aber auch etwas angespannt. François Mitterrand hatte sich bei Maggie Thatcher darüber beschwert, dass an der französischen Küste so viel Müll aus England angespült wurde. Auch radioaktive Abfälle, welche die Briten recht hemmungslos ins Meer warfen, meist aber in die Irische See. Wenn es schon nicht gelungen war, die Iren während der großen Hungersnot 1845–49 auszuhungern, wollte man sie wenigstens zum Strahlen bringen.

Maggie Thatcher antwortete Mitterrand kühl: »Pech, ihr habt halt keine Steilküste.«

Ein Cartoon aus dieser Zeit zeigte, wie Maggie Thatcher und François Mitterrand von beiden Seiten einen Tunnel graben, dessen Gänge allerdings aneinander vorbeiführen. Hinter ihnen stehen ihre angriffsbereiten Armeen und beide sagen mit Blick auf ihre Pläne: »Any minute now, any minute now.«

Wir vertrauten also der Premierministerin und einen Monat später wurden die Pfingstlämmer von den walisischen Höhen herabgetrieben, sie wurden notgeschlachtet und im tiefsten Boden vergraben, weil sie komplett verstrahlt waren.

Na gut, dafür haben wir die Hysterie in Deutschland verpasst. Die Milch schmeckte gut, weil die Kühe in England meist auf der Weide stehen.

Sehen wir es positiv: Ich bin seither in der Lage, nachts im Bett zu lesen, ohne das Licht einzuschalten, und alle loben meine Ausstrahlung.

Der Computer kommt

Nach meiner Rückkehr nach Deutschland arbeitete ich als studentische Hilfskraft am Institut für Soziologie. Das war toll, weil ich einen Schlüssel zur Präsenzbibliothek hatte. Adieu, hirnlose Bestellerei und Schlepperei von Büchern. Zumindest in der Soziologie war ich nun bestens versorgt. Leider gab es auch hier unerwartete Probleme. Zum einen hassten sich die drei Professoren aus vollem Herzen, und zum anderen hätte unsere Ausstattung selbst einen Höhlenmenschen zum Weinen gebracht. Die Möbel stammten vom Sperrmüll und es gab keine Telefonleitung nach draußen. Man konnte nur innerhalb der Uni telefonieren oder ein Gespräch über die Zentrale anmelden. Eine direkte Leitung hatte nur das Sekretariat, und das war am Wochenende abgeschlossen. Ja, wir arbeiteten auch am Wochenende – wir waren jung und engagiert. Und doof.

Unser Büro lag im Souterrain und eines Tages kam ein schweres Sommergewitter. Der Garten des Institutes befand sich über uns, von den Fenstern aus konnten wir die Grasnarbe beobachten.

Ich liebte den Garten mit seinen alten Obstbäumen sehr und habe im Herbst immer die Äpfel und Birnen geerntet und in der Präsenzbibliothek für die Studenten bereitgestellt. Das sorgte für Furore; niemand war bisher auf diese Idee verfallen, die war den meisten einfach nicht theoretisch genug.

Und dann kam dieses schwere Gewitter. Das Wasser lief aus dem Garten ins Souterrain. Es war Freitagnachmittag und das Institut bereits geschlossen. Ich rief die Zentrale an und bat um die Feuerwehr, weil die unteren Räume langsam, aber sicher vollliefen. Die Dame in der Zentrale weigerte sich, die Feuerwehr zu rufen, das dürfe nur ein Professor veranlassen. Den konnten wir aber leider mangels Amtsleitung nicht verständigen. Also holten wir alle verfügbaren Gefäße und schöpften um unser Leben. Das ist nicht übertrieben, weil die Steckdosen in Bodennähe angebracht waren.

Alle hatten die Hosenbeine hochgezogen, und ich knotete mein weites Sommerkleid über den Knien zusammen. Wir sahen aus wie Reispflanzer in Bangladesch, nur dass unsere Arbeit weniger Früchte trug. Aber wir schafften es. Der Sturzbachregen hörte auf, und wir fielen uns glücklich um den Hals. Wir waren alle durchnässt, weil jeder einmal über irgendetwas gestolpert und ins Wasser gefallen war. In der U-Bahn wurde ich von den Männern anzüglich angegrinst, während die Frauen mich verächtlich musterten. Ich trug halt keinen BH. Als würde jemand freiwillig in einem klatschnassen Kleid herumlaufen.

Ende der 80er-Jahre bekam ich endlich einen BH und das Sekretariat einen Schreibautomaten mit Floppy Discs. Beides war ein Fortschritt, denn ich wurde durch nasse Sachen nicht mehr bloßgestellt und der Computer würde unsere Arbeit erleichtern. Im Sekretariat arbeiteten eine jüngere und eine ältere Schreibkraft. Die jüngere kam prima mit der großen Neuerung klar. Das Gerät konnte sich mehrere Zeilen merken – das war eine Revolution! Die ältere hatte ihre Anpassungsschwierigkeiten. Sie ließ sich aber in ihrer Arbeit ihre Akkuratesse nicht nehmen. Ich habe selbst gesehen, wie sie mit Tipp-Ex einen Schreibfehler auf dem Bildschirm korrigierte.

Als sie bald darauf in den wohlverdienten Ruhestand ging, fahndeten wir nach den Floppys, wie wir sie liebevoll nannten. Die konnten locker 30 Seiten speichern! Unsere Suche blieb lange erfolglos, bis wir sie schließlich in den Aktenordnern mit dem Schriftwechsel fanden. Sie waren akkurat gelocht und abgeheftet.

Und dann kam auch schon der erste Laptop! Natürlich nicht im Institut für Soziologie – wo denken Sie hin?

Ich hatte bei einer untergeordneten Behörde des Landwirtschaftsministeriums einen Zweitjob als Telefonistin. Das ist ein gutes Beispiel für gelebte soziale Ungleichheit.

Von Montag bis Donnerstag war ich nachmittags die Herrin über fünf Amtsleitungen, am Freitag musste ich aus dem Souterrain rufen, wenn ich jemanden sprechen wollte.

Als für die Behörde die ersten Laptops angeschafft wurden, kostete jeder mehrere Tausend Mark und war schwer wie ein Koffer. Damals etablierte sich der Begriff »Schlepptop«.

Durch meine beiden Jobs war ich von den Qualen der Fabrikarbeit erlöst. Ehrlich gesagt hatte ich die letzten zwei Jahre in den Ferien in der Materialverwaltung der Firma Freudenberg gearbeitet. Es herrschte Kalter Krieg und ich hatte in der Produktion zu viele neugierige Fragen zu den olivfarbenen Dichtungsringen gestellt. Ich war zwar fleißig, *aber* die Neugier! Deshalb wurde ich nach jedem Arbeitseinsatz weitergeschickt und habe so mehr über die Firma Freudenberg erfahren, als dem Sicherheitsdienst lieb sein konnte.

Einmal begleitete ich meinen Vater zur Weihnachtsfeier meiner ersten Abteilung, in der er vierzig Jahre gearbeitet hat. Der Einfachheit halber schob er mich mit durch das Drehkreuz des Arbeiterparkplatzes. Ich wanderte von Abteilung zu Abteilung und wurde herzlich begrüßt. Überall gab es ein Glas Wein oder zwei und Geschenke wurden mir auch zugesteckt. Am späten Nachmittag ging ich mit Päckchen beladen und ziemlich beschwipst zum Haupteingang des Werkes und wollte hinaus.

Der Pförtner kannte mich Gott sei Dank noch und starrte mich an.

»Sie wollen also hinaus? Ohne Passierschein? Ich wüsste ja gerne erst einmal, wie Sie überhaupt hereingekommen sind!«

Da wurde mir bewusst, dass ich einfach aus Gewohnheit zum Haupteingang gegangen war. Ich war halt nicht nüchtern. Das ist in etwa so, wie wenn Sie betrunken ein Polizeiauto stehlen.

Ich schaute ihn peinlich berührt an und hielt den Betrieb auf. Der Weihnachtsstern, der auf meinem Päckchenberg schwankte, senkte betroffen die Blüten.

»Ähmmmmm.«

Ich konnte ja meinen eigenen Vater nicht in die Pfanne hauen.

»Ähmmmmmmm.«

Alkohol hilft beim Feiern, aber nicht, wenn man eine kreative Ausrede benötigt.

Er ließ mich schließlich kopfschüttelnd meiner Wege gehen. Wir schüttelten beide die Köpfe – er über meine Unverfrorenheit und ich über meine Dummheit.

Mein letzter Job bei der Firma Freudenberg war zugleich der beste, den die Firma zu vergeben hatte. Nette Leute, leichte Bürotätigkeit. Wobei ich feststellen musste, dass man sich auch an Endlospapier schneiden kann.

Wir hatten in der Lagerwirtschaft die ersten Computer der Firma, der Server stand bei uns im Büro. Wir arbeiteten mit dem Programm Assembler, einem sehr einfachen Datenerfassungsprogramm. Das Tolle an Assembler war: Wenn sich mehrere Sachbearbeiter richtig reinknieten und die einen wie verrückt Ausgabescheine buchten, während andere sich zugleich genauso fleißig den Eingabescheinen widmeten, dann machte Assembler die Grätsche.

Ein Blitz erschien in der Ecke des Bildschirms, und es war Zeit, einen Kaffee zu kochen und einen kleinen Rundgang über das Fabrikgelände zu machen. Da die Bildschirme natürlich noch wie verrückt flimmerten, wurde empfohlen, nach einer Stunde fünfzehn Minuten lang die Augen zu entspannen, sozusagen zur Neutralisierung.

Man ging an die frische Luft oder wartete auf Herrn Dallinger. Herr Dallinger war cool. Er kam mit Zigarre, verströmte Tabakduft und den Charme des Experten, auf den alle angewiesen waren.

Wir flirteten schrecklich gerne. Er knackte lässig mein Passwort, was der Inbegriff der technischen Erotik war, und bekam von mir dafür Kaffee mit alkoholhaltigen Pralinen. Alle munkelten über die Beziehung zwischen Herrn Dallinger und mir, aber die blieb im Pixelbereich.

Was daran lag, dass seine Schwester mit dem Mann meiner ehemaligen Sportlehrerin verbandelt war. Diese Lehrerin war eine gebürtige Russin, sehr sensibel und ein bisschen verrückt. Ihr Mann aber war ein böser Mensch. Er trieb die arme Frau mit Tricks und Inszenierungen in den Wahnsinn, um sich mit Herrn Dallingers Schwester einlassen zu können. Jedenfalls kam die Lehrerin irgendwann nicht mehr zur Schule, sondern wurde in eine geschlossene Anstalt eingewiesen. Ich hatte also einfach Angst, dass der Schwager von Herrn Dallinger mich auch in den Wahnsinn treiben würde, wenn ich ihm krumm kam. Außerdem war ich ja auch so schon verrückt genug.

Das Feindbild stirbt und Graf Lambsdorff sagt meinen Pantoffeln die Wahrheit

1987 machte ich eine Hospitanz beim ZDF-Studio in Bonn. Die Barschel-Affäre war auf ihrem Höhepunkt. Die »Ehrenwort-Pressekonferenz« sah ich im Studio. Alle waren der Meinung, dass Uwe Barschel nicht log. Wenige Tage später lag der Politiker tot in der Badewanne eines Genfer Hotels.

Der Stern-Reporter, der Uwe Barschel in der Badewanne knipste, musste sich fragen lassen, warum er nicht als Erstes die Polizei verständigt hatte und wie er überhaupt in das Zimmer gekommen war.

Es waren spannende Zeiten und im Studio war viel zu tun. Ich durfte Kamerateams begleiten, Politikern Fragen stellen und beim Schnitt zusehen. Sonst unterstützte ich den Chef vom Dienst und saß auch bei ihm im Großraumbüro. Dort hing eine Dartscheibe, an der sich die Redakteure gerne übten. Als ich einmal alleine im Raum war, versuchte ich es auch und schoss sie herunter.

An diesem Tag kam zum Glück ein russischer Knabenchor aus Moskau nach Bonn zu einem Gastspiel und besuchte auch den damaligen Parlamentspräsidenten Philipp Jenninger. Ich bekam den Auftrag, den Chor dazu zu bringen, die Anfangsmelodie von ›Bonn direkt‹ zu singen.

Sie sehen, ich war mit staatstragenden Aufgaben befasst.

Der Leiter des Chores, Professor Popov, sprach hervorragend Deutsch und war von der Idee begeistert. Seine Gattin war eine einfache Frau, die sich im Hintergrund hielt.

So begrüßte mich Philipp Jenninger mit Handkuss: »Frau Popov, Sie sehen besser aus denn je.«

»Ich bin nicht Frau Popov!«

Er sah mich überrascht an: »Sie sehen aber russisch aus.«

Mir war schon aufgefallen, dass die Tonleute ihre Mikrofone ausschalteten, sobald Philipp Jenninger den Mund aufmachte, und ahnte warum.

Die Rede zum Gedenken an den Holocaust, die ihm das politische Genick brach, hatte Jenninger nicht selbst geschrieben. Sein Redenschreiber war stark alkoholabhängig und Jenninger faul. Sonst hätte er den Text wohl vorher gelesen. So aber wurde Jenninger später Botschafter beim Vatikan und der Redenschreiber sofort arbeitslos.

Am 3. Oktober 1988 geschah dann das Unfassbare: Franz Josef Strauß starb. Er war mit dem Fürsten Thurn und Taxis auf der Jagd gewesen und starb beim Verlassen des Hubschraubers. Offiziell hatte er eine Art Zuckerschock und fiel beim Aussteigen auf die Gangway. Eine andere Variante sagt, dass er und Thurn und Taxis sturzbesoffen waren, und Strauß beim Versuch, aus dem landenden Helikopter zu pinkeln, herausgefallen ist.

Wie auch immer: Er ist spektakulär aus dem Leben getreten und wir waren unser liebstes Feindbild los.

Beim ZDF herrschte Staatstrauer. Eine Redakteurin schluchzte, dass sie ihn doch noch Tage zuvor gesehen habe und wie er sie einfach so hatte verlassen können?

Es war unfassbar, und ich sagte ausnahmsweise mal lieber nichts. Aber ehrlich: Dass ausgerechnet der Todestag des Mannes, der so sehr gegen die Ostannäherung gewesen war, heute als der Tag der Deutschen Einheit gefeiert wird – das hat schon was.

Es gibt diesen Witz … Darf ich?

Na gut, weil Sie darauf bestehen: Strauß ist tot und

kommt in die Hölle. Der Teufel empfängt ihn persönlich: »Lieber Herr Strauß, ich bin ein großer Bewunderer Ihrer Arbeit – deshalb dürfen Sie sich eine Hölle aussuchen.«

In der ersten Hölle werden die Opfer mit glühenden Zangen traktiert. Sie schreien ganz erbärmlich.

Strauß schüttelt entsetzt den Kopf.

In der zweiten Hölle werden die Menschen bis aufs Blut ausgepeitscht und ein böser Teufel schlägt den Takt dazu. Strauß beutelt sich vor Grauen.

Dann öffnet sich die dritte Höllentür. Sanfte Musik. Ein großes Bett mit seidenen Laken, Champagner, Kaviar und auf dem Bett Leonid Breschnew und Marilyn Monroe in ein heißes Liebesspiel vertieft.

»Nun?«, fragt der Teufel. »Welche Hölle wählen Sie?«

Strauß sieht ihn belustigt an.

»Na, Sie können fragen, was? Ich nehme Hölle Nummer drei!«

»Sicher?«, fragt der Teufel lauernd.

»Natürlich bin ich sicher!«, Strauß strahlt.

Der Teufel verkündet: »Okay, Leute, für Franz Josef Strauß dieselbe Strafe wie für Marilyn Monroe!«

Hölle oder nicht, kaum ein Politiker hat Nachkriegsdeutschland so sehr seinen Stempel aufgedrückt wie Franz Josef Strauß. Er hinterließ Freund und Feind und ein mehrstelliges Millionenvermögen. Wie man das als Ministerpräsident erwirtschaften kann? Wenn Sie aus dem Münchner Hauptbahnhof herausfahren, sehen Sie die Dependance einer internationalen Beratungsfirma, dann Büros der CSU und daneben den Firmensitz der Waffenschmiede Krauss Maffei. Noch Fragen?

Weil es so spannend gewesen war, schloss ich 1990 ein weiteres Praktikum an – beim ARD-Studio Bonn. Ich durfte da leider fast nichts machen, weil alles zu wichtig und historisch war.

Eines Freitags musste ich dringend zum Schuster, der konnte die Schuhe aber nicht gleich reparieren. Also kaufte ich schnell ein paar blaue Samtslipper, ich würde ja eh wieder nur Innendienst machen.

Kaum war ich im Studio, als ein Redakteur auf mich zusteuerte.

»Können Sie für mich einen O-Ton einholen?«

»Ja klar.«

Ich musste mit einem Kamerateam nach Bad Münstereifel fahren. Im Zuge der Debatte um die deutsche Einheit ging es auch um die Frage der künftigen Aufgaben der Bundeswehr in einem vereinten Deutschland. Dazu sollte ich Otto Graf Lambsdorff interviewen.

Einen O-Ton einholen bedeutete, ich würde das Mikrofon unter seine Nase halten und ein paar Fragen stellen. Gesendet wurden dann die Antworten.

Wenn Sie bei Statements im Fernsehen den Frager weder hören noch sehen, dann sind das die lieben Hospitanten oder Praktikanten, die so genannt werden, wenn sie etwas Geld bekommen.

Also fuhren wir hin und Graf Lambsdorff war sauer, weil der Redakteur nicht persönlich erschienen war. Dann schaute er mich genauer an und sein Blick fiel auf meine Samtslipper. Die sahen wirklich schlimm aus – sie waren mit Gold verziert.

Lambsdorff schüttelte den Kopf, ich stellte meine Fragen und er sagte unwirsch, dass es ja wohl selbstverständlich sei, dass die Bundeswehr in einem souveränen Deutschland auch Einsätze außerhalb des NATO-Gebietes leiste.

Der Redakteur war von dem Material begeistert und sendete es ungeschnitten. Man hörte meine Stimme! Im Fernsehen!

Während der ›Bericht aus Bonn‹ lief, betreute ich das Zuschauertelefon. Ich wurde als »Rotfunk« beschimpft und der damalige Studioleiter Ernst Dieter Lueg als linker Spinner. Das war er bestimmt nicht. Schließlich schwärmte meine Mutter für ihn und die hätte sich nie für einen linken Spinner erwärmt.

Graf Lambsdorff kam im Rahmen der Flick-Affäre wieder in die Schlagzeilen, als er mit Parteispenden – wie soll ich sagen – kreativ umging, um Steuern zu sparen und Spender anonym zu halten. Er bekam eine Geldstrafe in Höhe von 180 000 DM. Erstaunlicherweise bezahlte das von ihm geleitete Bundeswirtschaftsministerium über 500 000 DM Prozesskostenhilfe für ihn. Vom Vorwurf der Bestechlichkeit wurde er am Ende freigesprochen, weil er die Spenden für die Partei und nicht sich selbst angenommen hatte.

Nach diesem zweiten Aufenthalt in einem Fernsehstudio wusste ich, dass Fernsehen kein Medium für mich war. Das stundenlange Filmen, Schneiden, die Produktion – alles war so aufwändig und die Sprache kam zu kurz, außer wenn Graf Lambsdorff auf Samtslipper schaute.

Der Osten lebt

Schon in der zweiten Hälfte der 80er-Jahre bekamen wir immer mehr aufwühlende Nachrichten aus der DDR zu hören und zu sehen. Kannten wir die DDR sonst doch nur als Musterknaben des Ostblocks und als Sicherheitsrisiko in Europa, als Land der armen grauen Verwandten, denen man Päckchen zu Weihnachten schickte, aus denen die Grenzer den Kaffee klauten. Auf die geschossen wurde, wenn sie weg wollten, und wo man an der Grenze Schikane und Zwangsumtausch ertragen musste, wenn man zu ihnen wollte. Jetzt waren das ganz andere Nachrichten.

In Berlin luden bärtetragende Pfarrer Musiker ein, um Bluesmessen zu feiern, und plötzlich beschlossen mehrere Hundert Menschen teilzunehmen. War es im Westen revolutionär, aus der Kirche auszutreten, ist man im Osten aus Protest eingetreten.

Und dann kamen die Montagsdemonstrationen und die große Krise und wir wussten nicht, was passieren würde. Als die Ungarn am Neusiedlersee einfach die Grenze öffneten, waren Fakten geschaffen. Ich habe in meiner Anfangszeit in Berlin dann mindestens fünf Leute kennengelernt, die Günter Schabowski den Zettel gereicht haben wollten, auf dem stand, dass die Ausreise ab sofort möglich sei, und den er erkennbar vorlas, ohne zu wissen, was darauf stand. So wie Philipp Jenninger.

Anschließend wurde die DDR mit einer Siegermentalität niedergemacht, die ihresgleichen suchte. Rückgabe statt Entschädigung war eine Maxime, die viele Menschen unglücklich machte – auf beiden Seiten.

Geschwader von zwielichtigen Versicherungsvertretern brachten die Bürger um ihr Geld, die gewohnt waren, dass der Staat für sie sorgte, und die den Vertretern vertrauten. Sie glaubten auch, dass das Arbeitsamt ihnen Arbeit geben würde. Der Gebrauchtwagenmarkt im Westen war mit der Maueröffnung leergefegt. Westliche Nimmersatts fuhren mit ihren dicken Autos in den Osten, um von den billigen Preisen zu profitieren, während Ostler in den Westen kamen, um wirklich Bananen zu kaufen und sich ihr Begrüßungsgeld abzuholen – oder auch in umgekehrter Reihenfolge.

Ich stand auch vor einer großen Wende. Einer persönlichen. Ich war damals mit einem Briten verlobt. Robin kam ursprünglich aus Sherwood Forest (!) und jedes Wochenende aus Gießen, wo er ein einjähriges Praktikum machte, nach Bonn.

Er wohnte in Gießen auf einem Bauernhof, was für ihn als Vegetarier nicht optimal war. Dort durfte er auch nicht auf dem Zimmer kochen, was ich am Wochenende mit viel gutem Essen auszugleichen versuchte. Ich buk ihm immer Käsekuchen nach dem Rezept meiner Mutter. Er sollte noch einmal eine Chance bekommen. Robin aß gerne Kuchen und Liebe geht bekanntlich durch den Magen.

Am 10. November 1989 stand ich in der Küche des Studentenwohnheims und kochte für Robin. Der Käsekuchen war schon fertig und kühlte auf der Anrichte aus.

Robin kam angefahren und parkte im Hof, den man von der Gemeinschaftsküche sehr gut sehen konnte. Er stieg aber nicht aus, sondern saß regungslos im Auto. Schließlich lief ich besorgt nach draußen. Da öffnete er die Tür und sah mich mit großen Augen an.

»Die Mauer ist offen!«, rief er.

»Ja klar, Schatz! Seit gestern Abend«, sagte ich und gab ihm einen Begrüßungskuss.

Robin las jeden Tag die ›Frankfurter Rundschau‹. Wie sich herausstellte, hatte die als einzige überregionale Zeitung den Mauerfall verpennt. Und Robin damit auch. Er hatte während der Fahrt Kassetten gehört und erst kurz vor der Ankunft das Radio eingeschaltet.

Die Kassetten hatte ich für ihn aufgenommen. Es gab in den 80er-Jahren keinen größeren Liebesbeweis, als mit einem kleinen Mikro und einem Kassettenrekorder vor dem Radio zu kauern und die guten Songs abzuwarten. Die DJs wussten, dass Tausende Jugendliche das taten, und quatschten mit voller Absicht in den Anfang und das Ende der Songs, um diese nun wirklich harmlose Form der Raubkopie zu verhindern.

Jemandem eine Kassette zusammenzustellen, war ein größerer Liebesbeweis, als ihm einen Pullover zu stricken.

Übrigens: Erst Jahre und unendlich viele Käsekuchen später, als wir längst verheiratet waren, verriet ich Robin, dass ich mir gar nichts aus Käsekuchen machte und ihn immer nur für ihn gebacken hatte. Da verriet er mir, dass auch er sich nichts aus Käsekuchen machte und ihn immer nur mir zuliebe gegessen hatte. Ich glaube, das war der Anfang vom Ende unserer Beziehung und so hatte der Käsekuchen meiner Mutter am Ende des Jahrzehnts letztmalig sein zerstörerisches Werk getan.

Bon voyage, Madame Butterfly!

Im Jahr nach dem Mauerfall fuhren wir mit mehreren Leuten nach Paris. Teile der englischen wie der deutschen Familie waren dabei und wir gingen abends am Ufer der Seine entlang, als uns eine ältere Dame ansprach. Sie war ganz in Grau gekleidet, was ihre graue Dauerwelle betonte, und sprach uns im schönsten Sächsisch an.

Ich versuche lieber nicht, es nachzumachen – denken Sie es sich einfach dazu.

»Entschuldigen Sie, kennen Sie Schmetterlingsreisen aus Leipzig? Die suche ich nämlich.«

Wir sahen uns an – wir sahen die Dame an.

»Wen?«

»Nu, Schmedderlingsraisen aus Leibtzsch.« (Gut, jetzt habe ich es doch gemacht.)

Sie war extrem verblüfft, dass wir das bekannte Reiseunternehmen Schmetterlingsreisen aus Leipzig nicht kannten, und wollte von unserem offensichtlichen Unwissen ablenken, indem sie das Thema wechselte. Sie deutete auf den Fluss: »Ist das die Themse?«

Nun waren wir ehrlich besorgt und antworteten wie aus einem Mund: »Fast!«

Wie sich herausstellte, hatte sie beim Schaufensterbummel ihre Gruppe verloren. Sie sollte in der Nacht noch zurückfahren und hatte Angst, in Paris zu stranden.

»Ich habe auch kein Geld dabei.«

Das war schlimm.

Wir berieten uns.

Schließlich kamen wir überein, dass es am besten war, die

Dame in ein Taxi zur Place de la Concorde zu bringen, weil dort immer jede Menge Reisebusse standen. Da würde sie ihren hoffentlich finden.

Ich stoppte ein Taxi und stellte dem Taxifahrer radebrechend die Problematik dar oder in ihrem Fall die »Broblemadig«. Dafür wollte ich ihm 50 Francs geben.

»Je vouz donné quarante-dix Francs«, sagte ich ihm.

»Non, non, cinquante« antwortete er.

Der Schurke wollte unsere Notlage ausnützen!

Ich blieb eisern: »Non, non, quarante-dix.«

Er fing an zu lachen. Jetzt machte der Saukerl sich auch noch über mich lustig!

»Non, non cinquante!«

»Quarante-dix!« Ich bin Odenwälderin – ich kann stur sein.

Er lachte, bis ihm die Tränen kamen. »Cinquante.«

Am Ende wurde mir klar – es gibt kein Quarante-dix, 50 heißt cinquante und fertig.

Wir setzten die Dame in das Taxi – sie winkte dankbar durch das Heckfenster und wir winkten zurück. Und riefen wie aus einem Mund: »Bon voyage, Madame Butterfly!« Was die Quintessenz dieser letzten Geschichte ist? Die deutsche Einheit ist dann erreicht, wenn sich Ost und West gemeinsam in Paris bis auf die Knochen blamieren. Aber das wirklich Wilde ist doch: Ich habe es geschafft, einen französischen Taxifahrer zum Lachen zu bringen, und damit war mein weiterer Berufsweg klar.

Danksagung

Dank an Katharina Festner von dtv, die sich für dieses Buchprojekt so begeistert hat und trotz vieler Baustellen an mich glaubte. Dank an Stefan Waghubinger, der großartige Kollege – er hat sich den Untertitel ausgedacht! Dank an die Verlagsagentur Wortunion für tolle und vertrauensvolle Zusammenarbeit. Dank an alle Freunde, Kollegen und Bekannte, die ich mit Ideen verfolgt und traktiert habe. Ihr habt immer sehr überzeugend so getan, als ob ihr mir zuhört.

Danke an mein Publikum. Ohne euch wären meine Abende komplett sinnlos.